U0898159

邢留逮文集

散文卷

邢留逮——著

中国纺织出版社有限公司

内 容 提 要

《邢留逮文集》，分诗词卷与散文卷。作品大多是作者挑灯夜战的成果。细细品读，既有拳拳赤子的家国情怀，又有骨肉至亲的感恩牵挂；既有诗中藏画的自然图景，又有文中蕴理的透彻感悟；既有浪漫夸张的辞致雅赡，又有现实白描的小桥流水。字字句句，情真意切，读来春风化雨，润物无声。

图书在版编目（CIP）数据

邢留逮文集. 散文卷：叶落惊鸿不觉秋 / 邢留逮著. -- 北京：中国纺织出版社有限公司，2020.8
ISBN 978-7-5180-7632-1

Ⅰ. ①邢… Ⅱ. ①邢… Ⅲ. ①中国文学—当代文学—作品综合集②散文集—中国—当代 Ⅳ. ① I217.2

中国版本图书馆 CIP 数据核字（2020）第 129663 号

责任编辑：李满意　　责任校对：寇晨晨　　责任印制：王艳丽

中国纺织出版社有限公司出版发行
地址：北京市朝阳区百子湾东里 A407 号楼　邮政编码：100124
销售电话：010—67004422　传真：010—87155801
http: //www.c-textilep. com
中国纺织出版社天猫旗舰店
官方微博 http://weibo.com/2119887771
北京华联印刷有限公司印刷　各地新华书店经销
2020 年 8 月第 1 版第 1 次印刷
开本：710 × 1000　1 / 16　印张：44.25
字数：379 千字　定价：98.00 元（全两卷）

序言

我站到了秋的路口

林语堂说过："我爱春天，但是太年轻。我爱夏天，但是太气傲。所以我最爱秋天，它虽略带忧伤，但是宁静、成熟、丰富，翠绿与金黄相混，悲伤与喜悦相染，希望与回忆相间。"人生的年轮，让我恰好站到了秋的路口。

成长教给我最多的道理就是，人生最难的从不是学会如何去适应，或者说如何去隐忍，而是心头的那一份锐气从未曾因为时光的流失而减少，也未曾因为世俗的磨砺而消逝！一个人最好的状态就是，眼里充满了故事，脸上却不见风霜，不羡慕谁，不嘲笑谁，不依靠谁，只是默默努力，在余生活成自己喜欢的模样。

站到了秋的路口，就要给人生作减法。

人生从来不是加法，而是减法。奔波的人生，尽力就好。做最简单的人，吃最简单的饭，过最简单的日子。王阳明曾经说过："吾辈用功，只求日减，不求日增。减得一分人欲，便是复得一分天理，何等轻快洒脱，何等简易。”

人生的减法从“断”“舍”“离”开始：

断——斩断物欲，

舍——舍弃废物，

离——脱离执念。

减法之“断”，即源头不增。尽量不让蒙蔽身心的事物进入自己的生活范围，过多的外在事物只会增加自己的身心负担。

减法之“舍”，即存量清理。舍弃是一种勇气。舍弃没有意义的物品，拒绝没有意义的社交，远离烂人烂事，这样可以放空身心，为光明的入住腾出空间。

减法之“离”，即价值超越。当你站在生命的高处，赋予自己人生价值与意义时，你的身心才能得以放松，进而释放。

不断选择抛弃那些不必要的东西，内心才不会被阴霾笼罩，让光明照进来，才能看清路和远方。

老子也说过，大道至简。

简单，是沧海桑田，繁华过后的返璞归真。

简单，是对世间繁杂，人生百态的去芜存菁。

简单，是见山仍是山，见水还是水的大智大慧。

人活到极致，一定是不断做减法，直至素与简。人生的高度不是你看“清”了多少事，而是你看“轻”了多少事。

站到了秋的路口，就要让后半生回归平静。

晚年惟好静，万事不关心。

自顾无长策，空知返旧林。

松风吹解带，山月照弹琴。

君问穷通理，渔歌入浦深。

这是大诗人王维的一首诗，初读不懂诗中意，再读已是诗中人了。

《菜根谭》里说：“岁月本长，而忙者自促；天地本宽，而鄙者自隘；风花雪月本闲，而扰攘者自冗。”

滚滚红尘，芸芸众生。我们很多时候，为了早已设置好的目的地，加速前行，而错过了沿途的风景。然后慢慢从最初的奋斗忙碌变成了蝇营狗苟。白白浪费几十年的光阴后，猛然回首，忽然荡然无措——好好的人生，怎么会变成这个样子?

万物尽处，一切终归尘土；锦世繁华，不过一捧细沙。人生是一段漫长的旅程，即使这一路上有再多的热闹和喧哗，但是最后留给你的也许只是“白茫茫一片真干净”。

一个人只有内心安静了，才能从容应对外物。《道德经》有言，“孰能浊以澄？静之徐清”。一杯浑浊的水只有慢慢静下来，才能变得清澈。人生也是如此，心绪不宁，生活就像浑浊的水，什么都看不清、理不顺。人的大部分负面情绪，都是来自不安、不静，我们的大部分努力，也都是为了寻求内心的安定。心静一切明，心浊一切暗；心痴一切迷，心悟一切禅。心乱，一切皆乱；心稳，才是根本。

静，不是平庸，而是充满内涵的幽远，是经历沉淀后的生命厚度。人生的下半场，只有回归平静，才能真正享受生活的安宁、自在和洒脱。

站到了秋的路口上，就要学会好好爱自己。

爱自己是一切爱的开始。费尔巴哈说过：“你的第一个责任，就是让自己幸福。”只有爱自己的人，才有可能爱别人。一个不爱自己的人，断不可能心细如发地爱别人。一个人只有真正担当起自己生命“责任人”的角色，才能用道德、意志规范自我，确保始终走在正道上。否则看似聪明，实则伪聪明。

爱己爱人都是一种能量。它不是与生俱来的，而是通过感知和模仿，通过领悟和学习，才慢慢积累起来，直至情不自禁。

这世上有太多的人不爱自己，第一个证据就是他们成了自己身体的叛徒。他们视身体是一团与自己无关的肮脏抹布，全然不顾身体的叹息和呻吟，将其逼至崩溃的边缘。事实上，所有人的身体，都理应洁净而温暖。不仅儿童和青年圣美，中老年人的身体也依旧是和煦而高贵的。不过，这并不是好好爱自己的全部。在人的身体里，还有无比尊贵的主宰，那就是我们的灵魂。

爱惜灵魂，是好好爱自己的最高阶段。人在年轻时多半是富于理想的，随着年龄的增长就容易变得越来越实际。由于生存斗争的压力和物质利益的诱惑，大家都把眼光和精力投向外部世界，不再关注自己的内心世界。其结果是灵魂日益萎缩和空虚，只剩下了一个在世界上忙碌不止的躯体，对于一个人来讲，没有比这更可悲的事情了。此时的我们理应花更多的心思，下更大的功夫关心一下自己的灵魂。因为它凝聚了人类所信仰、所尊崇、所畏惧和所仰视的一切。要仍然持续着纯正的追求，千万不能走上那条可悲的路。愿你出走半生，归来仍是少年。

如果这一世，你能爱惜身体，珍重灵魂，那么，从这个港口出发，你会成为一叶身心平和的幸福之舟，一步步安然向前，驶入珍爱他人、珍爱万物、珍爱世界的宽广大海。

站到秋的路口，就不再感叹时光无情了。毕竟岁月未曾饶过我，我也未曾饶过岁月。此刻想得最多的还是三毛那句话：“我来不及认真地年轻，待明白过来时，只能选择认真地老去。”无论何时，也无论何地，都要把脚下的路走出幸福的模样。

作者写于 2019 年 8 月

目 录

母亲若水 001
一位善良的老人 007
孝敬父母要只争朝夕 012
爱情的味道 015
牵挂 021
美景洗心 025
我爱这片神奇的海 029
身边的风景最美丽 034
身体好才是真的好 037
走出来的感觉 041
会生活比成功更重要 046
我是农民的儿子 051
最美好的时光 055
一个令人生羡的季节 058

小雪 060
塞北的雪 063
小城月色 066
八月，临窗听雨 069
回不去的乡愁 072
春的呼唤 076
夏的记忆 081

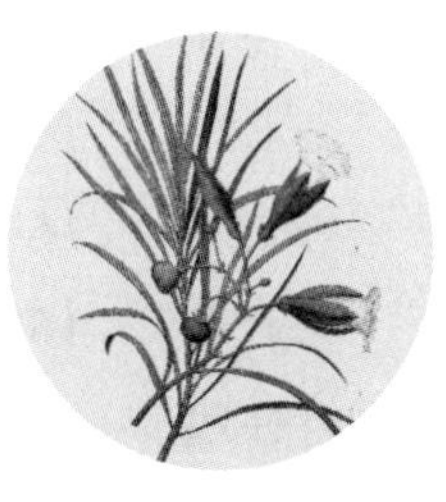

秋的沉思 085
冬的心地 089
东渡扶桑话长野 093
二十年后再相会 096
我要做一棵树 099
中年感悟 101
爱情就是一捧沙 106
感谢中年 109
我把生活当诗读 112
我的梦 115
人不能丢了魂儿 117
人要活到点子上 123
往事如书 125

向往事致敬 129
我把青春献给了你 131
县长的味道 138
我在海港那几年 142
印象承德 148
友情 152
乡情 157
心情 161
人活着就是一种责任 164
赶路 167
群处时要管住嘴 170

独处时要守住心 173
五十五岁感言 176
父母的本事都给了你 181
用自律丈量今后的日子 184
明白越早越好的几件事 187
让日子慢下来 191
交往中的距离之道 194
我心中住着一片海 197
独处，是一个人最好的增值期 200
是谁让你站到了山顶 204
男人最硬的底牌 207
余生，只想跟舒服的人在一起 211
大年初一随想 214

送给孩子最好的礼物 217
特别的春节特别的悟 223
出身寒门也是一种幸运 227
人生，没有白走的路 230
后半生的高级活法 233
静，才是最美的生命姿态 237
人活着，别把什么都看得太重 241
爱，是要用心咀嚼的 245
珍惜被麻烦的机会 248
你吃过的苦，一直在照亮你前行的路 251
人生十悟 255

人生十误 262
官场十悟 267
余生，活成自己喜欢的模样 272
一把解决人生问题的金钥匙 275
人，就要活得没有时间和年龄 279
后知后觉 282

后记 渐渐地…… 286

母亲若水

我搀扶着母亲走到医院的楼梯前，母亲抬头向上看了看，然后集中精力，先把左腿迈上一级，再全身心向上移，接着再让常年疼痛的右腿艰难地跟上去，直了一下腰，回头有点不好意思地跟我说："儿啊，我们还是坐电梯吧。"那一刻，我真真切切地感到，母亲确实是老了。

母亲已经变老，已是风烛残年的母亲了。母亲再不是常年参加生产队劳动，和男劳力挣一样的工分，在黄土地上挥汗如雨的母亲了；母亲再不是独自操持着责任田，起早贪黑，春种夏收，秋天把丰收搬回家的母亲了；母亲也不是刚进城，买菜做饭，闲时走遍城里大街小巷的母亲了。母亲老了，我轻抚着她那双青筋暴起，皮肤像贴上一层薄薄的、皱巴巴的纸的手时，仿佛回到了童年，眼前浮现母亲劳作不息的疲惫身影。"妈，您辛苦了！"我心里涌起阵阵悲凉与歉疚。

母亲时而为溪，为我指明迷途。我生在农村，长在农村，母亲在别人眼里也是一个普通的农妇，不识几个字，但我人生的几次重要选择却是母亲拿的主意。记得高考结束那年，我成为全县的文科状元。老师、同学、朋友、亲戚都为我高兴，最高兴的当然还是母亲。但最终我被一所专科学校录取，心境一下子落入了万丈深渊，一心想弃学复读。一天晚上母亲把我叫到跟前说："儿啊，你考得这么优秀，妈知足了，可你也要知道，咱农村的孩子不是考什么学校，那是考户口本啊，这下你就不用种地了，去吧。"看着母亲几近哀求的目光，我答应了。

还有一次写作业时母亲的一番话给我留下深刻的印象。我小的时候，村子里经常停电，晚上写作业就靠一盏煤油灯。虽然灯火如豆，但在漆黑的夜里，红红的灯光竟是那么明亮。我在灯下做功课，母亲在我旁边做针线活。煤油灯的灯芯是用棉线做的，燃烧时间长了，灯芯上就会结满黑黑的积碳，也就是灯花。灯花会影响灯光的亮度。所以，灯花只要积累到一定程度，母亲就会用缝衣针把它拨开。灯花拨开，火苗立刻会腾地一窜，煤油灯就会恢复原来的光亮。母亲说："灯不拨不亮，理不辩不明，人也一样，心里不能装乱七八糟的东西，要经常清理，才会亮堂！"现在想起来，我仍然觉得母亲这些话很有道理。人心灵上的尘垢并不是一下子生成的，而是一天一天积累的，还有那些大大小小的欲望，也是一天天滋生并繁衍的。因此一个人只有时刻反省自己，经常清理心灵上的"积碳"，心灵的灯光才会亮，才会富有生命的力量。

母亲时而像云，为我遮挡灼灼烈日。八岁那年我上学了，买书本的钱是母亲向人借的。那个时候，我总是把同学扔掉的铅笔头捡回来，然后用线绑在一根小棍上接着用，或用橡皮把写过字的练习本擦干净，再接着用。在我的记忆中，我从小学到初中，所有的练习本都是正反两面用，正面写作业，背面做练习。母亲看着很心疼，但又没有办法，毕竟家里穷得有时连买铅笔和本子的几分钱也要向人借。不过母亲也有高兴的时候，不论大考小考，我总能考第一。在母亲的鼓励下，我越学越快乐，我真的不知道天下还有什么比读书更快乐的事。

初中毕业，我以全公社第一名的成绩考入了第一次在全县范围按成绩招生的县第一中学。母亲经常说，再穷也要干净。可快开学了，我还没有像以往那样拥有一个新书包和一身新衣服。后来我知道，父亲和叔叔们商量，由于家里没钱供我上学，想让我终止学业，弃学务农。

突然有一天早上，母亲把我从梦中唤起，借来一辆架子车装满了一车蔬菜和我一起拖到二十里以外的县城去卖。到县城时已快晌午了，早上我和母亲只喝了一碗红薯高粱稀饭，此时肚子饿得直叫，恨不得立刻有买主把东西拉走，可是母亲还是耐心地讨价还价，最后终于以十五元二角的价钱成交。母亲高兴地给我两角钱，让我去买两个烧饼；说剩下的钱就可以用作我上学和置办行头的费用了。虽然我吃了两个烧饼，可等我们娘俩走到家时，我已经饿得头晕眼花了。这时才想起，我居然忘了分一个烧饼给母亲，她饿了一天，为我拉了几十里路的车。我后悔得真想打自己的耳光，可母亲却说："妈没文化，可听人说过，贫穷是一所最好的大学哩，你要是能在这个学堂里过了关，那城市里的大学就由你考哩。"母亲说这话的时候没有看我，而是看着那条土路的远处，好像它真的就可以通向城里的大学一样，我听着听着就觉得肚子不饿了，腿也不酸了……

如果说，贫穷是一所最好的大学，那我就要说，我的母亲，她是我一生中最好的导师！

母亲时而如泉，为我源源不断地带来母爱并滋润我那寂寞的心灵。母爱如泉，那种爱是一点点涌出来的，源源不断地滋润着我，爱护着我，伴随着我。当我呱呱坠地的时候，母亲用那温热甘甜的乳汁哺育我茁壮成长；当我开始长大的时候，母亲用那喋喋不休的教诲让我渐渐懂事；当我逐渐成熟的时候，母亲用那欣慰的笑容，让我明白了她需要什么样的快乐；当我离开母亲远走他乡的时候，母亲用牵肠挂肚的思念让我拥有了一份惦记……

人离开家乡，到外面奔走闯荡，难免遇到坎坷与不顺，但无论遇到什么样的艰辛与困苦，心中总有一个底，有一种力量的源泉，觉得身后有一个随时可以收容自己的家，有一个安全的大后方。我们在做出一个重大而壮烈的选择时，每每会慷慨激昂地说上一句话，大不了回老家种地！认为老家是一个最安全的地方，一旦回老家就什么也不怕了。多少年了，我们意念中的老家，其实就是母亲和坚守的那所老屋。虽然老屋古旧简陋，但是在我们心中，它是一座坚实的大厦，足以抵挡任何风雨。

特别是人到中年，前面是一座座先行者用血汗凝聚成的高山，我们只能仰止；后面是一阵比一阵急促的鼓点，我们只能奋蹄。路边有鲜花小溪，有田园牧歌，有红墙蓝瓦，我们都不能停留，哪怕是短暂的喘息，也是奢侈的享受。曾向年迈的母亲抱怨生活的辛苦与忙碌，母亲平静地对我说："人的一生就是由一段一段组成的，每一段都会让你有一种新的体验。现在你虽然忙点、累点、辛苦点，但你是否感觉到了生活的充实？等有一天你老了，你最怀念的可能还是这段最忙碌的日子。"看着母亲满脸的祥和与宁静，我浮躁的心渐渐地安静了下来。

没有泉水灌溉的土地，注定寸草不生，没有母爱滋润的心田，注定是一片沙漠。

母亲时而成雨，为我洗刷满身疲惫，并让我时刻保持头脑清醒和冷静。我大学毕业第一次回家，母亲对我说："你上大学期间，我和你爸过得再苦再难，也没借过亲戚朋友一分钱，没给你欠下债，也没给你欠下人情。你到工作岗位上，不管是谁找你，合规矩的事给人办，不合规矩的事决不能办。咱不欠谁的，犯不着为了别人的事违反政策。"母亲的话在我心里深深地扎下了根。

回家过年是我对母亲无条件的承诺。记得第一次和女友回家，可把母亲乐坏了。尽管正是农忙季节，母亲仍然放下手头的事儿，忙着为我们做各种好吃的东西。一有空闲就盯着我们看，好像怎么都看不够似的。我们在家住了一个礼拜，临走的前一天晚上快要睡觉的时候，我对母亲说明天就要回去的事。母亲当时就愣住了，不停地说，怎么这么快就要走了，怎么这么快就要走了，像是自言自语，又仿佛在叩问我的灵魂。走时，母亲把我叫到跟前说：“妈求你一件事，就是要回家过年。”我深深地点了点头。那时交通不像现在这样方便，几百里的路程要走上一整天，特别是孩子小的时候，真像搬家一样。尽管如此，母亲进城前的近二十个春节，我都是和母亲一起在乡下度过的。

每次回家，母亲总是不停地问长问短。工作上的事，同事之间的事，我都汇报个遍。然后就是母亲讲村里的事，谁家盖了新房，谁家生孩子了，谁家生活还很困难等。母亲知道我公家的事情干得不错，能够踏踏实实地做事、老老实实做人，她才放心。她每次嘱咐我的话不外乎这样的内容：“钱财是身外之物，太平年间金银玉石是宝，战乱年间米面衣布是宝，妈不指望你当官发财，只要你一家平平安安的有碗饭吃就行了，千万别有那些歪门邪道的非分之想。”临走的时候，母亲叮嘱的还是那句话，“路上小心点儿”。母亲进城后一次唠嗑说起每年回家过年的事，她深情地望着我说：“妈让你回家过年，当时对你工作和生活的确增添了一些麻烦，但你知道吗，妈是想让你放缓工作的脚步稍作休息，再看看你儿时的同学和玩伴，你就会更多地懂得什么叫知足，什么叫珍惜了。”望着没有文化的母亲，我更加佩服了。

直到现在，母亲的爱还是那么独特：当我把自己工作上的成绩告诉她时，她还只是淡然一笑，可我知道，不久左邻右舍都会知道；当我帮她买一件哪怕花钱极少的衣服时，她都会面露不悦之色地说，“不要乱花钱，我衣服多着呢”，可之后她穿得次数最多、最爱惜的一定是那一件；当我给她买些小点心的时候，母亲总说不好吃，可来人时，她一定会拿出来招待并告诉别人，“可好吃呢，我儿子买的”；当每次我给家打电话时，她总是那句话“我好着呢，别打长了，浪费钱”，可只要我不挂断，电话里从来都不会出现忙音……

去年以来，母亲改变了一贯倔强的性格。以往身体不舒服，有点小毛病，母亲总是不同意上医院，相信坚持一下就会好的。现在她不再坚持了，有病就顺从我们的安排去医院就诊，而且毛病也明显地多起来，几乎平均一个月就得去一次医院。每次从医院回来，坐在椅子上，母亲就像一个战败的士兵，有几分无奈，又有几分不服气地自言自语："老了，就什么也不中用了。"

自从意识到母亲已经变老，我一下子感到不放心起来。如同习惯在一堵厚实的墙下躲风避雨好多年了，突然才发现，这墙已经风剥雨蚀、摇摇欲坠，需要我来帮她站立了。高堂有母，是人生的一大幸福。而今，我的母亲已经变老，需要得到耐心细致的呵护。我想，我该像关心小孩那样关心我的母亲了。

（写于 2009 年 5 月）

一位善良的老人

我说的这位善良的老人，不是别人，正是我的岳母。我和岳母在一起生活的日子长于母亲。

岳母出身虽非名门望族，却也是大户人家。关于家世，老人家只字没提过，倒是她那唯一的闺女，因从小和姥姥长大而常常说起。严格来讲，岳母还是位老知识分子，解放初期的中专毕业生，退休前好多年就是农艺师了。但经历极其简单，半辈子一个事儿（农业技术推广），一辈子一个地儿（家乡）。

即使这样，由于时代和个人的命运，老人家品尝够了酸甜苦辣，经历够了悲欢离合，见识够了喜怒哀乐。走过了阳关大道，也走过了独木小桥。有时候，光风霁月，有时候，阴霾蔽天；有时候，峰回路转，有时候，柳暗花明。但是，岁月并未在心态阳光的人身上留下多少沧桑，年近九旬的岳母身板依然挺拔，特别是从骨子里浸透出的善良，具体、天真、快活，令周围的人纷纷竖起大拇指。简单中含着深刻，平凡中藏着伟大。

岳母的善良是具体的。

人们常说，有一种美丽，是我们看不见的，摸不着的，它需要用心来感受，这种美丽就是善良。岳母的善良则不尽然，是形象的，实在的，能感受到的。

我爱人悟性好，天赋高，退休后，刻苦胜似上班，聪明瞬间爆发。忘记了时间和年龄，琴棋书画，无所不学，且学啥像啥。优秀人眼里的别人少有出于其类，完美的天秤座面前难于拔乎其萃。于是，优秀兼天秤座的爱人，常常是看这儿欠圆满，看那儿缺点啥。每当这时，岳母总是语重心长地告诫我们，世界上的事情，最忌讳的就是个十全十美，你看那天上的月亮，一旦圆满了，马上就要亏缺；树上的果子，一旦熟透了，立马就要坠落。凡事总要稍留欠缺，才能永恒。殊不知，生活有了遗憾，我们才会顽强地活着。当你不求完美活着的时候，已经是“完美”的人生了。

自我认识岳母始，一日三餐，做饭买菜，她事必躬亲，从不麻烦别人。她经常和我们讲，小孩儿为什么挑食呢？因为家里的米、面、菜都是大人买的，做什么怎么做也是大人定的，孩子没有选择权，只有抗议权。所以啊，不管多大岁数，自己动手，才能丰衣足食，也才能随心所欲。岳母就是这样的人，事来则应，事去则静。不给自己找事情，也不给别人添麻烦。什么事儿只习惯自己干，就像和周围的人都不熟似的。

我和爱人吵架，岳母基本上都是向着我，倒不是我每次都有理。只是老人家知道，我是外地人，又是外来人，更知道我工作很忙很累。老人家常说，婚姻中不是寻找共同点，而是学会尊重不同点。生活从来都不容易，如果你觉得生活很容易，那一定是有人在为你承担着这份不易。做人，永远不要疑惑自己的人生，切莫攀比他人的幸福，更不要抱怨自己的不如意，心若知足，人必幸福。

岳母的善良是天真的。

为了让小区门口卖豆腐的大姐早点回家，经常把最后一块儿豆腐拎回来；为了邻里、亲戚、朋友，经常把人家的事当自己的事，而且专门帮难事儿。老人家经常讲，毛主席早就说过，一个人做点好事并不难，难的是一辈子只做好事，不做坏事。

有的人给你一百个盐豆吃，你都不嫌咸；有的人给你黄连吃不完，你也不嫌苦；有的人腻歪你到家门口，你仍然选择宽容……因为你知道，有时候选择让步，不是因为懦弱无能，而是因为太在乎感情。有时候选择装傻，不是因为胆小怕事，而是因为不想把时间用在计较上。有时候选择饶恕，不是因为亏欠什么，而是因为不想把别人逼上绝路。

有的人以为善良是人傻，一次次把人利用；有的人以为天真是无能，变本加厉把人欺负。可你常挂嘴边的是，善良的人不是因为他们傻，而是他们信任你；天真的人不是因为他们笨，而是他们包容你。其实每个人都不傻也都不笨，能对你让步的人，都是在乎你的人；能对你装傻的人，都是珍惜你的人。多么善良的老人，话语虽然不多，心里比谁都明白。

这么多年来，老人凡事心里都有一个“度”，茶凉了，就不能喝了。心凉了，就不再联系了。珍惜才会拥有，在乎才能长久。

岳母的善良也是讲圈子的。

对最亲近的人更是天真。不管是你做好的饭菜，还是买来的穿戴，包括平时的言语，老人都会用她那独特的眼光，挑出一大堆毛病，令你或气在心中，或哑口无言，或拂袖而去。每当这时，常说的还是那句话，一辈子了就这性格。明明不信，明明不喜欢，明明不爱，却要给出相反的答案，这样的行为更伤害人，倒不如耿直一点，把一切说清楚，由你们自己选择。

如果生活是一杯水，那么痛苦就是落入水中的泥沙。没有谁的生活始终充满了幸福快乐，总有一些痛苦会折磨我们的心灵。我们可以选择让心静下来，慢慢沉淀那些痛苦。如果总是不断地去搅和那些痛苦，痛苦就会充满我们的生活。所以，即使生活的水杯中落入了痛苦的泥沙，我们也要努力让每一天都过得清澈。

按理说，岳母的这杯水落入泥沙的机会比我们要多得多，但老人家杯中的水总是干干净净、利利索索、清清澈澈。每天还总是高高兴兴地送走月亮，迎接太阳。从不愧人，也不愧己。

岳母的善良是快活的。

在和岳母近四十年的生活中，我深深地感到，心是一个人的翅膀，心有多大，世界就有多大。限制我们前进的，往往不是外界，而是自己。如果不能打破心的禁锢，即使给你整个天空，你也找不到自由的感觉。这些年来，不论怎样，老人家总能做到，心平气和地告别过去，有滋有味地活在当下，淡定从容地迎接未来，看山神静，观海心阔，心态平和，知足常乐。

善良的岳母最大的快活，也是最大的成果，就是把外孙一男培养成了一个对社会有用的人。小儿一男从小和姥姥一起长大，后来上中学去了京城，又去香港读的大学，再后来又去了美国，现在已回到京城工作，专攻人工智能，深耕无人驾驶。儿子每次回家，都能让我们感觉出有新的进步。但有一点一直没有变，朴素得有些寒酸，从不主动花一分钱，节俭得像个不合时宜的旧时代的老人。有一次，爱人试着和他商量：我和你爸都有收入，我们就你一个孩子，该大方点儿就大方点儿。他很果断地摇着头说：这怎么可能，姥姥从小就和我讲，节俭不仅是一种美德，更应该成为一种习惯，用当下的话说就是，我要当一个“酷抠族”。显而易见，这就是一位善良老人对孩子的影响力。在我们的意识中，老人带孩子，只是哄着玩玩，不磕着碰着，不生病，健健康康就是了，有那么大的影响力吗？答案当然是肯定的，她们的一个特殊教育足以影响一个人一生的行为。

自从外孙上了大学，岳母便没了“主业”。近几年对麻将情有独钟。常言道，每个人的素质和品德在牌桌上都会彻底曝光。有些人赢得输不得，两圈不和牌就怨天尤人。别人吃张，她不高兴；别人碰张，她更发脾气；一会怪椅子高，一会嫌灯光暗。相反，岳母座在牌桌前，就像老帅出征，面对“三军”（条、筒、万），镇定自如，输赢不惊。只看自己手中的牌，能打大牌不打小牌，能和多大和多大。看老人家打牌，那叫一个过瘾。

如此痴迷麻将的岳母，男儿回来时还是放下一切围着外孙转。由此，我想起了梁启超那句名言：只有读书可以忘记打牌，只有打牌可以忘记读书。老人家大概也进入了这样的境界，只有男儿在家时忘记打牌，也只有打牌时可以忘记男儿了。认真琢磨琢磨，似乎老人家对麻将的迷恋程度胜过梁启超。

家有一老，赛过一宝。

老舍说过：人，即使活到八九十岁，有母亲便可以多少还有点孩子气。失了慈母便像花插在瓶子里，虽然还有色有香，却失去了根。有母亲的人，心里是安定的……

谢谢岳母，也谢谢我的母亲，至今让你们的儿女们很安定，很安定……

（写于 2020 年 3 月）

孝敬父母要只争朝夕

人生于世，是父母给了我们生命，养育我们长大，培养我们成才。孝敬父母，尊敬长辈，是做人的本分，是天经地义的事情，是每一个人应尽的责任和义务。

孝道是中国文化中很重要的一个元素，孝亲敬老是中华民族的传统美德。我国历史上就曾经留下王祥卧冰求鲤、黄香扇枕温衾、吴猛恣蚊饱血和孟宗哭竹生笋等诸多脍炙人口的孝亲典故。山西某地出台的干部提拔条例规定：拟担任局级领导干部者必须孝敬父母、善待配偶、诚实忠信。足见在今天，我们国家对孝敬父母的重视程度。其实，孝敬父母，弘扬孝道，并不为中华文化所独有，英国科学家法拉第满怀着对母亲的深切感激说："慈母的泪有化学分析不了的尊贵和深厚的爱在其中。"

最近读到一则报道，世界首富比尔·盖茨接受意大利《机会》杂志记者采访，在回答最不能等待的事情是什么时说："天下最不能等待的事情莫过于孝敬父母。"这句朴实诚挚的话，蕴含着深刻的哲理，细细品味起来，给我们以深刻的启迪和思考。常常听到一些人说：工作太忙了，实在没工夫看父母。其实这是托词。我们比比尔·盖茨还忙吗？关键是很多人对孝敬父母根本就没有紧迫感，且不说把孝敬父母放在最不能等待的事情的位置上，就连把孝敬父母放在关心子女、追逐名利甚至结交朋友的位置之后的也大有人在。有时间应酬而没有时间陪父母吃饭；有时间陪朋友聊天却没有时间陪父母说话；有时间陪孩子一起玩却没有时间陪父母遛弯，这些现象比比皆是。世界上很多事情可以等待——错过漫天彩霞，可以等待满天繁星；错过今年的万紫千红，可以等待明年的春光烂漫；错过这次赚钱的机会，可以等待下一次商机，而唯有孝敬父母是不能等待的。因为时光一天一天流逝，父母一天一天老迈；年龄与日俱增，生命像风中摇曳的残烛，留给我们尽孝的时间和机会越来越少。孝顺要及时，失去不再来。有父母，是大福；没父母，是大苦。我们千万不要觉得来日方长，把孝敬父母当作可以等待的事情，一定要只争朝夕。生一日尽一日之孝，万万不能留下“树欲静而风不止，子欲养而亲不在”的千古憾事。

孝敬父母的根本含义是什么呢？我觉得孝是一种爱，一种关爱，一种责任，一种回馈，一种交流方式，一种尊敬。有人说人生有三重境界，这三重境界可以用一段充满禅机的语言来说明——看山是山，看水是水；看山不是山，看水不是水；看山还是山，看水还是水。我觉得孝敬父母也有三个层次——第一个层次是不给父母惹麻烦，不为父母添忧虑；第二个层次是让父母老来生活优裕，精神充实，身心和谐；第三个层次就是真正把孝敬父母作为头等大事，从小到大、时时刻刻、千方百计，发自内心地孝敬父母。小的时候听父母的话，勤奋学习、刻苦进取，让父母欣慰；长大以后脚踏实地，事业有成，为父母脸上增荣；父母年迈的时候嘘寒问暖，让他们尽享天伦之乐。这三个层次是孝敬父母的人之常情，也是天经地义的，连跪乳的羔羊、反哺的乌鸦之类的动物也能够做到。我觉得孝敬父母还有三个境界——孝敬自己的父母，这是凡人之境界；孝敬普天下的父母，这是贤人之境界；视大自然万物为自己前世的父母，永久孝敬，这是圣人之境界。

“一万年太久，只争朝夕”，让我们从现在做起来，孝敬自己的父母、孝敬别人的父母、孝敬大自然，共同构建一个和谐美好的世界！

（写于 2006 年 5 月）

爱情的味道

此时的窗外，风，一阵儿狂似一阵儿，雨，一阵儿紧似一阵儿，风和雨的和声，一阵儿强似一阵儿，黯淡的灯光照着密密的雨脚。屋内清凉的玻璃窗被对窗而立的我呵成一片迷雾，能看见的东西很少，却似乎又能看得很远。我用温热的手指划去窗上的雾气，看见了窗子外层无数晶莹的雨滴。新的雾气又腾了上来，我继续用手指去划，划着划着，终于划出了思念中的名字。

佛说：今生与谁相遇，都是前世的因，造就今生的果。必然遇见的人，无论绕了多少弯儿，转了多少圈儿，还是会在不早不晚的时候，与你相遇。

草儿绿了，花儿红了，大地一片欣欣向荣，在这个充满希望的五月，我们如约参加了团市委举办的青年集体婚礼。那天市里来了不少大人物，替我们主婚，为我们证婚，场面着实隆重，看似很是风光。但我心里明白，今天，你没有像别人一样，身袭一套漂亮的婚纱，这可是一个女生自懂事就有的梦想，且一生只穿一次，而你从小就爱美、会美、追求美。

人群中，你依然举止大方，依然一脸幸福，依然与众不同，可我内心五味杂陈，而且你越是若无其事，我越是心如水煮；你也没有所谓的定情之物，我怎么不知道，“何以道殷勤？约指一双银”，可你却说，情定终身，你我相许，彼此都是对方的“护身符”，这样的信物何等之好？感动的我暗下决心：“这辈子，特别的爱一定给特别的你”；甚至也没有像样的婚房，只在城市里的村庄，租了两间平房，所有的东西都是临时置办的，满屋最贵的物件当属我从日本带回的那台双卡录音机，唯一能表明新婚的就是炕上那两床新被褥了，一穷二白的我，就这样把秀外慧中的你“骗”到了身边。

送走了最后一批客人，我拉着你的手说，我一定好好奋斗，将来咱们也要有房有车，给你、给孩子一个安稳的生活，让你成为最幸福的女人。

你望着我的眼睛，只说了四个字：我相信你！

以后的日子，你可能不记得了，那个好像什么都不在乎的人，经常用闪光的话语激励我。男人可以不辉煌，也可以不成功，但决不可没有事业心。为兴趣也好，为理想也好，为生计也好，男人一生必须有一份事业，至少有一件专心去干的事情。碌碌无为可能是天意，天道酬勤才是常理。一个人只有不断朝前走，才能经常听到自己的脚步声。

我在认真地做着自己的事情，竭诚地履行着那份天底下所有男人共同的誓言：男人的肩膀天生就是承重的。不同的是我的理解：这双肩膀，不仅是女人靠着时的一份安全和支撑，更是一种踏实和舒服。

这些年来，你让我修正了不少，更让我明白了许多。好的夫妻关系是有弹性的，彼此既非僵硬地占有，也非软弱地依附。相爱的人，给予对方最好的礼物就是信任和自由，它牢固但不板结，缠绵但不黏滞。只想牵着你的手，走过那座桥，桥上是绿叶红花，桥下是流水人家，桥的这头是青丝，桥的那头是白发。其实，爱情就是一杯信任水。

最有意思的当属我俩吵架，每次都觉得明明是一些小事，却总是让我们吵得不可开交，有时仿佛预示着感情就要走到了尽头。然而我们都能和好如初，感情甚至比吵架之前更好。

别人都是争吵越多感情破裂越快，而我们却是越吵感情越好。我们并非欢喜冤家式的情侣，只是我们选择用吵架这种方式来表达自己的想法，以及了解对方的想法。吵架总会伤感情的，但是每一次吵完架，我们之间总会有一个人愿意让步，有时候是你，有时候是我。有一个人愿意宽容，另一个人就会愿意坚持，这是我们的默契。

只要你还能够原谅，我就愿意坚持。同样，只要我还愿意宽容，也请你继续坚持。愿我们就在这样互相宽容的默契中相守到老，等我们都老了，可以坐下来慢慢地细数那些在争吵中度过的岁月，取笑对方的坏脾气，也谢谢对方始终没有放手离去。

曾记得你说过，爱不只是温暖在手中，更是包容在心中。女人，退一步，男人，也退一步。一个懂得爱的人，宁可扮演输家，也不去打败自己的爱人。打败了对方，你又能得到什么呢？

一个懂得让步的女人，实际上不是为了退让，而是为了保护自己心爱的男人，让他可以建立自信，让他可以多一份骄傲。好男人，是女人培养出来的，是女人的傻，女人的单纯，女人的信任，女人的臣服，女人的鼓励，女人的梦想一路陪伴而成长起来的。好的男人，因为女人，勇敢地一路冲杀，终于成就了一番事业。

还是这些年，你让我改变了不少，更让我完善了许多。作为一个男人，就应该把天空让给女人，因为女人们喜欢飞，喜欢不着边际，喜欢感动和冲动，喜欢没有逻辑的胡思乱想。我不去纠正这些，我只是时刻警觉地保护在你身边！我不去讨论是对是错，我只是个护卫，尤其在你盲目和激动的时候，我的责任就是让我所爱的人，即使全部错了，即使错得离谱了，即使完全没有逻辑地胡思乱想了，都因为我的保护，而不会受到任何伤害。

我甚至愿意隐藏在背后，悄悄把每一个错误都纠正了，以至于尽管你做错了，都让你得到对的结果，让你根本不知道你错了，甚至也不知道我悄悄地做了什么!

我知道，你不喜欢我写的东西，你说那都是骗人的！可你怎么知道，喜欢文字的人，理解的人不多，知己更少。他们把自己内心深处的想法多诉于文字。你不喜欢看我写的东西，所以我从不主动让你看，谁让我爱你比爱它多呢?

婚姻中有一个原则，就是不要企图改变对方。好的感情都是无条件、无前提、无止境地宽容对方。其实，爱情就是一杯包容茶。

快乐分享错了人，就成了显摆；难过分享错了人，就成了矫情。但有一个人喜你所喜，忧你所忧，在这个人面前，你无须费尽心思去考虑，什么话该说，什么话不该说；更不用绞尽脑汁去琢磨，什么样的心事可以分享，什么样的秘密应该隐藏。

因为这个人，事事为你着想，处处盼着你好。会在你得意的时候鞭策你，让你戒骄戒躁；也会在你失意时鼓励你，让你重拾信心。

这个人就是懂你的人，最懂你的人，才是最温暖的伴儿。

好男人是女人的学校，最好的男人就是让这个好学生永远不要毕业。好女人能够刺激起男人的野心，最好的女人还能抚平男人的野心。一般情况下，男人凭理智思考，凭感情行动。女人凭感情思考，凭理智行动。所以，互相懂得的伴侣，往往在思考时男人指导女人，在行动时，女人支配男人。

你我相识于改革开放初期，近四十年的人生轨迹可以看作一条抛物线。那么，向上的部分就是你绘就的。大变化肯定是大背景、大政策、大形势带来的。但我和我的家庭悄然发生的那些小变化，的确和你密不可分。我自己开始有点变化的时候，恰恰是认识你之后；我们这个家庭开始有点变化的时候，恰恰是我和你结婚之后；我们这个家族开始有点变化的时候，也恰恰是你在关键时刻做出选项之后……而抛物线向下的部分就是我拉扯的结果了。年轻时，把孩子甩给了你；中年时，把家务甩给了你；到了五十几岁，又把老人甩给了你……

没有谁能将日子过得行云流水。有些过往就像刺一样扎在我的心里，让我总是纠结在痛苦之中，反复琢磨，不能自拔。又像是自己给自己造了一个牢笼，甚至还上了锁，又把钥匙远远扔了出去。

“不要让过去的痛苦磨灭未来的开心。值得念念不忘的，应该是自己的梦想和心愿，而不是那些受过的委屈、难过的小事甚至命运的捉弄。”一语惊醒梦中人，打开这把锈锁的还是你。

参加工作以来，组织上几次动意我调离这个城市，但都被我喜欢大海、喜欢这里的蓝天白云说服了。但其实，谁不是因为喜欢一个人而爱上了一座城。为此，有人说，恋家的男人没出息，可是，你看那一地竹笋与青草，它们难道不恋家吗？为何小草葱绿，毛竹伟岸？其实，它们因为恋家，所以追求更高、更广的天地，所以不甘服输、不甘低头，所以自强自立、永远向上。

记得我离开小岛去外地工作的那天，儿子不在身边，两位耄耋老人为我送行，瞬间感到“此时有子不如无”，又是你打破了僵局：“去吧，听组织的。桥危路险猛调头，家里的事儿你就放心吧。倒是你，一定要照顾好自己！”

也是这些年，你让我丢掉了不少，更让我学到了许多。不论男女，真爱的时候必定温柔。爱一个人就是疼她、怜她、宠她，所以才有“疼爱”“怜爱”“宠爱”之说。疼她，因为她苦过；怜她，因为她弱小；宠她，因为她这么信赖地把自己托付给你。

女人对男人也一样。再幸运的女人也有受苦的时候，再强大的男人也有弱小的时候，所以温柔的呵护总有其理由和机会。爱就是心疼，可以喜欢许多人，但真正心疼的只有一个。其实，爱情就是一杯心疼酒。

生命中，如果没有了智慧，人生仅仅是黯然失色；可生命中没有了爱情，人生就不再完整。爱情就是人生中的一道菜肴，咸了，泡杯清茶喝杯水，淡了，找点刺激喝点酒。借助于它，人们才能体会到生命的滋味，才能找到存在的意义，才能看到未来的美好。

……

一道闪电腾空而起，直冲云霄，瞬间战胜了黑暗之魔，照亮了整个大地。看得最清的方向正是我曾经工作的小城，眼前宽阔的街道，由于雨水的折射，发出耀眼的银光，紧接着，闪电一道连着一道，雷声一声接着一声，这分明是在呼唤我回家了……

（写于 2018 年 7 月）

牵挂

大年三十，这本应该是个非常喜庆的日子。可我和我的爱人却怎么也高兴不起来，特别是爱人的心情显得异常沉重。

一大早，天就灰蒙蒙、阴沉沉的，像要塌下来，傍晚时分又飘起了雪花。开始雪片并不大，也不太密，如柳絮随风轻飘。随着风越吹越猛，雪越下越大，雪花也越来越大，一阵紧似一阵。风绞着雪，团团片片，纷纷扬扬，顷刻间天地一色，像织成了一面白网，丈把远就什么也看不见了。这是个恶劣的天气，但人们的心情却没有因为天气的恶劣而受到任何影响，每个人都喜气洋洋，仿佛过年的快乐从人们的心里溢了出来，流淌到了全身。户户听得妇孺笑，家家扶着醉人归。孩子们不顾严寒，在雪地里追逐嬉闹，噼噼啪啪的鞭炮声此起彼伏，响彻整个夜空。他们依旧兴奋着，快乐着，喧闹着，只为迎接新年的到来。

电视机里正播放着精彩的春节联欢晚会，然而，这所有的一切都无法改变当母亲的她，她的心情依旧沉重。她搬了把椅子静静地坐在窗前，看着窗外纷飞的雪花，看着窗外灯红酒绿的街景，看着远方时明时暗的道路。桌子上摆着满满一大桌子菜，但早已凉了，两只盛满红酒的高脚杯茫然地孤立着，排骨炖粉条、家常炖比目鱼，这都是儿子最爱吃的，她舍不得动筷子。旁边还有两罐“燕京”啤酒，那是她特别为儿子准备的。儿子大了，也该沾一沾酒了，这样才有男子汉的味道，她心里是这样想的。

然而，此时儿子却不能回来了。在香港上学的儿子是腊月二十三离开家的。香港和内地不太一样，寒假一般安排在一月份，没有更多地考虑春节的因素，赶上假期更好，赶不上也雷打不动二月一日照常开学。儿子走后，她就像丢了魂似的，茫然一片，恍恍惚惚。但过年了，她还像往年儿子在家一样准备着一切，这似乎已成了某种习惯，就像儿子从来没有在这个时候离开过她一样。这是我们第一次没有和儿子一起过年，心里空落落的，总不是个滋味儿。她知道，家中没有了儿子，就清静了许多，但更会无聊许多，尤其是在这万家团圆的时刻。儿子不在，她也像遗失了自己，没有一点心情，没有一点快乐，没有一点食欲。

“儿子大了，他要走出去，走到一片属于自己的天地里，尽管我们准备不足，但却实实在在地发生了。儿子不再属于我们了，他属于另外一个属于他自己的五彩缤纷的世界了。”我试探着打破这种宁静。

“十八年了，整整十八年了，儿子一直都在我们的身边，同我们一起迎接每一个节日的到来——我实在不想破坏这种习惯。”儿子从来没有在过年的时候离开过我们，多么希望这次也不会啊！可希望不等于事实。

在二十五岁那一年，我们分别做了父亲和母亲。儿子的出生，给了我们莫大的安慰和欣喜。看着胖嘟嘟的小家伙躺在爱人的怀里，一种为人之父的责任感迫使我告诫自己：“既然把他带到了这个世上，就一定要好好抚养他、教育他，让他做个懂事、有出息的孩子。”

有了孩子，谁都希望孩子小的时候乖，长大了有出息。有人以教育孩子背唐诗为荣耀，每逢家有客人就呼出小儿，一首一首地闭着眼睛往下背，但小时背几首唐诗的“神童”长大了不一定成为文学家；有人省吃俭用地买钢琴呀、买绘画的笔墨纸张呀，只想用金钱和拳头培养个音乐家或画家，结果却事与愿违。我一直以为，父母养儿育女，儿女的生命是属于儿女的，不必担心没有你的设计儿女就一事无成。硬要是河不让流，盛方缸里让成方，装圆盒里让成圆，没有不徒劳的。只要教给了儿女做人的起码道理和奋斗精神，有正规的学校传授知识和技能，更有社会这所大学传授人生的经验，每一个生命就会自然而然地发出灿烂的光芒。

当下中国儿童的成长，承担着许多不易承受的负担，这是个困扰人心的过程。男儿是让我们拍得起胸膛的，和别的孩子比较，儿子是被夸奖的对象和学习的榜样。因为他懂事、有爱心、遇事有主见，做人很低调。因我在小城任职的缘故，从小学到高中，他竟然没让我参加过一次家长会。高考那年，他又以超过北大、清华的录取分数线成为全市第一个被香港科技大学录取的人。

送男儿赴港求学的那天，初秋的京城下起了雨。想来，秋天的雨并不多，但总是细细的密密的，一旦下起来好像舍不得停似的。夏天就在这淅淅沥沥、丝丝缕缕、朦朦胧胧的雨丝中，渐渐地隐去了。一个季节的离去，总会给人带来若有若无的思绪。秋天，是又一段路的开端。这场秋雨来得及时却有点让人措手不及。夏天的记忆一下子全浮现在眼前，甚至让人有些来不及回忆。机场话别时，由于激动，我一时语塞，倒是男儿走到跟前：“爸，我不在您们身边，您和我妈要互相照顾好，年龄越来越大了，身体健康最重要。”我呆呆地看着他远去的背影，感到一种从未有过的空虚。好像爬上了一个山顶，一时之间又看不到别的山头，只看见头上的青天白云和脚下的荒漠深谷，头脑里闪现出一个奇特的想法：今天，我真正结束了前半生。

“丁零……”一阵电话铃声把我从自己的思绪中拉回到了现实。爱人转过身，来到电话旁边拿起了话筒。“妈、爸过年好，我在香港给您们拜年了！”“是男儿的电话！”爱人一边擦着高兴的泪水，一边按下了免提，那边的儿子真切地感受到了母亲心情的沉重：“妈，别太难过了。香港过年也很热闹，内地的同学正在包饺子呢。如果我没记错的话，您是十六岁就离开父母参加工作了，爸爸更是二十岁离开家乡只身来到千里之外的秦皇岛。爸常说，窝囊窝囊，窝在家里就会窝囊；出息出息，走出家门就有出息嘛！”儿子的话，字字句句印在我们的心里。

孩子是父母的整个世界，父母是孩子的一片天空。父母知道，自己的这片天空在孩子年幼的时候，固然可以为他遮风挡雨，但是随着孩子一天天地长大，这片天空就会逐渐显得狭小，它无法满足孩子自由飞翔的渴望了。为了追求长空的壮阔和美丽，孩子自然会飞向另一片广阔的天地。而作为父母，纵然千般难舍，但最终还是万般难留。孩子的走，会让做父母的天空塌陷一大片，但大多父母还是愿意选择这种塌陷，只因为我们是父亲，我们是母亲。

由此父母与子女之间增添了一份牵挂。而牵挂正是一颗心对另一颗心的深深挂念。父母对子女的牵挂，就像一片云，随着天空中的飞鸟四处飘扬，穿山越水，总是萦绕在子女的心头。至纯至深的牵挂往往埋在心底，“儿行千里母担忧”，不时地翻起阵阵波澜，搅得夜半难眠，搅得食不甘味，搅得几日没话。

然而，成长比成功更重要。放飞孩子吧，让他们到更宽广的世界锤炼自己的羽翼，使自己成为生活的强者，开创出比父亲、母亲那片还要美丽，还要宽广的天空。

（写于 2008 年 2 月）

美景洗心

儿时就听说“桂林山水甲天下，阳朔山水甲桂林”的美谈。对桂林的山水早就心驰神往。

谁能料到，抵达桂林城，老天竟下起了毛毛细雨。“来得不是时候啊……”同行的朋友沮丧地说着。导游小姐听了后笑着说：“来得正是时候，‘夜上海，雾重庆，雨桂林’之说没听说过吗？”其实，桂林的山水尽在漓江。桂林的三大名山——叠彩山、伏波山、象鼻山都在江边拔地而起。漓江风光是桂林山水的灵魂和精华，从桂林到阳朔八十多公里的水程，酷似青罗带，蜿蜒奇峰间，风光旖旎，碧水萦回，青山倒影，飞瀑参差的风姿，令人拍手叫绝。而漓江之美又在于她的烟雨迷蒙，这烟雨迷蒙方显出她的神姿仙态。

游船悠悠地向前驶着，船首小心翼翼地犁出两道波浪，碧绿的江水欢快地跳动着，文雅地向两边漾去。漓江两岸的一座座山峰，个个不同，形状千姿百态，却又笼罩在同一种神韵之下。由于峰峰之间有深谷，于是各个山顶绝不相连，在一片片、一团团、一层层、一缕缕或浓或淡，或远或近的云烟雨雾的披拂下，宛若一朵朵凝碧的蓓蕾，又似一群绝伦的仙女若隐若现、袅袅婷婷，让人猜想她们瞬间就会歌起来、舞起来。形态万千的山峰多长有茸茸的灌木和小花，远远看去，好像美女身上的衣衫。江岸的堤坝上，终年碧绿的凤尾竹又似少女的裙裾，随风摇曳，婀娜多姿。一团团，一簇簇，化作了大山绿色的肌肤。有绿才有了山的生机，有绿才有了水的灵气。峰峰谷谷都是触目可及的绿，向天地奉献着蓬勃的朝气。最可爱的还是山峰倒影，几分朦胧，几分清晰。江面渔舟几点，红帆数叶，从山峰倒影的画面上流过，真有“分明看见青山顶，船在青山顶上行”的意境。百里漓江百里画廊，每处景致都是一幅典型的中国水墨画。

山上郁郁葱葱的植物装点得青山如画。然而，上天这位妙手丹青觉得还不够，又倒下了一江天水来增添山的灵秀。漓江的水是绿色的，我曾多次领略过蔚蓝的大海，也曾目睹过咆哮的黄河和奔腾的长江，但是我从没见过这样的绿水。绿得自然，绿得浓厚，绿得磅礴，绿得纯粹，就像上帝搬了一块巨大无比的玉石嵌在了地上。俯视江面，漓江蜿蜒清澈，倒映着两岸风景，我不由想起了“山似碧玉簪，水如玉罗带”的赞词，船在江上游，人在画中行。天上的蒙蒙细雨舍不得停地继续下着，那些层叠的峰峦，在这淡淡雨雾的笼罩下若隐若现，更加婉约动人。

船动，景动，心也动，一座座山峰像青蛙，像奔马，像驼峰，像馒头，像玉箫，像长矛，像观音，像童子……形形色色，接踵而来，美不胜收。当然，最神奇的还是九马画山。在山崖上，通过色彩的对比可以分辨出有九匹马藏于壁上。这九匹马神态各异，或立或卧或奔或跃，或饮江河，或嘶云天。相传天宫神马放牧漓江，被画匠看见，想描绘下来，不料马群受惊，淡入石壁而永留人间。由于是神马所化，所以形态难测，不易分辨。当地有民谣传说“看马郎，看马郎，问你神马有几双，看出七匹中榜眼，看出九匹状元郎”。

午饭后，雨势渐渐大了，密密地斜织着。我并没有走下甲板躲雨，我喜欢这被雨滋润的感觉。细雨蒙蒙，如梦如烟，雨中的漓江越发显得美丽了。雨雾朦胧了我的视线，令人心思浩渺。眼前两岸，罗列着崇山叠峰，恍若仙境。站在游船的甲板上，迎着细雨，指点江山，心中顿生无限的感慨，今天的漓江好像就是属于我个人的了。浪遏飞舟，被江水激荡后，沉淀下来的是我内心的静谧，给我留下隽永清澈的心境，雨中漓江是如此的闲适和恬静，雨中的漓江绝不仅是一首诗，也胜过任何一幅美丽的画。

晓风细雨漓江行，神姿仙态雾烟蒙。
若隐若现似有无，勿云勿水呈暗明。
烟雨轻舒美景润，泼墨漫笔诚心灵。
天遂人愿景遂心，道是无晴却有晴。

此时此刻，感到这美景所蕴含的青山、绿水、云雾、花树都在为我表演，我变得轻盈了。闭上眼，静静地呼吸，有情的山水，泛香的花树，有灵的云雾，从我微闭的双眼，缓缓地浸入了我的身体，渐渐地充盈了我的头，漫过了我的心，向下熨帖而去，鱼贯而出……好似儿时双亲的手在抚慰着我。体内充盈着这漓江的山，漓江的水，漓江似有似无的风，漓江或浓或淡的雾，漓江时紧时慢的雨……膨胀了，痛痒了。坐着坐着，闭着眼不要睁开，不要让这山、这水、这风、这景、这雨跑了，一个声音反复叮嘱着我。我的五脏六腑，我的筋脉血肉，我的无名沉重的情绪不见了。那晃荡于江湖，出入于市井，搅合于俗务，醉梦于功名的心，被无语的漓江清洗着。

通透，身体还能如此通透；轻盈，身体还能如此轻盈；舒畅，身体还能如此舒畅。身体片刻的逍遥，才略尝生命的味道。于是才明白仙女腾云驾雾的奥妙——心净则身轻。艳羡这里的人们生活在这有灵魂的漓江边，嫉妒这里的鱼虾比神仙过得还潇洒，也庆幸漓江的美景清洗了我的心灵！

（写于 2008 年 10 月）

我爱这片神奇的海

我踏着软绵绵的沙滩，沿着海边慢慢向前走去。海水，轻轻地抚摸着细软的海岸，发出温柔的唰唰声，唤来的海风湿湿的、柔柔的，夹带着大海的味道，清新而凉爽。我的心里有种说不出的兴奋和惬意。我到过不少海滨城市，那些地方都令人喜爱，然而我最爱的还是秦皇岛这片神奇的海。

我爱这片海，不仅因为这里是秦皇求仙、曹操观海的地方；不仅因为毛泽东在这里发出了“萧瑟秋风今又是，换了人间”的无限感慨；也不仅因为海子在这里写下了许许多多人的愿望“面朝大海，春暖花开”……我更爱她春天的柔美，夏天的喧闹，秋天的含蓄和冬天的宁静。我真真切切地感受到，生活在这里就是拥抱着一湾碧波，拥抱着一湾魅力，拥抱着一湾快乐。

春天的这片海是那样的恬静，那样的柔美，那样的迷人。像刚刚酣睡醒来的美人，慵懒中涌动出一种恬淡的心境，慢悠悠地扭动着美丽的身段，时不时向海岸吹弹出一两朵洁白的浪花。浪花很细，很矮，也很娇嫩，它们只是在海岸中轻舞三两分钟，便悄悄谢幕。举手投足间，满是愉悦和欣喜，似乎要让所有见过她的人都感觉到她的幸福。白天，她在闪闪的阳光里尽情展现自己的魅力。晚上，在夕阳的余晖中，她更是将妩媚发挥到极致，像蒙上了白纱般，渲染出娇羞的色彩，向人们诉说着她的喜悦和甜美。

伴着初春的朝阳，站在海边的沙滩上向远处望去，只看见白茫茫的一片，海水和天空合为一体，分不清哪是水，哪是天。正所谓，雾锁山头山锁雾，天连水尾水连天。远处的海水在娇艳的阳光照耀下，像一片片鱼鳞铺在水面，又像顽皮的孩子不断向岸边跳跃，性情温和，淘气可爱。时而静静地不发一点声响，只让咸咸的海风拂过你的脸庞，让大海的歌声飘过你的耳际，轻柔地不让你感觉到她的存在；时而挥起衣袖，跷起脚丫，挥动着蓝色的衣裙去碰撞岸边的礁石，掀起阵阵白色的浪花；时而又恶作剧似的掀起点点风浪来戏弄海上白色的帆船，随着它们翩翩起舞。

春天的大海，没有夏天的喧闹，没有一浪更比一浪高的惊涛骇浪，没有乌云密布、惊雷闪电在海面的炸响，只是静静地享受着春天馈赠的一切，而在享受的同时又在孕育着更多的生命，播种着更多的希望。

夏天的这片海是热情的，是喧嚣的，是为所有人准备的。海风吹拂着远道而来的客人，海边成了人的海洋。不论是在风里还是在雨里，也不论是在船上还是泡在海水里，一样的爽快。现代人亲近自然，都盼望着回归大自然的怀抱，亲吻大海，品味大海，也就理所当然了，特别是没有见过海的人。“我不在海边，就在去海边的路上”，一时间成了生活在这里的人们和远道而来的宾朋的共同行动。

海边，熟悉的嘈杂声再次响起，人们在海边欢闹着、兴奋着、快乐着，像魔鬼一样召唤着过往的人们：来吧，到大海里尽情享受吧。夕阳下的海风吹来，掀起几米的大浪，排山倒海般地扑向岸边，后浪接前浪，白浪又滔天。这个时候，人在海中随风飘荡，随波逐浪，在浪尖上漂，任凭海浪的戏弄。排浪上岸又退去，人被带入大海的深处。深不可测的大海浮力非常大，在大海里游泳实际上就是漂。要想乘风破浪，只能在浪尖上漂，不然只能任凭大海的摆布。时而在浪尖上，时而在浪谷里，喝几口海水也很正常。此时的大海倒像豪放的小伙子，把抑制不住的爱一股脑地倾洒出来。此时的你一定会感到，大海的力量是世间最宽厚、最强大的力量。她温和得可以包容一切，狂暴得可以沧海桑田。在具有如此力量的环境中畅游，无论你认为自己多么强大，也一样会感到非常渺小。

夏天的海边，波澜起伏，风云变幻，时而像塞上积雪，时而像大漠孤烟，时而像江南花雨。“行到水穷处，坐看云起时”，人们呼吸着暮霭，游戏着碧波，欣赏着蓝天。白云轻抚着清波，彤霞簇拥着夕阳，红瓦绿树、亭台楼阁装点着起伏的海岸，从碧波到蓝天，从红瓦到绿岸，相信谁见了都会心动不已。此时的你若徜徉在戴河旁的十里荷园，闻海风，观大海，看夕阳，品海鲜，不禁要吟上两句“晚风吻尽荷花叶，任我醉倒在池边”，一切的烦恼都会随风飘散了。

秋天的这片海是温情的，是含蓄的。秋天的海，从远处看像一片大湖，从高处看像一面镜子，在近处看像静静的潭水，把波涛藏在怀抱深处，只说湛蓝，只说辽远。抬头是蔚蓝蔚蓝的天空，低头是蔚蓝蔚蓝的海水，向前看是蔚蓝蔚蓝的水天一线，“落霞与孤鹜齐飞，秋水共长天一色”。

秋天的海有了些许凉意，却仍存有温情。虽不能下水畅游，漫步在海边仍感觉被大海拥在怀中，像回到了母亲的怀抱。涨潮时，浪花拍打着海岸，似乎是在让你聆听她那强有力的心跳声；退潮时，安静平和地离去，似乎又是在让你感受她那宽容释然的胸怀。秋天的大海是人们心灵的忠实听众，总是静静地陪伴在你身边，听你絮絮地诉说着苦恼而从不打断，总是默默地帮你分担忧愁而从没有怨言。当你愉快时，她欢欣雀跃仿佛在陪着你愉快；当你伤心时，她会掀起阵阵不平的浪花仿佛要以此来帮你分担苦闷。她是人心灵的知音，是人灵魂的伙伴。

秋天的海有时被阳光映照，到处都是金色的，金色的彩霞、金色的海鸥、金色的帆船、金色的海水、金色的天空……这金色的世界，能洗净人们心灵深处所有的烦恼与痛苦，带来无边无际的梦想与希望，让人们的心自由地飞翔在海的上空，幸福地享受着这鸟飞鱼跃的美丽世界。

这片神奇的海四季各有不同，冬季的海另有一番景象。冬天的海退去了如织的游人，套上了一件灰蓝色带着轻纱的外罩，像一位哲人陷入沉思，又像是饱经沧桑的老人终于等来了属于他自己的宁静，使你不忍去打扰。海滩成了空旷的荒野，已被冬婆婆镶上了一层碧玉般的冰，不断的潮起潮落冲刷掉游人留下的痕迹，却把海草贝壳留在了沙滩作为最生动的装饰。这个时候的海才能自由，随心所欲地恢复着她的本来面目，微荡着恬静温柔的波，静静享受着阳光的抚爱和月光的洗礼，除了每天让心脏用潮汐方式跳动，其他的时间似乎进入了舒畅的睡眠。

冬天的海虽没有了夏日的激情、夏日的温度，但那些浪漫的人还是在海边寻找着属于自己的浪漫。海风吹过的沙滩已经有些许的硬度了，不再像夏天那样踩在上面有种细细软软的感觉了，但她依旧可以留下两人的脚印。用深深浅浅的脚步，在赤裸裸的沙滩上书写着永恒的爱情，相互依偎，互诉情语，说着那些山盟海誓的情话，这是一种多么难得的神秘，多么难得的朴实和多么难得的真诚。

冬天的海是美丽的，看着日出的样子，太阳似乎比其他季节更加明亮，更加清澈。没有了春天的柔美、夏天的灼热、秋天收获的喜悦，太阳依然是那样新鲜和美好。此时的大海仿佛能带走你所有的忧愁，所有解不开的心结，所有展不开的愁眉，所有擦不干的眼泪……

冬天的海是高傲的，她像一个才色俱佳的大龄未婚女子，痴痴地守候着这片淡蓝的天，守候着属于自己的那份宁静。不管是否有人来，始终在那里等待着欣赏她的人去欣赏，始终在那里等待着懂她的人去懂，始终在那里等待着爱她的人去爱。

因为热爱这片神奇的海，所以热爱这里的环境；因为热爱这里的环境，所以热爱这座城市；因为热爱这座城市，所以更加热爱这里的人们了。

（写于 2005 年 6 月）

身边的风景最美丽

年华在时间里往复，于是我们成长了；生命在季节里轮回，所以我们成熟了。成长是一路风景，但人生中最美的风景，总是在你的身边和脚下。

身边的风景最温润、最亲切、最入心，就像父母对你的感情一样真诚永远，就像妻子对你的爱一样历久弥坚，就像儿女对你的敬重一样伟岸如山。身边的风景能使你感动，也能使你铭心刻骨。身边的风景让那些名山大川永难比拟，它们美则美矣，但离你太远，远到成千上万公里时，就像是你梦中的情人，一觉醒来便是一片空茫，倒是身边的一草一木，脚下的一山一水，最适宜你去品味和欣赏。因为，你能与它朝夕相守，情爱交融；因为，你能与它共度日月，互诉衷肠；因为，你能与它白头到老，相依相望。

我领略过长江的豪迈大气，我欣赏过黄河的深邃灵气，我也感觉到现如今生活的城市的河流是那样富有逸气。但是，无论是大气、灵气，还是逸气，过往一次便成风中之景，倒是家乡旁边那条小河，让我难以忘怀，更深感亲切。

村旁的小河是我儿时最爱去的地方。那个时候，河上常有挂着白帆的船队经过，长长的就像一列列火车一样。渔人、渔网、渔船，都是儿时记忆，特别是那放鹰的渔船给我留下了终生难忘的印象。那鹰站在船头的栏杆上，摇头，侧目，或是啄啄爪子，扇扇翅膀，不时窜入水中叼起一条还甩着尾巴的鱼来。而那个吸着旱烟的老渔翁的脸上，总是涂着阳光一样的笑容。

我见识过黑土地的广袤无垠，我感受过黄土地的空旷无际，我也钟情过大草原的绿海无边，但我最爱的还是故乡那树成行、田成方，一眼望不到头的大洼土地。

大洼的四季风景令我回味一生。大洼的春天让我蠢蠢欲动，大洼的夏天让我迷恋奔跑，大洼的冬天让我蛰伏安卧，而大洼的秋天给了我一种坦荡如砥、云卷云舒的胸怀。相比之下我更爱故乡秋天的风景，看着乡亲们秋收时热火朝天的壮观场面，你会感知到，秋天的心跳不逊于盛夏，只是秋天的美德在于克制、高尚的节约，而不在于狂欢的挥霍、贪婪的占有，它让人们的炽烈凉下来、静下来，收藏起喧嚣，谦卑向善，沉默如金。而它依然具有波澜壮阔的底气，安详如乡下婆姨，镇定如幽谷老松，大气如浩渺江河。

有人说，我们总在路上，总在追寻，却往往忽略了身边的景致。

身边的人呢？身边的岁月呢？何尝不是一样。

记得去县城上中学，背着行囊走出家门时，不曾回头看看身后紧紧相随的父母。更不曾想过，这一走，便愈走愈远，从此走出了这个生活了十多年的家，从此远离了与父母朝夕相处膝下承欢的日子。读大学，工作、结婚、生子，有了完完全全属于自己的家，但是对年迈双亲的牵挂，对家乡小镇的思念却慢慢地滋长，长成了心口的痛。当初的懵懂少年离家时是那么的义无反顾，而现在想说回家乡却谈何容易。每次回家小住，都是那么匆匆，每次离别都是那么不愿，不舍，不忍……

故乡的大地，故乡的水，故乡的人，是我难以忘怀的风景。我生于斯长于斯，我丝丝缕缕的情感里都是它绵绵的气息。这气息是我心湖的一圈圈涟漪，荡漾着希望和梦想，也荡漾着憧憬和渴望，把我的整个生命从里到外都浸透了。

风景这边最好，也是一种生活的道理。有些人对眼前的、身边的、常看的风景看多了、看累了，也就看烦了，其实不然，身边的风景最美丽。

就像自己的妻子，那个一直陪伴你的女人，会在摸到你额头发烫时发出一声惊叫，会在你伤心时给你擦掉眼角的泪花，会在你遭受挫折时，满怀温情地为你擎起一片蓝天，为你重新竖起破浪的风帆，会在你离家远行时一声声叮咛，会在你归家时一声声问候。她是你一生的风景，伴你风、伴你雨，伴你霜、伴你雪，和你手拉着手，肩并着肩，走过一道道坎，迈过一道道沟，献出的却是那看似平淡却永远炽人的风情。我们都知道，这个世界因为有了女人便拥有了五分真诚、六分善良和七分美丽，女人是一道风景，但最美的风景就是你身边的妻子，那个一生一世都爱着你的平平常常的女人。

的确，人们都有这样的心态，放着眼前的风景，一辈子都在寻寻觅觅，当风景和快乐在眼前时，却常常与之擦肩而过，到头来，感叹错过了太多的幸福和快乐。多少年来，我们似乎已经习惯了让一些不重要的事情占据我们的心灵，遮障我们的双眼。人们见面时大多相互感慨“最近我很忙”，其实你的忙碌与真正的生活并不是都有联系的，往往在你忙碌的时候，眼前的风景与你失之交臂，那种美好已和你渐行渐远。

身边的风景最美丽，这是生活中一个平常而又深刻的道理。珍惜你身边的人和事，热爱你身边的一草一木、一山一水，你就拥有了一生最美的风景。我们的步履便不会总是那么匆匆，我们的心灵便能多一份从容，也许，这样的人生便能少留些遗憾吧。

（写于 2002 年 5 月）

身体好才是真的好

今天是除夕，我们这个大家庭又聚到了一起共进午餐。过年就是过团圆，就连远在香港读大学的儿子也在昨晚赶了回来。席间儿子的一番话又一次震撼了我："返家途中，空姐用清脆的声音问我们，牛年即将过去，虎年就要到来，请你们用一个词语概括一下牛年家里发生的最重要的事情。我想了想还是健康。因为这一年里，奶奶和姥姥相继住院，父母又已人到中年，我们这个家越来越需要的就是健康。虽然在座的长辈有从政的也有经商的，但是，早当官，晚当官，早晚不是官；早有钱，晚有钱，早晚不值钱。人生最大的资本就是身体健康，只有身体好才是真的好。"

懂事的儿子又一次提醒了我们。难怪近些年来，人们相聚举杯时，更多的是相互祈祝身体健康。生活在一个浮躁多变的年代，见过了太多的潮起潮落、生命无常，人们畅然醒悟，原来健康是人类的第一大财富，长寿是人们孜孜以求的第一目标。当人们解决了温饱问题达到丰衣足食之后，健康便上升为第一需要，所有的努力与奋斗，都应建立在健康的支点上，没有健康，一切理想都是泡影，拥有健康，才会拥有一切。

养成好的习惯是储存健康，放纵陋习就是透支生命。快节奏的生活使人们养成了许多现代习惯，正是这些习惯在不知不觉中损害着自己的健康。更可悲的是，有些人即使意识到了，却仍然不改。

计算机轻易地让大脑变得悠闲起来。一般的计算，小小的计算器便争先恐后地为我们包揽了。复杂一点的计算，也有无所不能的电脑效劳。闲置大脑，对人类来说是舒服和快乐的，但后果则是可怕的，那就是人类大脑有可能急剧地退化。若干年后，我们的大脑会不会与大猩猩相“媲美”，就是一个问题了。

飞机和车辆很有效地让我们的双腿悠闲起来。老祖宗们在千百万年的进化过程中不断磨砺，把人类的腿磨砺得十分健壮，但到了现代，我们把身体都交给了飞机、火车和小轿车，把徒步这种良好的人类行动方式遗弃了。腿的闲置，带来了要命的肥胖症、糖尿病等，又对心脏施加疯狂的压力，把人体变成了豆腐渣。

精细的食物轻易地让人们的肠胃变得悠闲起来。伟大的祖先遗传给我们的，是一个无所不能的肠胃，什么草根树皮都能消化，而如今，我们吃的是精细的粮食，菜也不是原来的菜了，自从有了高压锅，再硬的食物都可以变得软烂。久而久之，我们的肠胃也会变得脆弱起来，一有风吹草动，便不由自主地撒起娇来，一根生黄瓜就可能把人送进医院。

空调轻易地让人们的汗腺悠闲起来。流汗是人体的自然生理功能，而现代都市人对此都唯恐避之不及。我们逃离炎热，躲进空调房里，这还不满足，恨不得能把春天绑架，一年四季伴在自己身边。于是，我们体内积累的毒素排出得少了，变得弱不禁风，需要大量的药物为我们筑起防线。

成堆的药物轻易地让我们的免疫系统悠闲起来。现代人滥用科学技术成果，过去什么药都不用吃的一个感冒，现代人则如临大敌，一大堆抗生素同时冲锋陷阵，吊针一打就是个把星期。每当一种新的抗生素面世，厂家的生意无不火爆三五年。人们奉药物为神明，家家都有一大抽屉药，有的人更是把吃药当作吃饭一样，大把大把地吃。闲置免疫系统的直接后果，就是我们逐渐成了药物的奴隶。没有了药物，或者是药物慢了一点，人们的身体就没有一点儿还手之力。到最后，常常是再好的药物也无能为力。

凡此种种，不胜枚举。年终岁尾，人们习惯于反思这个反思那个，为什么不拿出点时间反思一下自己的健康呢?

健康依靠什么，依靠上帝？这是愚昧的。依靠医生？这是软弱的。从“锻炼身体，保护自己”这个口号中，人们渐渐领悟到，健康终究还要靠自己。心理平衡，合理膳食，适量运动，戒烟限酒，被称为健康的四大基石。一砖一石的铺垫，才能构筑出健康与长寿的坦途。最好的医生是自己，最好的药物是时间，最好的心情是宁静，最好的保健是笑容，最好的运动是步行。快乐是长寿的妙药，勤奋是健康的灵丹，运动是健康的投资，长寿是健康的回报。相逢莫问留春术，淡泊宁静比药好。

人生在世，也许我们无法把握山重水复的变迁，但我们可以把握自己，可以看轻人生的恩怨得失，可以用心关爱周围的人，可以有规律地学习、工作、起居，可以科学地饮食、运动、休闲，可以快乐地生活。因为只有身心健康地活着，才有本，才有源，才是福，才有资格直面纷繁的人生，才有机会去实现人生的理想，去创造并享受美好的生活。

现代人生活在紧张的竞争氛围里，忙、累、烦、怕、急，构成现代人的共同特点。不可否认，人人都向往一顺百顺，有称心的工作，满意的收入，幸福的家庭，良好的人际关系。但现实往往是残酷的，愿景不是实景，理想不是现实，这就需要有一个健康的心灵。心灵健康，即内心坦然，思想不偏激，情绪不过激。毕竟社会是全方位的，工作是多岗位的，当领导与当员工，当公务员与当清洁工，当大官与当村官，都是一种岗位，一种职业，一种工作。尽管分工不同，但都可以做出成绩，也都会有风险。如果心灵不健康，就会这山望着那山高，一天到晚盼跳槽，跳来跳去，不仅什么专业都不专，而且什么工作都做不了，最终空有凌云志，难有可成事。还是那句话说得好，人生最大的错误，是用健康换取身外之物；人生最大的悲哀，是用生命换取个人烦恼；人生最大的浪费，是用生命解决自己制造的麻烦。当心灵趋于平静时，精神便是永恒。把欲望降到最低点，把理性升华到最高点，你便会体会到：平安是宝，健康是福，清心是禄，寡欲是寿。

人最大的资本就是有个健康的身体。如果没有一个健康的身体，有再多的财富，有再成功的事业，也没有幸福可言。因为身体的不健康，会给人在思想上带来压力，在精神上带来痛苦，在身体上带来折磨并直接威胁着生命。拥有健康的人才是幸福的。

日子一天天过去，岁月一天天流逝，我们在不知不觉中慢慢变老，唯有珍惜才是最好的选择。珍惜我们的生命，珍惜我们的健康，珍惜我们的爱情、亲情和友情。过好每一天，享受每一刻，含着幸福的微笑送走月亮，迎接太阳。

（写于 2010 年 1 月）

走出来的感觉

匆匆的人群，滚滚的红尘，这世界是一日浮躁一日，人心也是一天浮躁一天了，但毕竟还有人愿意去散步，去轻轻松松地感悟人生。那些散步的人，从碌碌风尘中淡出，从程序规范中脱身。你看那些漫不经心的散步者，拖着长长的影子，像白云在天空中飘荡，像微风在林荫下轻吟，像流水在河道里嬉戏，像锦鳞在碧波中游泳，那么怡然自得而气定神闲，他们把自己交给了大自然，顺从地、虔诚地听命于大自然的指引。走着走着，荣辱皆忘；走着走着，波澜不惊；走着走着，这世界似乎只剩下身与影了。这，是走出来的感觉。

不知从什么时候开始，我也习惯了散步，既喜欢自己散步，也喜欢和朋友一起散步。当然，独自散步和同朋友散步的心态是不一样的。

自己散步大多是心情不太好或者有什么烦心的事情，这时独自散步，多半在晚上，一边思索着往事，一边顾盼着街头的风景。夜色朦胧，灯光朦胧，用朦胧的眼光看着来来往往的人群，便发现了一种朦朦胧胧的美感，想不到人群、车流、小贩构成了一道独特的风景。顿时，烦心的事情忘得一干二净，幸福安详自然就写在了脸上，写在了心上。

和朋友一起散步，两个人一边愉快地畅谈着，一边欣赏着扑面的景色。常常是在自己心情愉快的时候和朋友一起散步，这时的散步大体分三个阶段，先是身体的放松，再是对风景的欣赏，然后是对生命、对万物的冥想。朋友间相互畅谈，使疲劳的身体在漫步中得到了放松，田野的美景便由眼帘走入内心，心情忽然就开朗愉悦了起来。伸手折一片草叶在嘴里咀嚼，摘一朵野花在鼻底嗅嗅，生命的气息便在体内充盈，会使朋友间愉快的心情更加舒畅。这时你会忘记工作的疲惫、生活的无奈，眼前的景色和知心的朋友使你仿佛融入这大自然中的一草一木，感受大自然永远不会烦恼的气息……

生活在海滨小城，春天的时候我常在周末去海边散步。每逢周末，海边休闲的人很多，有一家三口来的，也有甜蜜的情侣相伴来的，还有相约的朋友一起来的。金色的天空，玫瑰色的云朵，金色的大海，玫瑰色的浪花，金色的海滩，玫瑰色的礁石，金色的人群，玫瑰色的影子，暖暖的，长长的，斜斜的，紧紧的……每个人都在享受着春天海边的一丝暖阳，快乐地、幸福地书写着自己的生活。海水不断地冲到沙滩上，沙滩被海水冲过后，是一片平展的细沙，踩上去又松又软，就像踩在地毯上。海水冲到我们的脚上，打湿了鞋，索性脱掉鞋袜走进浅浅的海水里。海水有那么一点点凉，感到浪花在挠我的脚丫，脚下的沙子也像是会跑一样不停地从脚下溜走。一会儿踏着水，一会儿踩着沙，回头一看，海滩上留下了我们的脚印，大小不一，长长的一串。海水冲过来，脚印就消失了，留下的是幸福，留下的是回忆，留下的除了开心还是开心。望着眼前的大海，你会顿生感慨，没有哪个地方比大海更宽阔，没有哪个地方比大海更丰富，没有哪个地方比大海更包容，没有哪个地方比大海更朴实，海成了心灵的又一个家。

夏夜是迷人的。当夕阳褪去最后一抹余晖，燥热渐渐散去，喧嚣的城市空旷、宁静起来，增添了悠然的气息，此起彼伏地亮起星星点点的灯火，宛如活泼顽皮的精灵，营造着神秘朦胧的氛围。晚风习习，夜色正浓，我喜欢在这样的夜色中散步，任轻风拂过全身。就这样一个人慢悠悠地走，渐忘生活的脚步，让思绪也随意地游走，那份感觉悠然而舒适，平静而坦然。

宽敞的街道边，绿树草毯，散发着泥土和草的芳香，混合着夜的空气，是那么的醇、那么的厚。微风徐来，摇曳的梧桐树叶发出沙沙声响，霓虹闪烁里树影婆娑，各色不知名的小花热情地开放着，浓浓的香味弥漫在整个夜空。夏夜是属于人们的，三三两两的行人或在小径散步，或在广场做着各种健身活动，更有一些老者借着路灯的光兴致颇浓地下着棋，还有那林荫深处卿卿我我的恋人……每个人都醉在这心旷神怡的夜色里。

这样的夜晚，这样的心境，所有的烦恼、忧郁都烟消云散，所有的困惑、惆怅都解脱释怀。心中无事，看一切都充满了情趣；心中无事，点点满足就能生出幸福。就这样感受着时间流淌的温柔，享受着夜色的一份惬意，一种满足，一种恬静，一种开朗。

每到秋季，我更愿在丛林中散步，特别是秋雨飘零的天气，更是别有一番感觉，那色调如同云中的仙境，梦中的圣地。我喜欢那条树多的路，路两旁的树在雨后如洗过一般，沾着晶莹的水珠，青翠欲滴，那雨从叶缝间向下滑落的感觉也是悠然飘逸的。

雨很细很小，那些不怕雨的麻雀仍然像往常一样，在树上跳跃着，鸣叫着，像在呼唤自己的孩子，又像是在唱着情歌。在这人声阵阵、喧嚣追逐的世事中，这里是一道诱人的风景。每次走到这里，我都要驻足片刻，听听这大自然的声音。我不敢站得太久，怕打扰了它们那份乐融融的天真，这片刻的停留，足可使我找回一份无邪的童心了。看看那玲珑活泼的小精灵，看看那树以及树顶上的云雨，还有那人行道以及人行道上各色的人，让人越发感受到了湿湿的柔和凉凉的静从秋的心中渗出来。秋雨在静静地挥洒着，红叶在静静地绽放着，村庄在静默中沉醉，大地在肃静中露出健壮的身躯，舒展着迷人的风姿……一切显得那样的深沉而富有涵养，秋天就像一位成熟而渊博的男人在沉思。

散步可以尽揽景象，也可以成为景象的一部分。这就是所谓的“你站在桥上看风景，看风景的人在楼上看你”。无意中，你就成为别人眼中的风景。

冬天到来的时候，散步的人相对少了，人们大多集中在街区的公园里。此时，我们散步的次数也相对减少了。但每次散步都会碰到一对老夫妇，他们穿着厚厚的衣服，沿着公园里的人工湖缓缓地走着，依旧沉静平和，没有太多的话语。起初碰到他们的时候，我们并没注意，后来每次来都能遇见，彼此就开始注意对方了。老夫妇头发已经花白，看上去六十多岁的光景，散步的时候，他们总是走得很缓很轻。冬日的微光洒在他们身上，柔和静寂，人生的风风雨雨仿佛都已过去，留在今天的只是单纯的相依相恋。

我们从未和两位老人交谈过，每次遇见只是互相微笑着点点头表示问候。在我们身上，他们捕捉着他们年轻时的影子；在他们身上，我们遥想着我们的未来。

走在街区的公园里，你经常会看到许多满头银丝的老人相互携手，或走在公园的小径里，或坐在铁架的木椅上，看微风吹拂，看人潮散去，看百味人生。难得能一生漫步到老年，直到永远。我很羡慕那些相濡以沫的老年夫妻，他们的散步是一种风景，是一种和谐，是一首心灵的夕阳颂，是一个永远延续的感情故事，是一段永远走不完的爱情之路。

诚然，独处也可以做到涤净心灵的污垢。暂时让身心对话，梳理好自己，抑或蜷曲在沙发里读着一本好书，沐浴着前人的智慧，体味一种酣畅与快慰，让心灵来一次净化。但倘若有一天，你散步归来感到人淡如菊、身心两温，那么，无论你的胸膛里，原来跳动的是一颗执着之心，浮躁之心，焦虑之心，还是麻木之心，都已在不知不觉中换上了平常之心，淡泊之心。这样，当你重新踏进红尘之门，举目环顾，人，不再有贵贱之分；事，都成了过眼烟云。

（写于 2008 年 3 月）

会生活比成功更重要

任何都市都没有心都繁华，任何古堡都没有心堡神秘，任何海洋都没有心海浩瀚，任何绝壁都没有心崖陡峭，任何园林都没有心园神妙……心就是整个世界，心就是茫茫宇宙，心就是一切的一切。然而，快节奏的生活就像鞭子一样抽打着人们不断向前，使人们身心疲惫。放慢生活的脚步，生活再苦心不累，工作再忙心别忙，其本质是对健康、对生活、对人生的珍视。会生活比成功更重要。

最近看到一篇题为“没空相处”的短文：

有一天，我的儿子出生了。

他很可爱，但是我没有时间陪他。我要挣钱养家，我要出人头地。

我不在他身边时，他学会了走路；我知道他会说话时，他已经能说长句子了。

那一天，我夹起公文包往外走时，儿子抱着他心爱的猫，抬头问我："爸爸，你什么时候回家？""哦，说不准。不过，爸爸有空一定陪你玩，我们一定会玩得很开心的。"

有一天，我的儿子十岁了。我送给他一个篮球作为生日礼物。他说："谢谢爸爸。我们一起玩吧。你能教我打篮球吗？"我说："今天恐怕不行。我还有许多事情要处理呢。"

"那好吧。"他说，然后转身离开，脸上没有显出失望。他很坚强，越来越像我了。

有一天，他从大学放暑假回家了。嘿，他魁梧挺拔，生气勃勃，完全是一个男子汉的模样。我对他说："儿子，你让我感到自豪。你能坐下来和我说一会儿话吗？"

他摇摇头，笑着对我说："暑假长着呢。我约了同学出去兜风，你能把车子借给我用一用吗？谢谢，再见！"

我退休了，儿子也结了婚搬出去住了。有一天，我给他打电话。我说："如果可以，我想见见你。"他说："爸爸，我很想去看你，但是今天恐怕不行。我还有许多事情要处理呢。"

我忽然感到这些话是那么熟悉。是呀，儿子长大了，他真的很像当年的我。我抚摸着怀里的猫，最后对着话筒问道："儿子，你什么时候回家？""哦，说不准。不过，我有空一定会去看望你，我们一定会谈得很开心的。"

但愿不要让这样的事情在你的生活中发生，因为人生只有一次，不能重来。然而纵观四周，不少人的生活经历与这篇短文所描绘的何其相似。为了追逐更大的名利，为了获得更多的钱财，一往直前，毫不停留，无休无止，不舍昼夜，你争我夺，竞争激烈，就连吃饭也是不知其味地填饱肚子。结果却是心累体衰，没有时间充分品味生活的美好与芬芳，往往为此错过了许多更为宝贵的东西。比如，对父母的尽孝，对爱人孩子的关爱与照料……我们经常看到一些成功人士谈到这些时，黯然神伤或潸然落泪，其对亲情、对家庭、对爱人、对儿子的内疚感往往成为永远的痛。

是不是为了成功就一定要把自己弄得那么紧张呢？其实不然，每个人的生活都可以适当地慢一点，多留些私人时间去享受生活的乐趣，人生才会少很多遗憾。

也许你的官位越来越高，权力越来越大，可是你并不满足这一切，而是野心勃勃，权欲如火，想爬上更高的位子。你仿佛成了一匹脱缰的奔马，难以收蹄，但若再狂奔下去，可能会跌下悬崖，掉下深渊。

每当这个时候，请你走进大自然。你看那秋天的山野，原本在夏季丰茂的野草会变得枯黄；晶莹如碧的叶子憔悴了颜色，有的甚至飘然离枝跌落在野草间；万紫千红的花朵变得黯然失色。看到这些景象，你也许会明白物极必反的道理，也许你蓬勃的欲望可以消减许多，从而用一颗平常心静观万物。

也许你的金银越积越多，可你还想得到更多，堆积成金山银山；你的别墅越建越美，甚至要把天上玉皇大帝的琼楼玉宇移到人间。物欲炽烈，燃烧于胸。

每当这个时候，请你走进大自然。你看那山野上的坟头，大的如高丘，小的如土堆。那坟中枯骨，他们生前或许是王侯，或许是将相。如今怎么样呢？当年的万贯家业早已荡然无存，昔日的宫殿楼阁早已化为瓦砾。想到这些，你物欲的烈火，也许会减弱许多，甚至陡然熄灭。

大自然总是美的。那天边的绿意和遥远的蓝天白云相连，和远方的青山绿水相接。如果你认为生命中有比急着完成某件事更重要的事情，就请把身心交给大自然，交给这无边的绿色，交给这无边的原野。它会以无比的清新和纯净，洗涤我们心灵的浮尘。放慢生活的脚步，倾听内在的声音，顺着它找到最适合自己的生活节奏吧。

生命是有限的，而我们却可以把有限的生命以慢的姿势拉长。贴近自然，读万卷书，行万里路，用慢的姿势和节奏丰富我们的内心，也丰富我们有限的生命。其实，高质量的生活应是一种平衡，该快则快，能慢则慢。知道什么时候可以放下，什么时候要加快脚步，什么时候必须驻足，什么时候又该跃起，我们就不会因为一路快跑追赶而忽略了道路两旁美丽的风景和本该细细品尝的生活滋味，也不会因为忘了停下脚步而错过了身旁关怀的眼神和暖暖的爱意。

在喧嚣的生活中，我们忽略的往往就是身体的健康和心灵的宁静。我们为了工作，不辞辛苦，不管白天黑夜，加班加点，使身体疲惫不堪，出现这样那样的病症，无力、萎靡、衰弱、疼痛，我们的身体濒临危险的边缘；而心灵呢？现实的浮躁侵入了我们的心灵，为一些利益斤斤计较，对现状的不满耿耿于怀，为名利地位所累，心灵忍受煎熬……我们忽略了平静之美，淡忘了一路花香。活着是为了幸福，可这样的生活能带给我们幸福的感觉吗？

人与人之间，金钱多少可以比，地位高低可以比，学问深浅可以比，年龄大小可以比，但唯有一样东西很难比，那就是生活。我们要时常告诫自己，静下心，过一种平淡舒缓的生活。放慢工作的节奏，给自己一点自由的时间，哪怕看一看身边的风景，也是一种心灵的享受。停下匆忙的脚步，想一想，问自己一句：我快乐吗？我多久没有认真地看看天空中悠闲的白云？多久没有听听微风吹拂和林间的鸟鸣了？难道这一切离自己的生活很遥远吗？我们努力追求不平凡，到头来，却失去了很多平凡人的幸福。会生活比成功更重要。会生活的人比成功的人更可敬。放缓生活的节奏，并不是放弃成功。还记得那首关于骆驼的小诗吧——

永不涉水的
一叶扁舟

任烈日的光焰
锐利如箭
任漠风的暴虐
迷茫天地
你依然从容地甩响驼铃
迈着绅士的步伐
不紧不慢地朝前走
一不小心就走成了
举世闻名的
丝绸之路

（写于 2003 年 3 月）

我是农民的儿子

我是农民的儿子，而且是世世代代农民的儿子，因为我的父亲是农民，我的爷爷也是农民。

我生在三年困难时期，那时的农村非常艰难，连吃饭都很成问题，直到我上学了，懂事了，也没有太大的改变。父亲是村里有名的老实人，只知道按照传统的方式埋头劳作，对家里的事，对儿子的事不愿意管也没有能力管。家里遇到困难，父亲不是长吁短叹就是发着毫无价值的牢骚。母亲很要强，除了张罗着日常生活中琐碎的一切，还要随父亲在生产队下地劳动。母亲早就过够这种挨累而且受穷的日子了，可她心有余而力不足。

母亲知道自己没有能力改变自己与家庭的命运，于是她把希望寄托在了我的身上。她让我读书，想通过考大学的路子改变儿子的命运，从而改变家庭的命运。为此，为了供我上学，母亲对她的精力、心血、财力都进行着超负荷的透支。村里的人，包括父亲在内，对母亲不惜倾家荡产供我读书感到非常的不理解。他们说母亲是癞蛤蟆想吃天鹅肉，猪八戒想要嫦娥女，傻乎乎地干着那些苦着孩子、苦着自己、苦着家庭的事。

我当然想证明母亲是对的，也非常想通过考试跳出农村的苦海，活出个人样。于是，我背负着沉重的压力拼命地学习，从小学升初中，从初中升高中，一时一刻也不敢松懈。不论大考小考，我都能考第一，每当这时，母亲总是用她那少见的笑容和一顿饱饭鼓励我、奖励我。直到20世纪80年代参加高考，我成了全县高考状元，却没能进入理想的大学，我一心想弃学复读。母亲把我叫到跟前说："儿啊，去吧，你能考这样，妈已经很高兴了，你这哪是考大学啊，你是在考户口本啊，这样你就不用种地了。学校好坏也不能决定你一辈子。知道吗？有的动物皮最值钱比如狐狸，有的动物肉最值钱比如猪，只有人骨头最值钱。你还年轻，今后的路怎么走，关键在你自己！"听了母亲的话，在报到截止时间的最后一天，我去了那所我不很情愿上的大学。

时光如白驹过隙，大学几年，弹指一挥间。说句心里话，那几年，我既要勤工俭学养活自己，又要取得优异的学习成绩，付出的自然要比其他同学多，但我过得很充实。我收获的不仅仅是知识，还有终生享受不尽的财富——自力更生。通过大学艰辛的洗礼，我的内心少了一份浮躁，多了一份平实，没有像其他同学面对那种充满残酷竞争的无措，也没有从粉色的梦到黑色现实的落差。我是一棵有着顽强生命力的野草，无论是在烈日炎炎的夏日，还是在北风呼啸的冬天，我都会活着，很好地活着。艰辛的洗礼同时也使我越来越明白：活着，不是活在别人的目光里，也不是活在别人的评论中；活着，是为自己的精彩而活着，是为自己的蓝图而活着。

刚毕业那些年，我每次回农村老家都有一种负罪感，虽然我在城里只是一般的市民，并没有过上富足的日子，但一回到农村就感觉自己在城里拥有得太多，面对农民觉得不好意思。我穿戴得比他们好一些，我有固定的收入，而他们每年在外面奔波，干的多是泥瓦匠、建筑工等苦力活，一年到头也挣不来多少现钱。特别是不年不节、平时回去的时候，发现村里的青壮年男子大多出去打工了，有些年轻女子也出去了，在村里悠悠走着的多是老人和小孩，于是感觉空气里有几分凄凉。那时农民的休闲时间，除了看电视就是打麻将，基本上没有其他的文化活动。电视多是黑白的，而农民用电的节约程度，不是城里人所能想象的。能关灯尽量关，灯泡瓦数都是很低的，那种光线让人昏昏欲睡。

对着这些四处打工的兄弟姐妹，他们越是羡慕我的生活，我越是感到无地自容。在他们面前，我确实有种背叛的感觉，因为自己没能跟他们一起承受祖祖辈辈遗传给我们的命运而负疚不已，好像因为我的逃脱而增加了他们的苦难。

我是农民的儿子，思维时而受到这种身份的牵扯。每次看到城里的老太太或者年轻的女性牵着一条小狗遛弯儿，我就想：她们与其和一只小狗交流，不如收养一个农村孤儿，那不比养一只狗更有感情，更有意义吗？时下这个社会为什么如此难以进行人性的沟通？那些有钱人如果把自己富余的财力、精力转移到社会公益事业上来，不是对社会更有益处，而他们的幸福生活也更太平吗？我这话要是说出来，人家会觉得我不太近人情，可是我自己觉得这才是最近人情的想法。我也时常告诫自己，不能总用这种眼光审视城市，尤其不能用这种眼光要求别人。但是发出告诫的是理性，支配理性的是本能。时而用农民的眼光看待世事，已经是我无法更改的本能。

最近几年虽不能经常回家，但每年都会回去看看。再看看自己工作城市的农村，农业真发展了，农村真变化了，农民真高兴了。先是种地给补贴，再是取消了延续几千年的农业税。医疗有农合了，养老有保险了，城乡统筹发展的大戏，在党中央、国务院的导演下越演越精彩。

前些天接到老家同学的电话，他弟弟由一个村干部考上了公务员，看来走出黄土地的路不只一条了。他还说，我们的父辈让子女摆脱农民身份是一个农民所能想到的最大梦想，如果自己的孩子能过上城里人的日子，是一个农民最大的光荣，现如今不同了，不少城里人，不少大学生都来咱村在咱农民办的企业打工了，在咱父辈劳作的土地上租地种田了。放下电话，我陷入了深深的沉思并情不自禁地笑出了声。

我在想，我因为是农民的儿子而尝尽了无论是城里人还是乡下人都永远不可能知道的千辛万苦。尽管如此，我从来没有因为自己是农民的儿子而在城里人面前自卑过。我在所有的场合都告白我的身世：我是农民的儿子。随着社会主义新农村建设的不断深入，各级政府都在千方百计地做着减法，减少农村，减少农民，减少从事第一产业的人……若干年后，农民的儿子们说起自己的身世，该是怎样的一种情形呢？

（写于 2010 年 4 月）

最美好的时光

生命是一条奔流不息的河，我们都是那个过河的人。在河的左岸是铭记，在河的右岸是忘记。我们乘坐着各自独有的小船在其中穿梭，才知道——忘记该忘记的，铭记该铭记的。我们行走在消逝中，渐渐淡忘了某些记忆。记忆中最美好的时光，定格在冀中平原上的那个小农村，那最耀眼的童年时光，那句母亲经常喊的“回家吃饭”。

“张三、李四、王五……回家吃饭了。”

“刚子、铁柱、拴住……回家吃饭了。”

暑假午间的炎炎烈日中，日落时分的袅袅炊烟中，总有母亲的声声呼唤——回家吃饭了。

每到假期的上午，我们一般是割牛草、打猪菜，背着并不合身的筐头，在沟沟渠渠、坡坡坎坎顶着毒辣的太阳挥动着镰刀，然后把一把把青草，一簇簇草菜捺入筐头。雨水丰沛的年景，庄稼和草菜丰茂，我们就能早早地打满箩筐，兴高采烈地回家；如遇干旱时节，草菜蔫头蔫脑，割草不易，打菜更难，有时过了中午才能完成任务。

中午，大人们从地里干活回来，女人们急忙做饭，男人们躺下休息。天气炎热，我们照例去村边的大河里洗澡，我们洗澡大都不是为了除灰垢，而是比谁游得快，憋得长，或是戏水打仗，玩到兴头上，常常忘记饭点，忘记回家。这时，就听见远远地传来母亲缥缈的呼唤声——回家吃饭了，于是小伙伴们一个个像蛤蟆一样蹦上岸，光溜溜地跑回家了。

下午，我们一般去放牛、放羊。小时候的放牧生活并没有田园牧歌的洒脱，更多的时候是牵着牛、赶着羊在沟沟岔岔里穿梭。家乡是一望无际的大平原，田成垄，地成方，一马平川的庄稼地，哪敢让牛羊靠近，可供牛羊去的地方又贫瘠，草又少，有时候到了傍晚时分，牛羊的肚子也鼓不起来，这样一季下来，膘也上不去，大人们常常批评小孩们干活不认真，孩子们只好委屈地低着头。牛羊多，丰草少，好多地方，你放一遍，他又走一遍，连草根都露出来了。

太阳落山了，晚风轻轻地吹来，牛羊加劲地吃草，孩子们也不着急着回去。这时候晚风中传来母亲的呼唤声——回家吃饭了。小伙伴们就强拉硬赶着牛羊回家了。

母亲们的声声呼唤，孩子们的大声呼应，飘荡在田野和小村庄的上空，伴随着饭香和炊烟飘荡在我们童年的岁月里。

一家人在大树底下，在院子中间，围坐在小桌子旁吃着玉米糊糊就咸菜，饭食简单，但其乐融融，生活艰难，但内心安宁。

长大后，各家都不再养牛养羊，原来长庄稼的地方有的大片大片地长着草，那条给我们带来无穷快乐的大河已经变成了污水沟；童年呼唤我们吃饭的母亲也容颜苍老，白发盖头了，有的已经永远逝去；当年的小伙伴也都天南地北，很难碰面，也少有联系，时光在人们的长大和衰老中流逝着。

母亲的呼唤声远去了，童年的小伙伴们远去了，童年时光也远去了。现在吃顿团圆饭都不是一件容易的事。母亲常常在电话里问，今年回家过春节吧？我说一定回。这些年来，即使孩子很小的时候，我都没有落过。其实，母亲电话里的话语何尝不是一种呼唤！

长大真是一件无可奈何的事情。我们在不断的获得中失去着，在不断的失去中回忆着，在不断的回忆中继续着……

常常在梦里想起母亲熟悉的呼唤：“张三、李四、王五回家吃饭了，刚子、铁柱、拴住回家吃饭了！”

（写于 1996 年 12 月）

一个令人生羡的季节

当点点梨花落在身旁，当丝丝细雨滴在脸颊，当瑟瑟秋风拂过发丝，当片片雪花飘进眼帘，生命在寒来暑往中，领略了四季的更替。

就这样，人与自然，在周而复始的气象变化中，饱经季节的体验。每个轮回都让我们阅读天地，聆听万籁，每个季节也都让我们留下了殷切的期盼。

我喜欢春的羞涩，夏的火热，也喜欢冬的内向，相比之下最爱秋的独特了。

从一片飘落的叶，到一棵枯黄的草；从清晨溜进室内的第一缕凉风，到黄昏秋蝉的最后一声嘶鸣，秋色正一点点蔓延，秋意也正一层层加深。

叶子的颜色由嫩绿变成翠绿，又由翠绿变成青绿，进而又变成了苍绿。光阴挥舞着时间的魔杖，在一片苍绿里点染出深红、浅红、鹅黄、金黄，再刻下褐色的斑驳的印记。时光有了斑斓的色彩，苍绿的叶子，也变成了花。

这个季节只属于一个人的安静，不是两个人的计较，也不是三个人的争吵，更不是一群人的热闹。

这就是秋啊，我最喜欢的季节！

我欣赏《菜根谭》里的一段话："春日气象繁华，令人心神骀荡；不若秋日云白风清，兰芳桂馥，水天一色，上下空明，使人神骨俱清也。"在我的眼里，秋就是这个样子，而且灵动，富有真情。在这个水天一色、上下空明的秋天，可以做到心神宁和。

我更喜欢野外的秋天。天边的空阔里是秋天最真实的存在。秋风渐起的季节，微微的凉，恰到好处。多搭件衣服不觉得热，少穿件衣服也不觉得冷，多像一份不远不近、不温不火的感情，安放在心里妥妥帖帖。凡俗之人，终是贪恋尘世间那一点暖，很难修行到神骨俱清的境地。

闲云野鹤是秋的题目，只有在秋日明净的天宇间，那一抹白云才当得起一个"闲"字；而野鹤的美，澹如秋水，远如秋山，有着无法捉摸的一份飘萧，正当得起一个"逸"字。"闲"与"逸"正是秋的本色。

相形之下，人生之秋，既不轻松，更不闲逸，相反，有点沉重了。肩上扛着社会的希望，心里装着家人的梦想。不能停留，不能闪失，也不能彷徨。累了，就站在山顶，或凝眸远眺，或放声嘹亮；苦了，就默默地守在安静的地方，不想被别人安慰，自己一个人疗养。就连笑容也少了张狂，有的人自以为中年之后大彻大悟，学会了藏起尖锐，学会了圆通温润，学会了不去计较，学会了包容生活，但远不如秋的云淡风轻，天高气爽，橙黄橘绿，月明星朗。

我常常思考一个问题，什么时候人们能把人生之秋过得和自然之秋一样，清清爽爽，潇洒闲逸，独具特色，富有魅力呢？

（写于 2018 年 9 月）

小雪

今天是小雪。

就凭二十四节气的划定，古人的智慧便让我由衷佩服。

夏日的莲荷缤纷已落，秋天的鸣蝉喧嚣已过，小雪，你怎如此悄悄地来临？在这个季节，地上的露珠会变成霜，空中的细雨会化成雪。寒意如期而至，却不知那淡淡的雪也会如约而来吗？

其实，小雪时日，虹藏不见，天气上腾，地气下降，闭塞而成冬。这是许多心怀感动的人渴望的季节。如果说人心早已沧桑，那么雪花将会是寒冷里最令人期盼的遇见。

在辽阔苍茫的天地间，仰望雪花轻盈纷飞，在灰暗的尘埃之上，变幻出洁白无瑕的世界，这一刻，它透彻如琉璃、似莲花内外明净。面对纯净清澈，人心和面目自然柔和。如何能照见自己？唯有与美相对，人才会展现出最为真实单纯的面孔，远比立在一面镜子前更为真实。

这个季节，最适合收拾心情，可以翻开冬的萧瑟，静静地欣赏里面的精彩，有怀旧多情的老照片，有婉约舒缓的旧诗歌，还有回忆悠长的泛黄画卷，一页一页地读下去，这些蕴含着真心的过往，就在这冬日暖阳中熠熠生辉。

也是这个季节，让许多人变得更加冷漠，连半句话也懒得说，是世态炎凉令人更加疲惫而无奈，还是寒冷截留了热情？时间是本早已记载了答案的书籍，只是太过厚重，没有从头读到结尾，又怎么能看到最终的答案。对于用心的人，那里有面向大海，春暖花开。而那些偶尔好奇的人，翻过了许多书，却从来不介意结果，他们所贪图的只是过程的快感。时间又是公正的，幸福快乐徜徉的地方，永远会有温暖和真情。所以有些事情，不必非要去逼出一个答案，改变的东西也并非无情，而是宿命使然。

天气降了温，风吹来，迎面清寒。还是因为季节的原因，人们都渴望进入冬眠，能像童话里的小熊一般，躲在树洞里，吃甜甜的蜂蜜和酥软的松饼。然而现实里树叶正在簌簌落下，有的人视而不见，急速经过，将那些金黄或嫣红的叶子碾碎成泥。而有的人，停留在树下，任由落叶一片片轻轻地缀满肩头，就像披上一条唯美的披肩。世事无常，当你所面临的一切青葱馥郁时，要珍惜拥有，有一天它终究会走向另一重境界，如果心态颓废，会看作凋零或者衰弱，其实，这何尝不是璀璨升华的另一种绝美。因为，自此之后，再没有一种色彩能比拟，斑斓的秋色尽管绚丽，春夏的花朵固然美艳，却达不到如此高深悠远的气质。像极了女人，青春的美丽，在短暂的挥霍之后，转眼就会消失不见，而流芳长存的永远是睿智的大气，是经过人生四季之后沉淀下来的厚重。读过的书和阅过的人，都能令你更加风华绝代。

古人诗云：寒夜客来茶当酒，竹炉汤沸火初红。在这萧瑟的氛围里，一杯热茶就像春的诗情，确是最好的慰藉。在冬天来临的日子，唯有暖意才会令人向往。浓浓的人情之暖，可以轻而易举地赶走瑟瑟的冬夜之寒。

也许只有到了冬天，我们才会懂得什么是冷，什么是暖。越是冷得无情，就越能体现出暖的可贵。雪，来或者不来，并不是我们可以左右的，对我们而言，最重要的是谁会与你一起围炉夜话。人，走还是不走，也不是我们可以决定的。此时此刻，有缘相聚之人，或许明天就会远走高飞。

在生命的过往里，总要保留一些坚定的守候。正如此刻的我们，会在这寂静的初冬，耐心地等待一场小雪。我们在期盼着什么呢？难道透过那飘舞的雪花，可以看透那些流失的时光？还是那已逝的岁月？

初心如雪，岁月从容，我们并不知道那场我们一直想要的小雪，能不能沿着冬天的足迹，来布满这个寒冷的季节……

（写于 2018 年 11 月）

塞北的雪

冬日的严寒从不曾停止肆虐的脚步，凛冽的寒风从不隐瞒撕心裂肺的痛哭，残了花，枯了叶，冻了水，裂了土。凌乱的雪肆无忌惮地飞舞，缓了街，固了树，染了天，封了路。漫漫空灵中看着冷风抱雪，苍白了万物。

下雪了。

一元复始至，瑞雪兆丰来。这是我听了这么多年《我爱你，塞北的雪》之后第一次真真切切见到了塞北的雪，这也是我来新地方、新单位履新的第一天。

白，一望无际的白，天地无垠的白，千古一色的白。真的，好一派北国风光。

雪花，纷纷扬扬的雪花，亿万年不变的是你的晶莹，你的本色，你的纯洁。

当你飘然而至的时候，我五味杂陈的心，突然沉静了。我沉静的心，完完全全陶醉于你轻轻盈盈的舞姿，震惊于你包罗万象的优雅，钦佩于你凌空长舞的从容，沉吟于你漫天飞翔的自由无羁，共融于你天地一统的潇潇洒洒。真的好喜欢你啊，塞北的雪！

多少人迷恋春的绮丽缤纷，夏的古道热肠，秋的硕果累累，而我却对小小的你情有独钟。在春夏秋的季节里，我曾迷惘过世事的无常，命运的变幻，伤心的过往。而冬天，望见你的一刹那，我忽然觉得一切都已化为空灵。

一任月光，与你亲昵。

一任心绪，随你飘飞。

一任情感，陪你追寻。

一任生命，共你纯洁。

临窗而立，久久沉吟，终于忍不住了，打开房门，走到院中，接受你凉凉的抚摸，于是我仰面苍穹，张开双臂，很想亲吻你一下，可能因为害羞，还没来得及张嘴你就融化了。想把你捧在手心，免得你再受伤害，可你却在短暂的停留之后默默离去，给我留下的是你那温柔的泪花。

清寒之气，来得如此正好，如此畅快，如此舒服。让你我在清冷中约会，在清静中眷顾，在清淡中问候。一杯清茶在手，与你对饮，一树梅花绽蕊，与你对语。

冬，渐渐地深了。轻柔飘逸的你，独喜这天地清寂的空旷吗?

雪白君子之色，笼天罩地，覆盖古今，展示着千山鸟飞绝，万径人踪灭的大道禅意。

千里江山，着一袭白袍，素洁高贵，大地万物，粉妆玉砌，凸显冰清玉洁的情怀。

一夜之间，你悄然来临，人一开门，一片洁白的欣喜，铺展着生命无边无际地向洁白深处延伸。

纷纷的往事，彻底让它成为岁月的过往，岂能再心乱，情难平，辜负这上天赐予的天地一片白的盛景。

白，其实是胜过春天姹紫嫣红的一次盛装出场，其实是将五颜六色归为一种极致的颜色，其实这洁白里包含着多少梦境的缤纷?

远山寺庙的钟声，敲响了千古堆积的高山一样厚厚的寂静，唤醒了闪闪亮亮的芬芳阳光，震碎了残留的那些世俗杂念。

阳光映照下，湿润、细致、安然、柔性、淡雅，尽显着雪的别样气质。

那绝不是浅露的冰冷，那绝不是无动于衷的淡然，一切洁白里泛出比阳光更芬芳的温存。

事实上，雪是比花朵更绮丽的美丽，比热烈更热烈，比奔放更奔放，比诗意更诗意。

雪虽一色，胜过万色；雪虽一景，胜过万景；雪虽无言，胜过万言。

平息了多少思绪汹涌，淡定了多少恩怨情仇，超脱了多少矛盾纷争。

唯雪，也许唯有塞北的雪，让人如此在天地间静立眺望着，眺望着，眺望着……

我爱你，塞北的雪
飘飘洒洒漫天遍野
你的舞姿是那样的轻盈
你的心地是那样的纯洁
你是春雨的亲姐妹哟
你是春天派出的使节，春天的使节
我爱你，塞北的雪
飘飘洒洒漫天遍野
你用白玉般的身躯
装扮银光闪闪的世界
你把生命融入土地哟
滋润着返青的麦苗，迎春的花叶
我爱你，啊！塞北的雪

（写于 2017 年 1 月）

小城月色

阳台上泻满了清辉，如霜、似水，一抬头，半个月亮已悄悄爬上了对面的山顶。

“今夜月色真美！”望着蓝黝黝的天幕，我不禁脱口而出。这句话是发自心底，而且还带有一点抑制不住的漫卷诗书的欣喜。因为，如今的城市，也包括一些农村，月亮就像紫禁城的嫔妃，不是想看就能看到的。正是这方可爱的月亮与我们渐行渐远，所以有人对酒当歌时便慷慨陈词：城市的夜空，已经了无诗意！想想也是，没月亮的夜晚，夜幕下的芸芸众生该是多么的凄清寂寞。

所幸的是，我寓居的这座小城，诗意的明月依然时时做客我的窗前，与我推杯换盏，海客谈瀛洲，依然那么宁静、高远、不减清辉。

都说夏日的夜，梦一般美。可我怎么感觉，那沁人心扉的月色，有点妩媚，又有点忙碌，轻轻地漫过窗台，越过柳叶，飘过花丛，洒落河面，掉进小径。此时的夜，寂静无语。当一阵清风轻抚我的脸颊时才发现，它是那样软、那样绵，那样轻、那样幽。

我喜欢这样的感觉，更喜欢这样的夜色。又一次将好心情写在脸上，心中荡起欢快的涟漪。抬头仰望无边的天际，依稀感觉美丽的月色漫漫坠落到我的身上，我的发梢，我的手心。她是那样妩媚多姿，又是那样深情款款。

我真想抓住她的衣角，可她悄悄地从我指间滑落，我刚想留下自身的月影，可她又悄悄地从我身上消失了。情不自禁想起了小的时候，在童年的岁月里，我们心中的月亮是亲切的。夜行时，如果天空有一轮明月，心里就踏实下来，丝毫没有黑夜的恐惧。走一段路，抬头看看，月亮总是跟着我们，照着我们，望着我们。我们在路上，月亮也在路上；我们在高处，月亮也在高处；我们走在河边，月亮就在水中；我们回到家里，月亮正好在家屋门前，月亮真是忠诚的月亮。

此时，已是万籁俱寂，唯有月华姣姣。偶尔，有一抹轻纱般的薄雾缓缓飘过，袅袅如烟。一个人，拥有一方明月，静静地沐浴在一片冰清玉洁的月色里，享受着夜的温馨，是不是有点奢侈呢？山风，从远处徐徐吹来，有松的味儿，有花的味儿，有山泉的味儿，更多的是绿草的清馨，还有那丝丝缕缕似有似无飘来的夜来香的芬芳。

月下的大地，深厚沉稳，仿若雄浑宽厚的胸膛，让万物在它的怀抱中安心深眠。白天聒噪的蝉、引吭高歌的鸟都静静地醉梦在枝叶葳蕤间。月下的山，巍峨蜿蜒，沉寂默然，是那么的温柔恬静，泰然自若。月下的一草一木，都是那么的祥和，在微风中，摇曳婆娑。月下的村庄，只剩下灯光时暗时明，时隐时现。月下最美的地方当属武烈河了，皓月倒映在河面上，月色为河水赋予的神韵，竟有西湖西子之清幽，又有玉环飞燕之高贵，一带悠然，直济青天。远处望去，恰如蒙着一层薄纱般恬美婉约的少女，以流水为琴，抚弄着岁月的歌。

月下的一切是那么的沉静、安然，仿佛与世无争。白天滚滚红尘的无限喧嚣遁迹得无影无踪，只剩下一汪清幽；人间的一切纷纷扰扰也消失在月色的掩映下，只剩下夜的深邃与平和。在这里，静静地沉睡于夜的小山村，恰是上天遗留在人间的一方净土！

人们常说，春花秋月是最美的。说心里话，我更喜欢夏天的月亮。晴朗的月光下，露水随着清风轻轻飘落，无声无息，无影无形，给人清凉于无意之间。夏天的荷花也尤为喜欢在月下淡吐馨香，因为有了荷花的点缀，夏夜月色便显得更为静谧而美丽。秋天的月虽然是一年四季中最为澄澈清透的，但就是因为太过于明静，抛洒的露水湿润而凉气稍重，往往会有微霜。但夏天的月色，充满激情，热烈奔放。“沙上并禽池上暝，云破月来花弄影。”此时的月亮让人感觉是有颜色和味道的，难怪有人说：夏天的月色是为有情人准备的。

人生失意有几许？人生得意有几何？得失两头总有时，云开月明不会空。

月色漫漫淡去，夜色渐渐苍白。灯火阑珊宛如海市蜃楼，浮云层层犹如海上浪花，但随着夜色的默然消退，也随着阳光的悄悄溜进，在飘忽之间乍隐乍现，直到沉没于天边之外。

而此刻，远在天边，近在眼前，大地光彩重现，一切清晰可见，又是六月中新的一天，又是阳光灿烂的一天！

也就是今天，我将离开小城，去一座更大的城市工作了。

（写于 2019 年 7 月）

八月，临窗听雨

今年的秋天，在接连几天的绵绵细雨中悄然而至，带来了一丝凉意，也带来了一抹诗意。我喜欢雨天，更喜欢雨打窗棂的声音，那声音有时缓有时急，有时疏有时密。兀自独坐，沏上一壶茶，在窗前静静地听着雨声。此时，你不需要任何触动心灵的诗句来渲染内心的这份感动，只需要静静地聆听，听着细雨的空灵，听着细雨的柔情，听着细雨敲打着窗棂，心中便是一份妙不可言的清宁……

古今有很多人喜欢在这静静的夜里去静静地听雨，由于心境的不同，听雨的感受也就各异。听风、听雨、听歌谣，不同的心思便能听出不同的情怀景致；听风、听雨、听心声，不同的人便能听出不同的人生姿态；听风、听雨、听人生，同样的雨能听出不同的生命感悟。然而，每个人听雨的时候都是在认真地听着真情的奔泻，认真地听着思绪的驰骋，认真地听着和心灵的对话。

雨夜听雨，真是一种享受，不管是绵绵柔润的春雨还是淅淅沥沥的夏雨，也不管是凄凉萧瑟的秋雨还是清寒冷寂的冬雨。风雨潇潇，既可凄然可悲，亦可悠然可喜。一帘夜雨在窗外，穿林打叶在心间，潺潺淙淙，随风入夜。坐在窗前静静地听雨，听其声、听其调、听其韵，就能听出一番感慨、听出一丝愁绪、听出一种激情，听后便是一种释然。

境由心生。这雨，情意绵绵，意兴正酣。翻开儿时的日记本，用手慢慢触摸纸上的印记，那充满童趣的往事叫人心甜，然而它却如雨如水，似梦似烟，一去不返。人生如梦，岁月如梭，一眨眼工夫，激情年少的青年就变成“凉冷三秋夜，安闲一老翁”了。雨声所敲打的除去岁月的回响外，还有昔日难忘的记忆和欲语还休的惆怅。随着年龄的增长，慢慢地看透了世事的纷杂，看淡了世事的悲凉，知道了生命因何出发，也知道了准备到何处去。

人生是盘棋，输赢不定；生活是场戏，哭笑不得；生命是条路，长短不一。烦时，找找乐，别丢了幸福；忙时，偷偷闲，别丢了健康；累时，停停手，别丢了快乐。不要求世界完美，不苛求人人纯粹。人生，本就存在着遗憾与残缺，重要的是看淡、看轻、看开。再聪明，也不能事事都看透；再智慧，也不能人人都看懂。你不管多么豁达，不可能没有生活烦恼；你不管多么淡泊，也不可能没有人生欲望。人啊，哪有事事如意，生活哪有样样随心。很多人，并不被我们认同，很多事，也不由我们做主。但是，因为善良，所以宽容；因为责任，所以承担；因为某种理由，所以愿意妥协。只要为自己打开一扇心窗，就会有云淡风轻而入。放下无谓的过往，腾空内心的世界，让美好走进心间。就像四季，有了冬的冷冽、春的烂漫、夏的激情，到了秋时就会显得充实而饱满。人的生命也是这样，经历了岁月沧桑以后才会积淀而丰实。生命中苦过，才知甜美；痛过，方懂珍惜；甜过，更知满足。到了一定岁数，你会发现，父母的健康、妻子的笑容、孩子的平安、生活的和顺，才是人生最重要最快乐的事情！

我深深地感到，在这八月的雨夜，解读人生的悲欢离合好像是一种释然；在这八月的雨夜，解读生命的起起伏伏是一种豁达；在这八月的雨夜，解读社会的形形色色是一种禅意；在这八月的雨夜，解读叶黄叶绿的枯荣兴衰是一种感悟；在这八月的雨夜，解读岁月的苍茫凝重更是一种境界。人生其实是一个圆，从起点到终点，走得再远，也会回到出发的地方。

有人说，背上行囊就是过客，放下包袱便是归人。只是生活在俗世的你我，有几个人可以放下繁华的世相出离尘世？这世间有太多的繁华和诱惑，可这世间又有太多的并不属于你我的繁华。如今的我，不想要纷繁的世相，只是想在一个不知名的地方，守着往后如水的年华，守着一壶世味熬煮的清茶，在某个雨落的黄昏或夜晚，抚摸着一颗云水禅心，不虚华亦不热闹，静静地独守着。将浮华关在门外，唯有细微的尘埃静静地落下。余生，将简单的日子过成诗般，闲暇时挥墨书字成画，择一小院种菜种花，学一点烹饪小技，享受一下舌尖上的幸福。累了，就靠在软椅上歇息，沏上一壶茶，慢慢啜饮，慢慢咀嚼，慢慢品味，让苦涩慢慢变成香甜。扪一下禅心、听一夜细雨、赏一场杏花往事，把生活过得简约、平淡、宁静，但奇趣横生。

我想，这样的日子应该不远了。

（写于 2019 年 8 月）

回不去的乡愁

转眼离开故乡快四十年了，兜兜转转，我现在工作的地方已是辗转的第三个城市了。但乡愁注定在我心里扎下了根。以家乡为原点，我曾待过的地儿，不是偏东，就是偏北，要么就是偏南。令人扼腕的是：走过许许多多的桥，看过许许多多的景，也干过许许多多轰轰烈烈的事，却去不了最想去的地方！

早年少不更事的懵懂年纪，别离故乡亲人，甚是不舍，那种滋味儿一辈子挥之不去。闯入一个陌生的城市，在熙熙攘攘的人群中遇不到那些熟悉的面孔，耳边萦绕的也不再是乡音。想家——这是个在游子心中分量最重，内心深处最疼的梗。

当初，最思念的当然是家里人，悔恨当初为什么惹父母生气，为什么总是不让着弟弟妹妹，为什么作为家中长子还没尽一天孝心就当了逃兵——总之，家里的一切都是好的，都是值得去怀念的。那时候，电话很少，能装得起家用电话的更少，思念的情绪都留给了信件。记得，信里不只是家，更多的是泪痕，沾满了信纸，模糊了字迹，湿润了游子的心。当时只感觉天已不再蔚蓝，地也不再盎然，这个世界只有自己一个，所有东西与我无关。有点时间就找个高处望着远远的西方，所有思绪都飞向遥远的故乡，飘浮在空中，弥漫在田野。偶见一片云彩飘过，就想它是不是故乡的云，是不是也在故乡的天空中发过呆，有没有看到过我的父母亲人呢？他们在田间劳作，时不时会直起腰来，在擦汗空当仰视天空，也会想起远在他乡的儿子。我想一定有，因为它是那么轻柔、那么纯白，还带着一丝故乡的气味。它现在好像停留在天空一动不动，留恋着，眷顾着，目不转睛地盯着我，此时，我挤出几个月以来难得一见的一丝笑容。那真是故乡的云彩！那么的熟悉，那么的温暖。我陶醉了，闭上眼睛，竖起耳朵，妄想也可以聆听到故乡的声音。

这些年来，每次回想起我的家乡，那悄然衰退的村落，总是有一股苍凉之意涌上心头，久久无法平静。不过，我不得不承认一个冷冰冰的现实：如今的我很少回自己的家乡了。但儿时那些有趣的记忆深深地烙在了我的心中。

故乡的春天，万物复苏，光秃秃的树枝吐出新绿，新鲜极了。带上弟弟妹妹出去玩儿，把柳枝拧几个圈儿，把树皮和树骨分开，皮用来做“哨子”，吹起来发出的声音短的尖脆美妙，长的沉闷悠扬，都是那么悦耳动听。再晚些时候，榆树上就会结满榆钱儿，爬树去摘，乍暖还寒的季节，榆树皮把棉裤磨破了也不在乎，只顾吃着香甜的榆钱儿。有时把榆钱儿拿回家，母亲就会做一餐美味来，快蒸熟尤其揭锅的那一瞬间，榆钱儿窝窝头的香气飘满了小院，味道好极了！

夏天到了，小伙伴们，下河摸小鱼，河边逮青蛙，傍晚捉知了，日子快乐着呢！从小就喜欢这个季节，特别是炎热的午后，通常会下一场雷阵雨。坐在屋檐下，看着第一滴雨落到院子里的刹那间弹起的尘土，看着雨滴拍打着树叶，看着远处的小鸟呼呼地飞入树林归巢避雨，慌而不乱……好一幅雨中乡村风景图！这个季节的雨来得急，下得大，但一般不是很长。傍晚时分，雨过天晴，这时雨水带来的泥土气息扑面而来，充满了你的鼻孔，甚是新鲜，忍不住会多吸上几口。

家乡最美的季节还是秋天。天高云淡，秋高气爽。玉米、红薯等一些农作物可以收获了，树上各种各样的果子也开始成熟了。我们小孩子可有口福了，挖个小土窑，搭上树枝，把鼓捣来的红薯、玉米分上下两层放进去，填上干草把火点着，等到玉米和红薯烤到半熟的时候，土窑也烧得滚烫，小伙伴们就用小脚丫把土窑踩塌。过一会儿再扒开，玉米和红薯的香甜气味从泥土里飘出来，光闻不吃也能馋倒人。

秋天是非常短暂的，可能是有太多美味的缘故。一觉醒来，推开门，眼前白茫茫一片，下雪了！不顾母亲劝阻，带上弟弟妹妹冲向田野，在雪地里奔跑撒欢，堆雪人、打雪仗。那时的冬天特别冷，每家每户都躲在屋里不出门，棉帽、棉袄、棉裤、棉鞋、棉手套都穿戴起来，一样都不能少。门上吊着棉被抵御风寒，屋里生起小火炉取暖。小时候家里太穷了，到了这个季节基本没什么青菜吃了，一天三顿大都是腌白菜疙瘩了。小时候的日子过得很慢、很苦，但过得很快乐！

再看看现在身边的孩子们。时间被寄予厚望的家长塞得满满的，不禁感慨，相比乡下，城里的孩子真的没有童年啊！

人们在顽强地向前奔跑的时候，在获得越来越多物质利益的时候，总会在某年某月的某一天，想起自己的出生地，想起儿时的诸多记忆，想起自己的成长轨迹，一种灵魂的皈依感油然而生。乡愁，这时就弥漫开来，就像一首歌里唱的：

乡愁是慈母手中的那根丝线，缝缝补补的岁月还那么好看；
乡愁是老家屋顶上那缕炊烟，远远近近的呼唤还那么温暖；
乡愁是故乡门前的那条小河，活蹦乱跳的童年在心中撒欢；
乡愁是老家树冠上那只鸟窝，岁岁年年的梦里总能孵化春天。

记住乡愁只要一轮明月，你就记住了梦的来源，

记住乡愁只要一声轻唤，你就拨动了思念的心弦。

乡愁是抓不住回不去的从前，忘了告别的变迁像风筝断了线……

（写于2019年6月）

春的呼唤

今年的春天来得有点儿晚。

渐渐地，渐渐地，一阵阵风儿吹过来，竟然不再有寒冬时的刺骨，河面的冰层也开始悄悄融化了。一次不经意的回眸，突然发现路边的柳树，若有若无、轻轻浅浅地飘荡着一抹浅绿的烟雾，可待你要把握一枝看个分明时，却又似乎没有变化。远处的草地似乎也有了一丝绿意，可等你情不自禁地走进寻找时，那些探头探脑的小草却又急急慌慌地躲在一片枯黄之间了。原来，春天已悄然来到了我们身边。这时的春天更像个羞涩的小姑娘，遮遮掩掩、躲躲藏藏，那种娇羞与妩媚，常常让人想起“犹抱琵琶半遮面”的琴娘。

几场春雨过后，春天变得狂热而浓烈起来，她呼喊着、奔走着、摇撼着、亲吻着，沉睡的大地终于正式苏醒，树木在她的摇撼下睁开双眼，袭一身鹅黄嫩绿在春风中翩翩起舞，星星点点的小草转眼已变成了绿茵如织，迎春花、杏花、桃花在春风的亲吻下也相继绽开了笑颜。红的娇艳，粉的温润，白的圣洁，黄的明媚，一时间，一团团、一簇簇、一丛丛、一树树，姹紫嫣红、云蒸霞蔚好不热闹。花香的浓郁把成群的蝶儿都吸引来了，她们对这些芬芳迷人的花朵千般宠爱，万般欢喜，纷纷扑闪着美丽的翅膀在花丛间上下翻飞，流连嬉戏。那些可爱的小鸟也早已按捺不住内心的喜悦，到处呼朋唤友，叽叽喳喳，用自己美妙的歌喉赞美着这迷人的春景，那种婉转与清脆让你的心情也不禁舒畅愉悦起来。

这时候的春天，桃灼灼、柳依依、山抹黛、水漾绿，更像是一位浓情蜜意的贵妇，她雍容华贵、顾盼神飞，浓妆艳抹着登场了，而一个生机勃勃、欣欣向荣、充满希望、充满梦想的新时空就这样拉开了帷幕……

多情的春天呼唤着我，走进春天吧，你就走进了快乐的海洋。此时的大自然，就像一只美丽的宠物，激情澎湃、毫无保留地展示着她的迷人景象。小草泛绿、新燕衔泥、野花芳香、柳枝摇荡，清澈的小溪流淌着透明的渴望。春风像一把巧剪，裁出山川一片新绿，又像一位高明的画师，绘出大地万紫千红。肆意的春风，一会儿到啄木鸟家敲门，一会儿又到云家玩耍，只要她不觉得累，就决不回家。沐浴着春天这灿烂的阳光，胸襟就变得像广袤的田野一样高远宽广，你可以尽情地接受它瀑布般的淋漓冲刷，溅起的水珠会托起心中的帆樯。此时此刻，快乐就像小鸟一样，展开五彩翅膀在你的心房里自由飞翔……

憨厚的春天呼唤着我，走进春天吧，你才能深刻理解创造一词的真正分量。春天是具体的，此时你俯身将一把黏软馨香的土壤捧在手掌，似乎听见无数生命的绿色基因正在悄悄裂变，正孕育着金色秋天气势磅礴的力量。“水绕冰渠渐有声，气融烟坞晚来明。东风好作阳和使，逢草逢花报发生。”春天让一切生命开始萌动，肉眼看不到的微生物，这时会以几何级数增长；冬眠了一季的庞然大物这时也会翻个腰身，走出洞穴……天地之大德曰生，春天来了，生机充满了一切，一切充满了生机。这个时候，总是情不自禁地想起离别已久的家乡，想起日夜的声声蛙唱和草叶的露珠，想起黎明的阵阵鸟鸣和蝴蝶的翅膀。

俏皮的春天呼唤着我，走进春天吧，你会明白，其实人也可以活得像花儿一样。春意盎然，春花烂漫，久久地牵住了我的目光，绊住了我的脚步。看到春天的花，就会有一种怡然自得的感觉，更有一种心灵盛开的张力。或许任何人都不知道，只有自己最明白。

“如何让你遇见我，在我最美丽的时刻，为这，我已在佛前求了五百年……阳光下慎重地开满了花，朵朵都是我前世的盼望……”是吗？是这样的吗？不是的，肯定不是的！

瞧她那单纯的样子，她绝对想不了那么多。她开花不是为了谁，她是自由的，是自己做得了自己主的——她不想开花，就可以任性地紧紧地绷住她的小脸；她想开花了，就“哗”的一下开了，谁也拦不住。她想开一朵，就开一朵；想开三朵，就开三朵……蝴蝶来了，蜜蜂走了，应该与她无关；风儿来了，雨儿住了，也不会太多地影响她的心情。谁也主宰不了她，她只是单纯地“没心没肺”地开着，因为，她是花，开花就是她的责任。

至于，有一天会憔悴，会衰败，会零落成泥，她没想过！因为自己是一朵花，只要美丽地绽放过，就够啦！

这个时候，我陷入了深深的沉思，人这一辈子，有些地方真的要向花儿学习，把自己活得像花儿一样！

诚实的春天呼唤着我，走进春天吧，别忘了一年之计在于春！有奋发才有未来，有创造才有辉煌。此时，眼前有大好风光，手上有大好时光，是不是真的大干一场，才把人分成了卓越与平常。顿感周身聚集了鞭山赶海的力量，往日的劳累和拼搏的疲惫一扫而光，如同一艘航船汽笛高歌拔锚起航。这个时候，我又想起了那首小诗：

走进春天就走进
——孩子金色的憧憬；

走进春天就走进
——青年多彩的梦境；
走进春天就走进
——农家芳香的期待；
走进春天就走进
——人生应有的风景。

春风会给你希望，
春光会给你柔情，
春雨会给你清淳，
春花会给你香浓。

低沉者会在春天振兴，
进取者会在春天奋争，
颓废者会在春天警醒，
跋涉者会在春天远行……

错过春天，就错过甘霖；
错过春天，就错过和风；
错过春天，就错过播种；
错过春天，就错过收成。

抓住春天，就如同航船拔锚起程；
抓住春天，就如同上课响起铃声；
抓住春天，就如同鲜花舒蕾展瓣；
抓住春天，就如同战役开始冲锋。

给春天以优美的歌声，
给春天以灿烂的笑容，
给春天以坚定的步伐，
给春天以跋涉的身影。

走在春天明媚阳光下，
心情化作一只白鸽翱翔蓝空——
解读春光的溢霞流彩，
领略大地的姹紫嫣红，
感受春风的温柔委婉，
创造生活的欣欣向荣……

春，一个神话般的季节，令人陶醉，更令人神往。我满怀喜悦的心情踏上追赶春的旅程……

（写于 2019 年 4 月）

夏的记忆

日子就是这样，在不知不觉中，踏入夏季的门槛。夏日的时光，留给人们的是满满的希望。绿树村边合，山水共一色。田里的庄稼，在乡人细心的照料下长势正盛，在太阳的映照下，泛着深绿，泛着油光，更泛着乡人眼里的一片厚望。金色的小花一枝枝一串串，挨挨挤挤的，无边无际，宛如金黄的地毯，光灿灿地耀着你的眼，显得异常斑斓。蝴蝶与蜜蜂竞相在花丛中飞舞，给这幅乡间夏日图平添了浓烈的色彩。

夏日的夜晚是四季中最短的，但每个夜晚，几乎都是一场热闹的音乐盛宴。你看，那群星争辉的夜空就是这音乐舞台的背景。闭上眼睛，感受着夏夜的微风，随心随意，随心所欲。当风迎面而来时，仿佛有一股暖流流进我的心里，柔柔的，又有一种温热的感觉。突然，屋前的树木抖动起来，他们好像手拉着手，翩翩起舞。有风的伴奏，这些卓越的舞者越跳越起劲儿，仿佛就要跳出地面，拉着我们共同起舞。在这别开生面的开幕式之后就要进入今夜的主题了。

听，那活泼机灵的小蝉吹起它那珍贵的口琴，先为这场盛宴独奏一曲。虽初出茅庐，可吹出的音乐高低起伏，抑扬顿挫，仿佛一股清泉就要迸发出来，这悦耳的声音一下子就冲进了人们的心里。正当我沉浸其中时，突然，一蝉唱罢百蝉和，本来独唱的琴曲结尾变成了大合唱，声音既雄壮浩大，又婉转动听，一会儿像汹涌澎湃的海浪，一会儿又像风平浪静的湖水；一会儿嗡声似钟，一会儿又清脆如笛。让人无法捉摸，更在意料之外。此时，我仿佛置身于一个属于音乐的大美世界里，断然忘记了周围的一切。

夏夜的的确确是迷人的。

夜深了，我望着泛白的天空，一轮明月在黑暗里明朗地挂着，显得有点高傲和孤独。几片云在空中飘荡着，时而让月亮沉浸在云里雾里，就像掉在水中可望而不可即。我不禁想起儿时，童年的夏夜是我们最欢愉的时光，捉迷藏，做游戏，无拘无束，尽情享受这似乎只属于我们的时光。但随着各自的成长，伙伴们渐行渐远，不少都从亲密无间的玩伴儿变成了最熟悉的陌生人。不知是彼此的改变还是相互的友情经不住考验，反正曾经的微笑与美好大多都败给了时间与空间，每次回老家能见到的发小越来越少，更多的演绎成了物是人非的故事。其实，在一个馍馍合着吃，一根冰棍儿轮流舔，一把瓜子分着嗑的发小面前，人们往往更容易做回真实的自己。

夏雨是这个季节的常客。尤其盛夏的时候，太阳常常是火辣辣的情怀，热情得让人不知所措。突来的一场雨水，丰盈地调和了夏日的酷热。雨的到来，有时伴随着清爽的夏风，习习拂过，轻轻的，柔柔的，爽爽的，擦去脸上的热汗，扫去酷热带来的烦恼，让人清心，静心，安心。

看，无数的雨精灵欢呼雀跃着。从浩渺无边的天空中飘落下来，扑向大地，绿色的植被顿时被冲洗得更加郁郁葱葱，那万绿丛中星星点点的向日葵、月季花和那些不知名的野花，更是楚楚动人，更加靓丽地点缀着锦绣繁华的夏天。

听，雨点落在花草树木上，“唰唰唰，唰唰唰”，每片叶子都成了一件巧夺天工的乐器，奏响一曲美妙的天籁之音。雨点撞击在生硬的屋顶上，“噼里啪啦”，厚厚的瓦片阻挡不了雨点的执着，“大珠小珠落玉盘”，凝聚成“瀑布”从屋顶的瓦沟里倾盆而下。

瞧，雨点被风裹挟着，没头没脑撞在窗子玻璃上，一滴滴饱满的雨珠霎时便碎成了一片片雨花，噼噼啪啪的声音激起孩子们的兴趣来。孩子们用手指敲击着玻璃，给大自然的音乐伴响了最美的和声。

闻，柔柔的夏风，裹着湿润的空气，从那遥远的天际一荡一漾地飘来，从那茵茵绿绿的缝隙中挤出来，带着淡淡的草香、淡淡的花香，弥漫在空中，倾洒在人的脸庞。此时，人们沉醉在这生机盎然的盛夏里，享受着生活的给予与静美，享受着夏日风雨带来的清爽与惬意，享受着人与自然和谐相处的美好与高远。

做夏雨远比春雨自由，使命特殊，更深受人们的喜爱；做夏雨远比秋雨豪迈，性格直爽更受人们的欢迎。悠悠的夏日，被燥热的天气悄无声息地拉长，同时拉长的还有人们焦躁的心情。不去想什么，静处一隅，待一丝清凉的夏雨滑过肌肤，留下透彻心底的惬意——不念过往，不惧将来。把心底深处的一丝恬淡，寄存在悠悠的夏雨之中，一种安适，一种难以言喻的幸福，在这夏日里悄然升腾！

早些年的夏收主要是指收麦子，是农村一年中最忙的时候，“农家少闲月，五月人倍忙”。大人小孩齐动手，村里没有闲人。最难忘的是实行责任制以后，家庭成了一个个生产单元，麦收时节亲戚之间就得联合行动。那时，麦子成熟后全靠人力收割。每人一把镰刀，拎着水壶来到地头，便开始劳作了。每个人占着三四行麦子，弯下腰身，一手持镰刀，一手拢麦秆，用力一拉，大把的麦株就搂到了怀里，继续弯腰前行，重复着整套动作，直到割下了满怀的麦子，打成捆，整齐地放到身后。

人们手中的镰刀，就像战士手中的冲锋枪。随着镰刀的挥舞，一株株小麦就像饮弹身亡的敌人，一片片地向后倒下。倒下的小麦，很快在麦海中辟开一条通道。人们仿佛不知疲倦，从早到午，从午到晚，重复着在外人的眼里单一枯燥的动作。可是农人们一点也没觉得单一，一点也不觉得枯燥。在他们心里，那不是劳作，而是舞蹈，是人们用自己独特的方式，表达丰收的喜悦之情的一种独特的舞蹈。他们饱含激情、热情，尽情地舞着，从天亮到天黑，从今天到明天到后天，直到田野的小麦全部被收割之后，才停下来。

中午，人们站在太阳散发出的一波又一波的热浪里，尽情地挥舞着手中的镰刀，收割着丰收的喜悦。踩着被太阳烤得滚烫滚烫的田地，双脚一阵阵隐隐作痛，为了尽快把麦子收割回来，人们起早贪黑，一直在田地里劳作。饿了，就啃几口干馍；渴了，就喝几口白开水。汗水湿透了衣衫，麦叶划伤了手臂，也没一丝休息之意，哪怕喘口气的工夫也没有。那段日子里，人们似乎忘记了疲倦，忘记了饥饿，忘记了疼痛，心中只有一个念头，那就是一定要赶在雷雨到来之前，把麦子收回来，确保颗粒归仓。

六月的天，猴子的脸，说变就变，人们最关心的就是天气。再热，都不怕，最怕的就是雷雨天。此时，天地之间上演着一场声势浩大的农人们跟老天爷抢时间的比赛，如果不能赶在雷雨到来之前把小麦抢收回来，被雨水一泡，麦子会很快发芽霉烂，一年辛辛苦苦的劳动成果就会化为泡影。农民们常说“夏收就是龙口夺食”，这话一点都不假，都说收获是一种喜悦，其实也是一种劳累！

儿时的记忆是深刻的，夏日的记忆也是多样的，最难以忘怀的当属这夏夜、夏雨和夏收了……

家乡是一个人依恋的情怀，土地是农人的命根子、衣胞之地，只有脚踏这块土地，才算真正接到了地气。那种把远离家乡、身居闹市看成是解脱和升迁的人，也只是暂时游荡着的灵魂罢了，迟早都会叶落归根，告老还乡的……

（写于 2020 年 6 月 3 日）

秋的沉思

秋雨下起的时候，雨点不断，直直的，像是掉下来的珠子。不是春雨的淅淅沥沥，也不是夏雨的噼噼啪啪，它是温和的，没有纤尘的哗哗啦啦。

雨后的清晨，空气清新。

这个时候，漫步在路边，总有异样的美丽。这个季节并不多见的小小的嫩芽生发了出来，不知名的野菜在阳光下自由自在，倒向一边的青草葳蕤茂密，收起的浅紫色小花儿有着分外的美好，绿苔苍绿得可爱，落叶孤零零静寂恬然地躺卧着，一只蜗牛慢慢爬着，朝向有阳光的地带……

只是一些极其平常的小小景物，但在看到的那一刻，令人出奇的欢喜和快慰。然而，或许在经年之前，自己却并不会对它们产生一丁点儿的欢喜和怜爱。也许，人生就是这样，总有一天你会突然地觉醒和悟到——那些尘世中的平常景物，也可以带给你分外的愉悦和欢喜。对一些事儿会渐渐地看淡再看淡，不再会对着一派繁华和妩媚而艳羡和妒忌，心境渐渐地趋于平淡和恬然。走过几程山水，也路过几径蜿蜒，终于，不再那么在意许多了。一些人，任由他离开，一些事，任由它变幻。至于凡尘中的那些平常景物，或许，在你细细去看的时候，会终于发现它的嫣然与美好。

不再纷争什么，把万事都看淡看轻。更不再非要竞出高低，只想逊些再逊些。从最初的繁华到现在的清冷，心，终于是寂静了下来。

人最大的“任性”就是不顾一切坚持做自己喜欢的事，只有这样，人才可以说，我这一生不虚此行。

人生中辉煌的时刻并不多，大多数时间都是在对这种时刻的回忆和期待中度过的。

而作为男人的一生，是儿子也是父亲。前半生儿子是父亲的影子，后半生父亲是儿子的影子。

很多我们以为一辈子都不会忘记的事情，就在我们念念不忘的日子里，被我们遗忘了。

好多人在很多时候都在说自己孤独，说自己孤独的人其实并不孤独。

孤独不是受到了冷漠和遗弃，而是没有知己，而是不被理解。

一个平庸的灵魂，并无值得别人理解的内涵，因而也不会感受到真正的孤独。孤独是一颗值得理解的心灵寻求理解而不可得，它是悲剧性的。无聊是一颗空虚的心灵寻求消遣而不可得，它是喜剧性的。寂寞是寻求普通的人间温暖而不可得，它是中性的。然而，人们往往将它们混淆，甚至以无聊冒充孤独。

“我孤独了。”仔细想想，你配吗？

今天又是新的一天，阳光、露水、空气和心情都是新的。在新的时光里，过着老日子，而在老去的路上，揣着一颗年轻的心，努力使今后的日子充满着爱和希望，这是梦想也是现实。因为我就是一颗美丽的种子，每个季节都盛开着不同的美丽。你看那霸气的菊花，还有那些不知名的花草在秋风中依然生机勃勃。

不知不觉走了很远很远，但始终没有走出这片我不知走过多少次的树林。秋日的阳光照在身上，竟然感到一种有别于夏天的温暖。抬头看到已经红透了的树叶，由枝头飘落，在空中悠然地滑翔。

伸出手，接住一枚飘然而至的落叶，感觉到了叶片的温度。是阳光的给予，还是落叶的余温呢？它安静地躺在我的掌心，是如此恬静，如此安然，仿佛完成了一段艰辛的旅程，可以停下匆匆的脚步，可以安静地休息了。这就是成熟的色彩吗？我凝视着这枚躺在我掌心的落叶，在阳光底下，那脉络清晰可见，像一个岁月的标本。那种由红而黄，在叶的边缘处又有些微绿的色彩，是如此自然、如此安闲，让人心生宁静。那种飘然坠落、随遇而安的坦然，又有了些许的禅意。我没有见过佛家的菩提，但我掌中的这枚落叶，相信定是来自菩提，否则，面对生死，怎么如此安详坦然呢？

一阵微风吹来，似乎听见了秋的脚步掠过。叶片在掌心微微颤动，像是有了生命的气息，掌心明显感觉到了生命的律动。这枚如心一般形状，如心一般颜色的落叶啊，即便离开了母体，也会把生命的气息注入泥土，让生命生生不息。

抬头仰望那缀满枝叶的老树，觉得那些殷红的叶片就是成熟了的思想，是如此丰沛，又是如此洒脱。只有一岁一枯荣，才会春风吹又生。新生固然可喜，老去又有什么可值得伤愁呢？经历了，成熟了，把一生的思考留给大地，把累累的硕果挂在天空，这样的离去，不也是同样可喜的吗？

人生一世，草木一秋，一生一落，一落一生。纵观人这一辈子，正如秋天一样，只有经历了繁华与萧条之后，才能返璞归真，远离喧嚣与浮躁，享有一份淡泊与宁静。在这个秋季里，看着落叶飘落，静静回想着自己的点点滴滴，人生路上的得与失，生命途中的功与过……浑然物外、豁然醒悟，在硕果中收获着喜悦，在寂寥中体会着离合。生命的秋天，虽没有春的浪漫，夏的灿烂，却有了份成熟与深沉，淡泊与明志，足矣！

此时的我，情不自禁地将目光移向天空，秋天的空中是那样明静、高远，就像此时我的心境。

（写于 2019 年 9 月）

冬的心地

应了北方那句老话：“立冬不起菜，必定受了害。”地里最后留守的居民——大白菜也匆匆下了地窖，冬，真的来了。

远远望去，收获过的田野向苍穹敞露出全是褐色的肌肤，无遮无掩。路边树上的叶子大都投进了根的怀抱，光秃秃的树冠傲立风中。以前点缀着一簇簇绿萍的湖泊塘坝也还原了水的清明，沉沉地睡着了。大自然褪去了光怪陆离的色彩，以圣洁的全裸向人展示着本色，堂堂正正，清清爽爽，原原本本，坦坦荡荡。

我的童年是在乡村度过的，童年的一切成了如今的我回忆的宝藏。现在想起，儿时的冬天之美，除了千里冰封，万里雪飘，还有那万籁俱寂的夜。

一盏低低的灯火，几缕飘飘而逝的炊烟，热气缭绕中飘着农家饭菜的香甜。饭是粗糙的，但营养丰富；菜有些单一，但鲜绿可口。一张简陋的小桌，一室质朴的温馨。一家人围坐在饭菜周围，恬静的微笑里凝着一缕知足常乐的闲适与幸福。土炕热热的，似一首乡村赞美诗，写满秋去冬来的静谧与祥和。夜半昏黄的灯光里传来母子低低细语，如梦呓，似小曲，远远近近濡湿着窗外的月色和月色里乖巧的孩儿慢慢长大的岁月。多美的乡村冬夜啊！每每想到它，我都会如雪夜人欣喜地推开落雪的夜色，手捧着“柴门闻犬吠，风雪夜归人”的诗句融入温暖宁静的乡村冬夜，静静地呼吸，静静地体味家带给我们如阳光般灿烂的暖意。

后来进了城，曾经的冬夜再也找不回来了。但我深信，江水风月本无常主，闲者便是主人。只要有一点时间，我都独自或结伴去郊野的森林公园走一走。我觉得，这些地方离我的童年更近些。

春天的森林是生动的，柳丝袅袅、草缕茸茸；夏天的森林是开放的，百鸟争鸣、百花争艳；秋天的森林是美丽的，黄花金兽眼、红叶火龙鳞。那么冬天呢？

走进了冬天的森林，积雪覆盖了落叶，脚踩上去软绵绵的，发出咯吱、咯吱的响声，像是同伴随行的脚步。说秋天疏林如画，此刻则画面消失而更加稀疏了，都能透过林间空隙看到对面的行人。林中隐藏了许多秘密，我是从雪地上的各种脚印看出来的，那里发生的一切都留下了可供分析的信息。但是春、夏、秋季那里会发生更多的事情，人的、动物的、人和动物的，而我们所能看到的却只有季节的变化与草木的枯荣。其实更神秘，给人更多猜想的就在这三个季节。比较起来，冬天则更单纯、更简洁、更明快，也更使人平心静气。

冬天的树木各有各的形态，各有各的韵味，各有各的看头。与其他季节比起来，虽干枯却不失尊严，虽单调却依旧丰盈，虽萧疏却仍然美丽。那白雪压枝头，青苍、浓郁的是樟子松；那泛着迷人的笑眼，直立挺拔、傲视群雄的是白桦；那精瘦枯干，长着一头乱发，藏着精巧鸟巢的是杨柳。看那柞树叶子还没掉呢，只是呈土黄色，无精打采的，已经不那么耐看了，但在它的兄弟中却几乎是硕果仅存了，我不禁为这些顽强的叶子们感到骄傲。

走在冬天的大地上，找寻冬天的声音，那是阳光化雪的清脆，那是小草和大地的私语，那是树木刻骨铭心的年轮，那是流水不露的欢笑，那是冰封下的洪荒力量。走着走着仿佛听到了冬天的声音，越发觉得冬的心地是善良的、刚强的、含蓄的。

冬，是蕴藏与孕育的季节，既是万物的终结也是精彩生命的起始。只不过这个时候，种子藏在粮囤里，埋在土壤里，种在人们的心窝里。有一位卖菜的老农拿着一棵冻干瘪的葱说：“别看它这个干巴样儿，此刻把它埋在土里，开春就成了重绿的芽葱。”我相信这话，因为我明白冬天为这棵葱积蓄了巨大的能量，保障它春天发芽，夏天开花，秋天结果。冬，蕴藏了春华秋实，孕育了生命的期望与力量。

冬，不需要颂扬，也不怕打击，因为冬已经从容而慷慨地呈现出了自我。万物飘零，一派肃杀，那是本性的直面；北风嗖嗖，雪花飘飘，那是个性的展示。有人说，冬的面孔是冷峻的，岂不知那是对世间所有作秀的不屑；还有人说，冬的神态是凄美的，因为包容了太多，沉淀了无尽的甘苦。所以我想说，冬是一个内心强大且极具特色的季节，冬有一种独特的意境。真心去感受这种意境，也许会摄取到一种特殊的力量。

冬，从骨子里就是含蓄的，从不张扬。它走过了一路的芬芳、火热与喧嚣，最后以谢幕的姿态淡定下来。如同一位沧桑老人，在流金岁月中历练出刚毅与沉淀，坦然应对以前的枯荣兴衰，承受着一切喜怒哀乐，在淡定中回味童年的梦幻，反思青年的激情，盘点中年的得失。它又静若处子，把几多复杂的情感深深埋在心底，隐秘着多情与向往，按捺住所有的冲动与宣泄，在平静中期盼春缘的喜乐，憧憬播种的自豪，遐思人生的完美。冬，少了一些浮华，多了一份内敛；少了一些狂热，多了一份凝重。风清气正，厚积薄发。

在换季的时候，面对送走和迎来的季节，每一次，我都会站在那里凝视，原本没有的东西在此刻搅得我无法入睡。日子总是在不经意中悄然离去，季节的变换，昼夜的更替，都无声无息地成为过去。总有一些惊喜，触动心灵；总有一份感动，盈握手上。在属于自己的世界里，沿着自己的人生轨迹，以人淡如菊的方式，微笑着和过往别离。记住该记住的，忘记该忘记的，把欢乐写在脸上，让忧伤飘散在风里，做时光中最从容的过客。

我常听到你对我说，冬天来了，春天还会远吗？今天我想对你说，冬，让万物长眠，却让自己独醒。

（写于 2020 年 6 月 8 日）

东渡扶桑话长野

万米高空之下，是浩瀚的太平洋。

我靠在柔软的椅背上，默默地测算着这世界的距离，从北京到东京乘超音速飞机只要三个半小时。初次出国那种寻奇探胜的心情并不明显，平日早已听过不少有关日本的事情了。可是，一到长野县，我就被她独特的风韵吸引住了。

夜游长野城

抵达长野的头天晚上，主人就为我们安排了一项颇有情趣的活动——夜游长野城。

长野市是长野县政府所在地，人口约三十三万，这里是著名的游览胜地，夏天可避暑，冬天可滑雪。这里的街道并不宽阔，两旁的摩天大楼使街道显得越发窄而深了。出租汽车来往不断，行人却寥寥无几。日本朋友约我们吃便餐，品异国风味食品。

餐馆很小，我们十多个人坐下便占去了它的一半使用空间。老板娘是个中年妇女，忙里忙外，转眼间每人桌上都放了一杯啤酒和带着冰块的威士忌。片刻，十几盘小菜和点心置于桌上，大都不知其名。凉的居多，甜的、生的、淡的均有。出于好奇，来者不拒，一一品尝。有的甜香可口，有的清淡寡味，有的吃了却让人后悔……餐毕，就在我们行将出庭之际，只见老板娘和一个伙计，三步并两步，跑在我们前面，恭候在店门口，以九十度鞠躬礼送我们这批客人，口念“撒又那拉”。

中日恳谈会

恳谈会上，日方参加的主要是中学生。时值中午，采取了边吃边谈的形式。由于二十多人都必须借助于一位翻译，中日青年尽管交叉而坐，却无法同身边的朋友自由交谈。开始是呆板的问答式，“日本学生最喜欢的格言是什么？”“天才有限，努力无限。”不错，在日本，对学生最著名的赠言是：“孩子们，要有雄心壮志！”基于两国部分文字写法和意思相同而发音不同，于是开始笔谈。“日本青年学生犯什么错误较多？”我们用笔问道。日本朋友在纸上写了一个大大的“偷”字。“偷什么呢？”我们又写道。但日方朋友看不懂，我们灵机一动，又用英语发问，这才得知，他们多是偷自行车，玩一阵就扔掉。

这种用笔、手势加英文式的交谈，虽然范围极有限，但大家十分满足。恳谈已近尾声，中日朋友依依话别，感到非常满意——虽然只有两个小时。

客宿久保家

民宿是主人特意安排的。主要是为了解一下日本的家庭。我和一个同伴去的是久保山保雄先生家里。这是一个三口之家，父母和二十九岁的他；这是一个富足之家，拥有自己的小楼，自己的汽车，自己的工厂；这是一个好客之家，主人准备了丰盛的饭菜和茅台酒。边吃边谈，焦点很快就集中到家庭上。

多数日本人都憧憬有自己的房子，在这一点上日本人更像美国人。他们总是力图把自己的家弄得更舒适，更引人注目。一有时间首先考虑的是家庭活动，或集会，或旅行，游山玩水。战后的青年人多数组成了夫妇两人加一两个孩子的小家庭（日本称作“核家族”）。20 世纪 80 年代，日本家庭讲究生活质量，约有百分之九十的人自称是中产阶级。这些“核家族”中的许多青年人在这种潮流的影响下，为早日成为中产阶级而拼命干活赚钱。少数人在为社会改革孜孜不倦地探索。

长时间的交谈使我们感到，日本人对人总是微笑相迎，而且委婉含蓄到从不对人说一个“不”字。为了照顾面子或避免公开对抗，他们常常拐弯抹角，含糊其词，不注重通过语言交流，而注重通过心照不宣的表情、神态和动作以达到不言自明。据说，有一个专门的词语来形容它，叫作“腹艺”。

动身去大阪那天，雪花无声无息地飘了起来，情意缠绵地洒下了一首送行的小诗。在它洁白的纯情的世界里，汽车沿着高速公路向前飞奔着。

再见，长野！一个星期，你像一个新奇的梦，隐退在我们的记忆之中了。

（写于 1986 年 12 月）

二十年后再相会

20世纪80年代初期，我伴随着《年轻的朋友来相会》的歌声结束了大学生活。

再过二十年，我们重相会，
伟大的祖国，该有多么美，
天也新，地也新，春光更明媚，
城市乡村处处增光辉。
啊，亲爱的朋友们，
创造这奇迹要靠谁？
要靠我，要靠你，
要靠我们八十年代的新一辈！
……

于是有个同学也顺时编了几句歌词：

再过二十年，我们来相会，
鬓毛肯定灰，形象已憔悴，
喊帅哥，叫美眉，其实是胡吹，
家里家外事情一大堆。
啊，亲爱的同学们，
生活的压力自己背，
手一挥，头莫回，
酸甜苦辣的人生才会有滋味。

二十年啦！多少次在我脑海里猜想过你们的模样，多少次在我梦幻里聆听过你们的声音……我不知道你们的笑容是不是还和当年一样肆无忌惮，我只知道我们一起笑过哭过调皮过！似乎有一种“乡音未改风度添，红颜褪去鹤发掺，眯眼相识不相认，定睛看去仍青年”的感觉。平心而论，人一生中难以忘怀的日子其实并不多。同学间的爱满满的都是回忆，或许“80 级，83 届”成了我们不变的回忆。因为那里面有我们青春最好的样子！在大学生活中，学习一直是我们的生活主旋律，有课堂上的争论，有操场上的奔跑，有考场上的拼搏，有烛光中的歌唱，我们始终将“业精于勤荒于嬉，行成于思毁于随”铭记在心中，用知识的风帆来鼓动心灵之舟，使自己迈向人生的成长之旅。也许那时我们的感受是不约而同的，书是冷的，心是热的。我也在想叶子的离开是风的多情还是树的不挽留；你我的离校是人生的催促，还是青春的不停留。

在分别的二十年里，多少道听途说的故事，多少点点滴滴的往事闪现在我们眼前，虽然我们不能时常相聚，但却一见如故，17+3+20=40 这个公式代表着我们十七岁左右相识，大学三年，二十年后的今天又重逢。但是这样的加法做不了几次的呀！二十年的思念，二十年的牵挂，终于化成了今日的欢声笑语。没有太大的容貌改变，有的只是历练后的成熟与稳重，还有人生感悟后的淡然与洒脱。时间和空间的差距似乎让我们有些生疏，但呼出同学的名字，依然还是那样亲切。久违的面庞，依然还是那样熟悉。或许你清贫依旧，或许你腰缠万贯，但无论什么工作，无论官职大小，我们一样是热血不冷，爱心不老，我们一样是同窗深情，终生至交。相聚酒会推杯换盏装不下离别情绪；联谊叙谈，神采飞扬，诉不尽人生经历；美好华章，歌舞晚会唱不完绵绵相思。正向我在致辞里和大家说的：不管是晴天阴天还是雨天，能见到同学们的一天就是最开心的一天；不管是昨天今天还是明天，能和同学们在一起的一天就是最美好的一天！

还记得二十年前的今天，为了各自的梦想，我们在这里挥手告别，去寻找属于自己的天空。走上社会，方知校园生活的美好；经过洗礼，才晓同学友情的珍贵。也许过得最快的不是时间而是感觉。真正重要的不是生命里的岁月，而是岁月中的生活！不论是身居高位，还是一介布衣；不论是富甲一方，还是清贫如水，我们都固守着一份纯真的同窗之情，此时的我，还拿不出更多的美好语言来表达自己的心情，但生活的感悟让我懂得，青春是一首诗，当我们拥有它的时候，往往并没有读懂它；而当我们能够读懂它的时候，却早已物是人非！生命，并不是你活了多少日子，而是你记住了多少日子，要更加努力使我们过得每一天都值得回忆！

舍不得的是兄弟，离不开的是曾经。说生命过半，毫无悬念；说余生还长，也许百年不止百岁，或许明天就是百年，我们都四十挂零了，告别了一段纯真的青春，一段年少轻狂的岁月……

正当我深度回忆的时候，不知谁喊了声：班长，我们一起唱一首《再过二十年我们再相会》吧……我抖然站了起来，好，二十年后再相会！

（写于2003年9月）

我要做一棵树

三毛在《说给自己听》的诗里写道：如果有来生，要做一棵树，站成永恒。没有悲欢的姿势，一半在土里安详，一半在风里飞扬，一半洒落荫凉，一半沐浴阳光。非常沉默、非常骄傲，从不依靠、从不寻找……

我要做一棵树，不是来生而是今生，是如今、是当下。其实，每个人的生命里都有一棵树，它悄然地在你心里生根发芽，寂寞而灿烂地开着一树花。如果你太过粗糙地活着，你就会错过它的花期。如果你放慢了生活的脚步，迟缓了前行的节奏，你就会听到花开的声音，也会嗅到它沁人心脾的芬芳。那种生命的味道惊心动魄、荡气回肠，连岁月都跟着它一起颤抖。虽然无声无息，却充斥在我们生命中的每一寸土壤，告诉我们生命的真正意义。

记得老家祖宅有一棵枣树，从我咿呀学语、蹒跚学步起它便在了。这么多年，变化的事物很多，花开了又谢，草绿了又枯，可它站在天地间的姿势一直没有变。作为一个旁观者，它默默见证了人们生活里所有的细碎。很多个夜晚，父亲母亲戴月而归的身影，我看在眼里，它也看在眼里。还有一家人围坐在昏暗油灯下，念叨着我们的衣食学费，盘算着一年收成的场景，都逃不过它的眼睛。虽然它无法言语，也没人懂得它的心意，但它仍旧把自己当成这个家的一分子，仍旧为一家人操着心。在乡下，当袅袅炊烟都唤不回游子还乡的时候，是一棵树，用它站定的恒久不变的姿势守望着。每每想到它，也就想到了回家的路。

在大自然面前，我们显得格外渺小，也格外微弱。我们应该像树，不悲不喜，不卑不亢。命运垂青的，欣然接受，命运吝啬的，淡然面对。实际上，我们应该感谢生命中的艳阳天，也应该感谢生命中的暴风雨，前者让我们享受到了生命中的美好，后者让我们体悟到了生命中的真谛。

没有人永远站在巅峰，哪怕你未雨绸缪，哪怕你居安思危，哪怕你气势万钧，哪怕你运筹帷幄。我们应该像树一样安静地站成一种姿势，风雨来时，飒爽英姿；烈日之下，撒落阴凉；百年之后，叶落归根，在泥土里沉寂，等待重生。春有百花铺地，秋有月挂枝头，庄严而慈悲地完成生命中的每一个使命，我们做到了吗？至少不是所有人都能做到。难怪有人感慨，人影没有树影直，人要倒下一捧土，树要倒下一首诗！

岁月会拖老任何人，每个年龄都有每个年龄应该做的事。有人在阳光灿烂的日子里泪流满面，有人却在风雨交加的夜晚砥砺前行；有人被一粒沙子绊住了脚，有人却把整座山峰踩在脚下；有人为情固步沦陷，有人为爱却涅槃重生。人和人一样，又不一样，就像看上去特别相像的两棵树，只是相似而已。

小时候，常听老人们说，人死后就会变成一棵树。我慢慢地相信，每一个活过的人都是有灵魂的，每一棵树都是人的灵魂。年龄越大，我们越喜欢回头看看走过的路，而在地上深深浅浅的脚印里，都会长出一棵棵小树，记录着我们的成长。

其实，生命就是一棵树。

（写于2019年12月）

中年感悟

人到中年，人生长河已经进入了中游，不急也不缓，没有翻江倒海的怒潮，也很难激起疯狂的漩涡。急风暴雨式的少年和青年已经过去，风小浪低的壮年和老年还在前头，不近也不远。绚烂归于平淡，急流趋于和缓，成功伴着遗憾，人生走过了一半。

中年是沉重的。人到中年，既是家庭的支柱，也是社会的脊梁。这个年龄的人，在家里，上有老人下有孩子；在单位，前有上司，后有下属；在社会，左手是家庭，右手是事业，有着太多的责任与义务，有着太多的工作与活动，有着太多的招呼与应酬。这种感觉让你感到沉实，感到角色的叠加，感到不能逃避的压力。因为上下左右都对你期待着，你要不断地付出，不断地努力，不断地向前，心里装的多是别人，想自己的时候非常少。唯一的权利就是将自己用青春换来的成熟一瓣一瓣地剥开送给别人。这是奉献的季节，奉献过多甚至忘记了索取，而把奉献当作追求的快乐。此时的父母老了，他们行动迟缓了，爱唠叨了；他们背驼了，牙掉了……曾经像山一样替我们遮风挡雨的父母，已随时可能离我们而去。如果可能，常回家看看，以免留下“子欲养而亲不待”的终身遗憾。此时的中年人处于人生的巅峰，站在最高处，看到的未必是上坡的路。相反，身体要走下坡路了，知识观念亦显得陈旧了，职位上升已没有了更多的空间。曾经的下属正一个一个地超越自己，连家庭的地位也会出现动摇，孩子有了自己的见解，不再崇拜你，开始否定你的意见，追求自己的生活方式。一旦遇到命运多舛、事业不顺、一股酸水往上涌时，就会想到郁达夫的两句诗：“生死中年两不堪，生非容易死非甘。”人在中年，前面是一座座先行者用血汗凝聚成的高山，我们只能仰止；后面是一阵比一阵急促的鼓点，我们只能奋蹄。路边有鲜花小溪，有田园牧歌，有红墙蓝瓦，我们却不能停留，哪怕是短暂的喘息也是奢侈的享受。曾向年迈的母亲抱怨生活的辛苦与忙碌，母亲平静地对我说：“人的一生就是由一段一段组成的，每一段都会让你有一种新的体验。现在你虽然忙点、累点、辛苦点，但你是否感觉到了生活的充实？等有一天你老了，你最怀念的可能还是这段最忙碌的日子。”看着母亲满脸的祥和与宁静，我浮躁的心渐渐安静了下来。

中年人最羡慕的是年轻。人到中年的人正如莎翁所说：“你既非鹤发，也不是童颜，只不过是一个饱餐后的酣梦——梦想着人生的两边。”常常羡慕三十多岁人的活力四射，羡慕二十多岁人的青春飞扬，更羡慕十多岁孩童的天真烂漫。中年人为什么羡慕年轻，因为光阴似箭；为什么总要追悔从前，因为时间不再。人到中年，最悲伤的不是一天比一天更衰老，而是永远不会再年轻；最懊悔的不是现在拥有的太少，而是当初与机会失之交臂。难怪昔日曹操横槊赋诗：“对酒当歌，人生几何？譬如朝露，去日苦多。”世上最快而又最慢，最长而又最短，最平凡而又最珍贵，最容易被人忽视而又最令人后悔的就是时间。有人说：人应该刚生下来就是中年，然后再渐渐年轻起来……那样，他就会珍惜时间，不会把它浪费在无谓的事情上。生命就是时间，人生苦短，而且是一条短暂的单行道，人到中年更是如此。我们之所以对明天拥有无数的憧憬和选择，就是因为那是明天，而一旦明天成为昨天，绚烂的憧憬就会固化为记忆的化石，举棋不定的选择也定格为走过的路。而此时的中年人，属于自己的路便只有一条，只是镌刻了自己一路艰辛、一路蹒跚的那一条而已。我们决不能在回忆里浪费时间，而应去除那些追名逐利，去除那些不切实际的浮华，去除那些费尽心机的霸权拥有，别让急功近利苍老了自己的心。当青春逝去时我们怀着一种平静，当中年来临时我们同样怀着一种平静。失意不失志，得志不轻狂；学会为所失去的感恩，也接纳失去的事实；不管人生的得与失，不再为过去掉泪，努力活出自己的精彩。你的生活目标就是最大限度地减少生命中的遗憾。

中年的感悟是深刻的。人到中年，甚至可以驻足片刻，冷静地考虑考虑过去，也冷静地考虑考虑未来。中年没有了浪漫，在岁月的流逝中一次次的挫折、一次次的不成功变成了对浪漫的否定。在这样干燥的季节，燥热蒸发了湿漉漉的幻想。经过几十年的磨砺，对生活、生命的价值和意义有了更深刻的理解和诠释。人在中年，多了沉重，少了青涩；多了成熟，少了单纯；多了坚强，少了懦弱；多了睿智，少了肤浅。一个人到了中年就要用全部的时间来觉悟了，不觉悟的话就是一步步走向死亡的道路。

有升有落是正常的日，有圆有缺是正常的月，有阴有晴是正常的天，有寒有暑是正常的年，有对有错是正常的人。学高者为师，德高者为范。感人者情，服人者理，知人者智，自知者明，爱人者善，助人者乐，容人者大，成人者美，胜人者强，妒人者狭，坑人者恶。有志者成，无志者松。知足者乐，知乐者寿。知耻者近勇，知悔者近聪。皎皎者易污，峣峣者易折。无私者无畏，无知者无畏，无耻者亦无畏。兼听者明，偏信者暗。仁者乐山，智者乐水。微饥者寿，微寒者康。至乐者心相知，至悲者生别离。曲高者和寡，艺高者胆大，至察者无徒。天高者无以不覆，地大者无以不载。哀大者莫若心死，至乐者莫若读书。知屋漏者在宇下，知政失者在黎庶。得民心者兴，失民心者败。卑鄙者以卑鄙为通行证，高尚者用高尚作墓志铭。有此真悟者中年也。于是乎，顿悟，中年以前明白自己能干什么，中年以后才明白自己不能干什么。

中年最重要的是学会经营心情。人到中年，人生和事业的转折点往往从这里开始，更往往是剧变后的转折。如果青年是事业的奠基阶段，中年则是事业走向稳定和发展的阶段。稳定，因而世故。过去天不怕地不怕的棱角，已被现实生活逐渐磨得圆滑光亮。工作经历长了，开始习惯压抑自己，渐渐变得沉默，也许算成熟，也许是城府。那寂静中潜藏的大多是无奈和痛苦，所以人到中年要学会经营心情。善于经营心情，才会“长风破浪会有时，直挂云帆济沧海”；善于经营心情，才会“生来奔走万山中，踏空崎岖路自通”；善于经营心情，才会“清风徐来，水波不兴”；善于经营心情，才会“老夫聊发少年狂，左牵黄，右擎苍，锦帽貂裘，千骑卷平冈”。总而言之，经营心情必有所得。或是饱满的人生，或是干瘪的人生；或是亮丽的生活，或是晦暗的生活；或是生命的传承，或是精神的永恒。理想的心境正是陶渊明所言：“纵身大化中，不悲亦不喜。应尽便须尽，无复独多虑。”我们不再为从前短暂的风光而眷恋陶醉，因为那不过是漫漫旅程中的一处风景；也不会为唐突的往事而汗颜，因为那只是一幕长剧里不可或缺的一段小插曲。只要我们还用心走在路上，只要每一个脚印都浸透着汗水和希望，这就足够了。播下青翠，收获金黄；播下空虚，收获叹息。

中年是一个永恒的话题，今我又重提。人生至此切记这样一句话：记住回家的路。人活在世上，总要到社会上去做事，这便是走出家门；那么回家便是回到自我，回到自己的内心生活。一个人倘若只有外在生活，没有内心生活，最多只是活得热闹或者忙碌罢了，绝不可能活得充实。如果把人生看作是一次旅行，那么，只要活着，我们就总是在旅途中。人在旅途，岂能没有乡愁？乡愁又使我们追思世界的本原，人生的终极，灵魂的永恒故乡。记住回家的路，就是记住从社会回到自我的路，记住回到永恒故乡的路。人当然不能不活在社会上，但是，时时记起回家的路，便可以保持清醒，不在社会的纷争和世界的喧嚣中沉沦。

（写于 2008 年 7 月 30 日，2008 北京奥运火炬秦皇岛传递日）

爱情就是一捧沙

一个即将出嫁的女孩，向母亲提出一个问题："妈妈，婚后我该怎么样把握爱情呢？""傻孩子，爱情怎么能把握呢？"母亲诧异道。"爱情为什么不能把握呢？"女孩疑惑地追问。母亲听了女孩的话，温情地笑了笑，然后慢慢地蹲下，从地上捧起一捧沙子，送到女儿面前。女孩发现那捧沙子在母亲手里，圆圆满满的，没有一点流失，没有一点撒落。接着母亲用力将双手握紧，沙子立刻从母亲的指缝间泻落下来。当母亲把手张开时，原来那捧沙子已所剩无几，其团团圆圆的形状也早已被压得扁扁的，毫无美感可言。女孩望着母亲手中的沙子，领悟地点点头。其实那位母亲是要告诉自己的女儿：爱情无须刻意地把握，越是想抓牢自己的爱情，反而越容易失去自我，失去彼此之间应该保持的宽容和谅解，爱情也会因此而变成毫无美感的形式。

爱情需要空间。要亲密，但不要无间。有人说距离产生美，人与人之间要有一定的距离，相爱的人也不例外。两个人无论多么相爱，仍然是两个不同的个体，不可能变成同一个人，即使成家后也是如此。个人应该是独立的个人，并把对方作为独立的个人予以尊重。简单讲就是要给对方留一个空间，即让爱情自由呼吸的空间。这个空间不外乎两个方面：一个是个人的精神生活，例如独处、写个人日记、发展个人爱好等；另一个就是社会交往，交共同的朋友之外允许对方有个人的朋友，包括异性朋友。当然空间活动要遵循通常规则，不可用潜规则。婚姻之所以容易沦为悲剧，就因为它在客观上使得人与人之间必要的距离难以保持。一旦没有了距离，分寸感便会消失。随之丧失的是美感、自由感，进而丧失的是彼此的宽容与尊重，最后丧失的是爱情。

爱情要有弹性。彼此之间既非僵硬地占有，也非软弱地依附。相爱的人给予对方最好的礼物就是自由。两个自由人之间的爱，才拥有必要的张力。这种爱牢固但不板结，缠绵但不黏滞，依靠但不占有。这就要求我们给对方自由的觉悟，从根本上说就是要有互相尊重对方人格的觉悟。亲密而有距离，开放而有节制，最好的状态就是双方都以信任之心不限制对方的自由，同时都要以珍惜之心不滥用自己的自由。当爱情有了弹性，襟怀就会变得更加博大和宽敞，心态就会变得更加阳光和畅达，生活就会变得更加轻松和洒脱。没有缝隙的爱太可怕了，爱情在其中失去了自由呼吸的空间，迟早要窒息。有一种观点认为：相爱的人之间必须绝对忠诚，对各自的行为乃至思想不得有丝毫隐瞒，否则便是亵渎了爱的纯洁和神圣。事实上，当一个人在有了足够的阅历后便会知道，这是一种多么幼稚的想法。

爱情经营得好是递进的，但关键是说好第一句话。生活中的很多矛盾和冲突都是由第一句话引起的。无论有多大的矛盾，第一句话，谁也不能埋怨。很多事情本来没什么大不了的，只是因为第一句话没有说好，闹得彼此关系紧张。如果第一句话说得好就会减少很多矛盾，就会使爱情的幸福境界不断递进、不断加深。爱情的递进首先是相敬如宾。同喝一杯茶，分吃一个水果，分处两地时相互牵挂，共同生活时又彼此感动。

相敬如宾就是爱一个人就爱他的一切，包括缺点。其次是相守如约。撕心裂肺的爱情誓言，只是诗歌中的美化，现实生活中不是口头上的花言巧语，也不是法律条文的约束，而是彼此心灵的默契。再进一步就是相濡以沫。在地球上六十多亿人中，只有一个人与你朝夕相处，与你相识、相知、相爱，与你相互搀扶一起慢慢变老，百年后又和你将名字刻在同一块墓碑上。最高的境界是相爱如兰。吐气如兰的生活，是一种蜿蜒的芬芳，是一种曲折的流韵，是一种坎坷的浪漫。只有经过一丝一缕的日积月累，才能由陌生变为熟悉，由喜欢变为深爱，由形同陌路变成天长地久的终身伴侣。

最好最美的爱情，最后都是朴素的，都要回到生活的本真状态。有人说，婚姻是爱情的坟墓，其实是大谬，好的爱情往往也正藏在婚姻中。步入婚姻就失败的爱情，大概并不是真正的爱情。情，总是在琐事中、在一点一滴或大起大落的欢欣与磨难中共同积累的，这样的情才是真正的财富。

（写于 2006 年 12 月）

感谢中年

朋友小聚，谈及生日，猛然意识到，今年中秋我就年满四十五岁了。通常说法，人到中年，花季的少年早已远去，澎湃的青春不觉已逝。停下奔跑的脚步低头看看路边的风景，从此知道了花开花落；抬头看看广阔的天空，从此知道了云卷云舒；驻足看看自己的历程，从此知道了得失亦然。思来想去，感到一种踏实，感到一种满足，感到一种幸福。能有这般心境，年龄使然，中年使然，一股暖流迅速传遍全身，情不自禁自言自语：感谢中年。

人们能听到青年憧憬未来优美的歌声，能看到老年回忆过去骄傲的辉煌，唯独少见中年沉淀的底蕴。而这底蕴，恰是生命中最可歌可泣的乐章。如果青年是晨曦，老年是暮色，中年就是正午的阳光，固执地裸露着自己的坦荡和真实。中年，是一个知道梦那边没有花的年龄。“梦那边，是花。哦，还有，上帝的一朵玫瑰……”若干年前，一位女诗人的诗句，像露珠一样滴在我的信纸上。这种美好的情愫，充满对生命的渴望。那时候，我在恋爱。斗转星移，弹指挥间，人到中年。当我再欣赏这首小诗的时候暗暗自语：我怎么没有梦了？更谈不上费神去梦那边寻什么花，找什么玫瑰了。难怪人们说这是一个真实的年龄。虽没有年轻气盛的浪漫，却平添了一种平实和成熟，越来越懂得实实在在说话，实实在在做事，实实在在做人。渐悟了，顿悟了，也接近彻悟了。“人”这个字被我们写了许多年，至今有的人还没有写好。不是写歪，就是写得太大，要么写得太复杂。

人在中年，走出了青春的莽撞，更远离了孩童的天真。更多的是一种洒脱，是一种乐观与自信，是一种从容与坦然。这个年龄的人最懂得取舍与进退，明白不讲进取，人生就不会有动力，就不能有所成就；也更懂得，如果不知言退，终究会乱了分寸，最终也难以享受到人生的多重境界，也就难以品味到精神世界的丰硕与富有。在纸醉金迷、物欲横流的世界里，洒脱的人能给燥热以清凉，能给喧嚣以宁静，能给贪欲以淡泊，能给昏聩以清醒，能给浑浊以明丽，能给枯槁以生机，能给滞涩以灵动。洒脱不是时尚，也不是自鸣得意、自以为是，更不是沽名钓誉、浪得虚名。洒脱是一种积累，是一种成熟，是一种品行，是一种素养，是一种血气与骨力的挥洒与张扬。

人在中年，这是一个心灵富有弹性的年龄。弹性的可贵之处就在于化解了矛盾，创造了和谐；缓和了撞击，建立了平衡；避免了扭曲，保全了物性。在退缩中还原，在吸纳中释放，是弹性的灵魂；看似柔弱海绵，实则铁骨铮铮，是弹性的本质；平静中充满着时刻迎接挑战的张力，对抗中却悄然把对方变成了自己的同盟，是弹性的内涵。当心灵有了弹性，我们的襟怀就会变得更加博大和宽敞，我们的语言就会变得更加幽默和风趣，我们的为人就会变得更加谦逊和大度，我们的处世就会变得更加智慧和圆融，我们的心态就会变得更加阳光和畅达，我们的生活就会变得更加轻松和洒脱，我们的追求就会变得更加高远和执着。我们就不会再被名利掩得心力交瘁，不会再为成败孤注一掷，不会再被得失弄得寝食不安，不会再把简单的问题想得深奥复杂，不会再把明白的事情搞得玄之又玄，不会再在春风得意时目空一切，不会再在失魂落魄时自轻自贱。

人在中年，感情历程在经历了黄色的友情路和红色的爱情路之后，进入了绿色的亲情路。没有了友情路上独自相思的凄美和苦苦寂寞的等待，没有了爱情路上穷追不舍的激动和谨小慎微的胆怯，剩下的只有经岁月沉淀下来的自然的、自在的、率真的绿色亲情。中年的心态是淡定的，不再有大喜大悲，不再有大起大落，淡定若秋菊，从容如流水。“回首向来萧瑟处，归去，也无风雨也无晴。”

醉后方知酒浓，爱后才知情重。中年的我感到琐碎中的一种美丽，追求中的一种向往，执着中的一种坚定信念。情不自禁还是说出那句话：感谢中年。

人生其实是一幅卷起来的图画，是时间把它慢慢地展开在你的面前，山也好，水也好，不就是路吗？走就是了。

（写于 2008 年 8 月 8 日，北京奥运会开幕的日子）

我把生活当诗读

我一直以为，世上有些东西你自己是支配不了的，比如机会和运气，那就顺其自然，不要去管就是了。但世上有些东西是你自己可以支配的，比如做人和处世。不论是能支配的还是不能支配的，我们都在追求最好，但结果如何却取决于多种因素，不是光靠努力就能成功的，所以，只要我们尽了力就要坦然接受，如果不肯妥协，就是和自己过不去，就是不懂生活了。

生活就是过日子，就是我们生命走过的每一天。负责任地生活，负责任地做人，这样才能彰显生活的意义，同时才能提升生活的品质乃至境界。孩提时我们渴望母亲温暖的怀抱，年少时我们渴望老师的关爱还有宁静的校园，青春勃发时我们渴望爱情的滋润，当我们进入中年以后就更加渴望生活给予的慰藉，温情地对待生活，过更加生态的生活。

这个社会会越来越好吗？身处转型期的中国，人们常常在心底追问。人是社会的一部分，社会也是人的一部分。我们无法不关心社会，正如我们无法不关心自己。既然有那么多人在关心这个社会，为自己的权利打拼，为共同的福祉努力；有那么多人勤勉于当下，努力于今朝，修行于日常；有那么多人在过程中尽心尽力，这个社会一定会有个美好的前程。

生命是一个过程，也是一种结果。幸福的人都是相似的，而不幸的人各有各的不幸。生活不会给我们太多的机遇，我们应该现实地面对人生。不能拥有阳光，就揽一片月华；摘不下满天星斗，就收获一片彩云。只要我们真心实意地生活，珍惜生活的每一次馈赠，不管我们能否达到理想的圣地，面对人生，我们都会深深地感到生活的充盈。生活就是一首诗，是那“宠辱皆忘，把酒临风”的畅快；是那“宠辱不惊，看庭前花开花落；去留无意，望天上云卷云舒”的飘逸；是那“采菊东篱下，悠然见南山”的闲适；是那“待到山花烂漫时，她在丛中笑”的洒脱。

在匆匆行进的人生旅途中，我们每个人都是旅者，肩上背着或轻或重的包袱，不停地行走。大部分人每次挤入熙熙攘攘的人群，恐怕很难再听到自己的脚步声。你或许就是这大部分的一员，当你渐渐习惯了跟随别人的脚步上路时，你将慢慢成为一个没有“自我”的人。于是，你的世界里就缺少了属于自己的精彩。诗人泰戈尔说过这样一句话：“生活并不是一条人工开凿的运河，不能把河水限制在一些规定好的河道内。”是啊，生活不该受到一些没有必要的束缚，生活本身应该是可以自由选择的。要大胆地走出人生的循环圈，正如一首小诗所言：即便你与春天走散，你还会相遇夏之热情、秋之成熟、冬之冷静，生命依然青春；即便你与夏天走散，你还会相遇春之生动、秋之爽朗、冬之含蓄，生活依旧火红；即便你与秋天走散，你还会相遇春之绰约、夏之张扬、冬之谦恭，岁月依旧丰厚；即便你与冬天走散，你还会相遇春之清雅、夏之激进、秋之深邃，人生仍然晶莹。

无数的事实告诉世人，从某种意义上说，人不是活在物质里，而是活在自己的精神里。因为对于人的生命而言，要存活，只要一箪食，一瓢饮足矣。但要活得精彩，就需要有宽广的心胸，百折不挠的意志和化解痛苦的智慧。如果精神垮了，没有人救得了你，更无法奢谈什么成功了。精神才是生命的支柱。很多时候，我们并不知道，我们之所以遇到挫折或障碍，根本原因是我们内心有一扇门！那扇门将外面的风景都遮掩住了，于是我们的眼睛会迷茫，不知道自己该如何是好！其实一切都是如此简单，只要推开心中的门便会豁然开朗，柳暗花明。

生活不可能像你想象的那么好，但也不会像你想象的那么糟。再美好也经不住遗忘，再悲伤也抵不过时光。生活得最有意义的人，并不是年岁最大的人，而是对生活最有感受的人。我觉得人的脆弱和坚强都超乎自己的想象。有时，我可能脆弱得讲一句话就泪流满面，有时也发现自己咬着牙走了很长的路。不管怎样还是那句白话——无论岁月甘与苦，我把生活当诗读。

（写于 2011 年 11 月）

我的梦

说句实话，我偏爱诗词散文但作起来常常是眼高手低，就像我喜欢听音乐但不会唱歌一样。这也许顺合了当下一种现象，家有藏品的并不都深谙收藏的韵味。

文章合为时而著，歌诗合为事而作。三年前，我出了本《中年感悟》，当时就有人问，你怎么能有时间写书呢？我虽没有把别人吃面包、喝咖啡的时间都用在写作上，但是八小时以外的时间自认为是善于把握的，特别是晚上，应酬之后的晚上，在夜深人静的时候，荡漾在书海中，游走于笔墨间，简直就是一种快乐！我常常以为，人们寻求快乐大概有两种渠道，一个是向外，一个是向内。向外求索能不能获得快乐？当然能够，但是快乐成本太高，代价太大，而且是短暂的。如果你调转方向，向自己的内心寻找，就会发现，其实每个人内心都有一道道美丽的风景。

菩萨畏因，凡夫畏果，我们每天都在改造这因，自然也会收获那果。我们每天多一点努力，就会离未来更近一点，离我们期许的世界更近一点。萧伯纳有句名言：我希望世界在我去世的时候要比我出生的时候更美好。虽然每一代都有每一代的历史使命，每一代又都有每一代的当务之急，但我们所有的努力，不都是为了获得这样一份欣慰吗？

眼前2011年的日历就剩下最后一张了。虽然天寒地冻，阳光依旧照进窗台。美好年华，送往迎来，每一天都在灰飞烟灭，每一天也都在革故鼎新。过去的一年，将到的一年，我们所有的努力，都只为自己更自由与更幸福，为社会更开放与更美好，为中国离未来更近一点，但最精彩的不是实现梦想的瞬间，而是坚持梦想的过程。

（写于2011年12月31日）

人不能丢了魂儿

有句老话说：人类一思考，上帝就发笑。那上帝现在是该哭还是该笑呢？因为现在有了万能的搜索引擎，人们可以干脆不思考了。也正因为答案唾手可得，人们往往放弃了思考的过程，直奔答案而去。我则不然，可能是从小养成的习惯，我一直以为，看一个人有没有出息，就看他琢磨不琢磨事情。

我常常思考这样一个问题，为什么我们离自己越来越远了呢？环视周围的人，总是看别人发表什么观点，总是听别人在聊什么话题，于是，转发，转发，再转发；总是根据广告来消费，总是看别人在用什么牌子，结果家里家外随处可见远在国外、近在同城购来的“垃圾商品”；总是认为幸福在别人家里，世界上最好的事情都发生在“别人家”，绝对不会是自己家。于是，有人就恨恨地说：“我从小最恨‘别人家孩子’，他们总比我优秀，现在又要和‘别人家爱人’比，真郁闷……”我们在接受现代社会生活外包服务的同时，不经意间，把自己也交了出去，自己的大脑成了别人的“外接硬盘”，自己的内心成了别人思想的“跑马场”。

那么，怎么才能做回自己呢？这是个真正的难题。我承认我给不出一个答案。我还相信，不存在一个适用于所有人的答案。

但我越来越发现，浮躁、物欲、投机、自私、嫉妒、虚荣、功利、野心、虚伪、盲从等，这些东西实实在在地影响和阻碍了我们过上真实的生活。

浮躁。看看如今的人们，有的渴望一夜成名，有的梦想一朝致富，有的更是天真地想一步登天。为了生活，为了赚钱，为了跟别人比财富、比地位、比名誉，放弃了自己的理想，选择了并不愿意做的事情。结果，房子有了没有家，婚姻有了没有感情，工作有了没有激情，事业有了没有成就，得到了自己并不真正想要的东西，放弃了自己本应该追求的东西。

物欲。人要生活，必有物欲。这是再正常不过的事情了。但是，为物欲所累的现代人，受广告的挑逗，受分期付款和透支的引诱，受攀比心理的推动，不加节制地释放自己的消费愿望：家里的衣橱能装下一头大象，却已满得塞不进一双袜子；房子越住越大，却日夜奔波，在家的时间越来越少；汽车越来越豪华，新鲜空气却越来越稀罕。更为遗憾的是，在物欲膨胀的同时，将“物”作为衡量一切的标准。

投机。投机是个巨大的心理陷阱，诱惑与风险并存。懒惰是人性的弱点，而投机取巧恰恰暗合了人的这一弱点。投机者做人做事都不踏实，习惯于见缝儿钻空子，有利可图就去凑热闹。小聪明常耍，大智慧不足。偶尔侥幸成功，加上周围那些利益趋同者的掺和，虚荣心就难以抑制地膨胀了，却忽视了自己其实已处于岌岌可危的状态。投机就像“美人计”中的美人一样，消磨你的志气，增长真正爱你关心你的人的怨恨，这是多么可怕的事情。从长远来看，任何一次投机都有可能让你满盘皆输。

自私。合理自私者是社会的大多数，甚至是绝大多数。他们是社会稳定的基本因素。只是现在自私的人总认为，损害别人是不会遭报应的。

因此，只要能“利己”，他们就不惮于“损人”。这很危险，也很可怕，因为长此下去会造就一个“人人损人利己”的社会。一个“人人损人利己”的社会，是什么样子呢？每个人都成为受害者，每个人都没有好果子吃，无一幸免。

嫉妒。嫉妒是人类生活特别是文学作品中经久不衰的主题。正如一句谚语所说：好嫉妒的人会因为邻居的身体发福而越发憔悴。所以，好嫉妒的人总是四十岁的脸上就写满五十岁的沧桑。嫉妒和自私犹如孪生兄弟：因为嫉妒，他不希望别人比自己优越；因为自私，他总是想剥夺别人的优越。嫉妒使人把时光常常用在阻碍和限制别人身上，而不是潜心于对自我的开发，结果大都是以害人开始，以害己告终。

虚荣。虚荣的人太在意别人的看法，生怕别人瞧不起自己，生怕别人不认同自己。于是，不惜代价地创造条件让别人看得起。其实，“包装”“造势”有时也是需要的，只是虚荣的人对自己的“包装”大大超过了“需要”，他们付出了太多没有必要的甚至承受不起的“成本”。人不可能完全没有虚荣心，完全没有虚荣心就仿佛完全没有弱点一样，可怕而不可爱。问题是大多数的时候，我们的虚荣心太强了，已经到了可笑、愚蠢和自我束缚的程度。

功利。功利的实用主义者往往缺少看大局、看长远、看全体的眼光，沉迷于短期效果，计较于局部利益，裹足于一己得失。为获利润，坑蒙拐骗无所不为；为求升迁，投机取巧不择手段；为谋受益，损人利己在所不惜。当这种功利的实用主义渗透到社会的各个领域，“效果”就成为评价一切的标准，注重的不是客观实际，而是主观目的；关注的不是行动规则，而是利益结果。在这样的“实用哲学”之下，底线可以突破，规则可以冲撞，信仰可以亵渎，道德可以无视。

野心。“野心”是成功的关键心理因素，是人类行为的推动力。野心家总是让人爱恨交织，他们的聪明才智与卑鄙阴暗就像罂粟花一样炫耀着残酷的美。你可以不喜欢他们，却很难对他们无动于衷。只是有的人在个人欲望的驱使下，不择手段地做出常人难以做到的事情，或卑鄙或残忍，以挖别人墙脚为前提，通过损人，实现利己。“野心”过大也会造成严重的心理负担。当现实不能满足自我的要求时，就会产生焦虑、暴躁、对抗情绪，对外影响人际关系和外部环境，对内则损害身心健康。

虚伪。虚伪的人，口是心非，明明爱美人，却把美人说成洪水猛兽。虚伪的人，亦人亦鬼。更为可怕的是长期的虚伪形成了习惯，使这些人把虚伪当成了诚实，明明满口谎言，却并不因为说谎而产生一点羞愧之心。人与人之间，不再有真正的友谊，在那伪装的背后，不知道藏着多少阴险，多少狠毒。很多人明明脸上笑得很灿烂，可心里却盘算着自己的阴谋。难怪世人经常发出疑问：这个世界上还有什么是真的呢？

盲从。盲从就是依附于他人，没有自己的思想；就是跟着别人起哄，没有自己的主见；就是人云亦云，没有判断事情真伪的能力。从众是人类或动物长期以来形成的一种生活方式，本来无可厚非。但如今的人们，这种从众心理大都具有一定的盲目性，是大家参与的，自己也参与，从来不问是非对错，结果往往事与愿违。更为可悲的是，当我们个人的感觉与大多数人不一致时，为了使自己的看法不被别人视为“标新立异”，常常放弃自己的看法。因此，盲从也是对人生不负责任的表现。

在追求竞争和超越的过程中，我们都变得与他人疏远了，他人就是成功的障碍；与自然疏远了，自然成了可以无尽索取的矿藏，见山开山，见佛灭佛；与自己的内心也疏远了，外表波澜不惊，内心兵荒马乱，自己的内心成为“别人思想”构成的拼盘。这样，自然不可持续，社会不可持续，心情不可持续。我们一心要赢，结果却是满盘皆输。

远离了自然，远离了理性，远离了良知，我们的内心就会被黑暗所占领。

所以，我们应该想一想了。

灵魂先于身体早衰是件让人羞愧的事情。如果我们觉得空虚与失望，不应该再怨天尤人，首先应该审视自己的内心。人可以通过双眼看世界，但是，有个死角就是自己。所以看清自己，与自己对话，从来就不是用眼睛能够做到的，唯有用心灵去审视。

人无论处在哪个时代，似乎在心理上的需求都是一样的，想得到什么或者不想失去自己所拥有的。爱情的如意，事业的成功，转变成内心的幸福才觉得这辈子没有白活。而死亡最终来临的时候，才明白什么都带不走！其实，古人解决不了的问题，我们现在还是没有解决。人类社会的发展从表面上看，是物质技术不断更新突破的过程，但是对待自己的内心，人类似乎并没有往前迈进多少。浮躁、物欲、投机、自私、嫉妒、虚荣、功利、野心、虚伪、盲从，似乎成为不少人的通病，使得我们离自己越来越远。这是为什么呢？因为那些不注意自己内心活动的人必然是不幸的。

成功的道路是由目标铺成的。一个人无论现在多大年龄，他真正的人生之旅是从设定目标的那一天开始的，以前的日子，只不过是在绕圈子而已。根据我个人观察，对世界上绝大多数的人来说，人生是很平凡的，既无太大意义又没更多价值。但是，许多人往往将自己的名声看得很重，却没有想到即使是自己的亲人，三代之后便已沦为云烟，还有谁记得？人是一种速朽的动物，名声是靠生命的力量来支撑的。

岁月无情，人生易老，对此真是无话可说。然而，好的心态仍是重要的。这个好的心态不是傻乐，不是装嫩，而是历尽沧桑之后的豁然开朗。我体会到，人过中年之后，要学会生机勃勃地感受生活，痛快淋漓地享受生命。在这个世界上，我们不应当太多地在乎和顾忌别人怎么评价自己，只要你认为做得对，就要坚持下去。每个人都应当有一个自己的内心世界，每个人都必须有自己人格上的独立自主。虽说不能脱离这个社会和他人去独自生活，但也不能一味地攀附在上层建筑和他人身上，要在生命土壤中扎下属于自己的根，要在人生大海上抛下属于自己的锚。有了它们，你的心中就拥有了一个对你来说最安全也最幸福的乐园。

因为诱惑太多，我们都在奔跑乃至跑得筋疲力尽，但遗憾的是不知道为什么奔跑；因为成功至上，我们都在拼搏，蓦然回首，却发现我们需要把握的其实很少。有时候，我们真的需要站到云雾上来俯视一下自己和自己周围的人们。这样，我们对己对人都不会太苛求了。

人的一生应该怎样度过呢？你说，得活出个样儿来。我说，得活出个味儿来。名声、地位、财富，其实就是件衣裳，机会来时，不妨弄件穿穿。但是，到什么时候都应该知道，衣裳换来换去，你还是你，我还是我。脱尽衣裳，男人和女人更本色。

一元复始，万象更新。新的一年，愿你找到自己的魂儿。

（写于 2013 年 1 月 1 日）

人要活到点子上

人们常拿“人生不如意事十之八九”来安慰自己，开导别人。是的，谁也不可能得到想要的一切。人生在世，苦苦追求的无非就是两个字：值得!

人生如何才能值得呢？依我看来，就是活到点子上，活出真性情，回头看自己走过的人生道路的时候，觉得一辈子没有白活，没有太多的遗憾，尤其没有太多的悔恨，前半生不犹豫，后半生不后悔。

怎样才算活到了点子上呢？当官的算不算活到了点子上？也许算，也许不算。这真是如人饮水，冷暖自知。我觉得，一个人要活到点子上，起码要具备三个要件。一是有一件真心实意喜欢做的事情。一个人活在世上，必须有自己真正爱好的事情，才会活得有意思。这爱好完全是出于他的真性情，而不是为了某种外在的利益，做到事业和爱好基本一致，最好是把自己的兴趣爱好变成事业。二是有一个你真心实意爱着的人与你同行。这个人不是你的父母，也不是你的朋友，而是你的爱人。如果你真的找到了一个自己无比喜欢的人，你就会和她一心一意经营生活。这时候，基本上做到了婚姻和爱情一致。爱情让人不平凡，相爱的人在对方眼中闪闪发光，就算再平淡的生活也会充满欢乐。三是有一个真心实意超出更多外在东西的内心追求。能够做到追求的东西和内心深处的想法基本一致，对于财富、名望、权力没有过分的兴趣，更愿意追求内心的充实和满足。

由此看来，尽管权、钱、名在大部分人眼中是好东西，但一定不是活到点子上的必要条件。毕竟，面对权、钱、名时，能够处之坦然、得失自如的人并不多。通常情况下，有了这些东西的人反而想得到更大的权，更多的钱，更炫的名，并为此苦不堪言。

人要活到点子上，关键是要有一颗平常心。拥有并保持平常心确实不是一件容易的事。也正因为不易，才显示出价值，才更需要去努力。

保持平常心并非保持平庸。平常心获得与否是需要经历考验的。不断地追求高峰体验，不断地品尝酸甜苦辣，不断地挑战生活极限，这才可能真正达到并保持平常心。没有高峰体验的平常心是肤浅的，没有酸甜苦辣的平常心是虚假的，没有挑战极限的平常心是单调的。他们与其说是保持平常心，不如说是对低层次自我满足的安慰，对自甘平庸的掩饰，对无所作为的借口。因此，人既需要在进取中保持平常心，又需要在保持平常心中进取。无论是大悲还是大喜，无论是大落还是大起，都能宠辱不惊，笑看风云。

岁已知天命，心存惑不多。一路走来，笑过也哭过，执着过也彷徨过……好在从未停止过。在友人的劝说下，把多年的所感、所思、所悟辑成《我的沉思录》，可能是粗浅的、片面的，但一定是真诚的。人过中年以后，应该逐步明白两个问题：一个是对人生必有的缺憾知道和解；另一个就是对人生根本的价值懂得珍惜。人生中所谓的不幸福，就是不知道自己要什么却拼命地去追求。

人要淡，性要真。超越自我，找到真我，活到点子上，活出真性情，才会真正快乐，也才会真正坦然。人生就是这样，你刻意追求的东西或许一辈子都得不到，而你期望的灿烂反而会在平淡中与你不期而遇。

（写于 2013 年 2 月 22 日）

往事如书

人分为两种，一种人有往事，另一种人没有往事。有的人活了很久，往事的印象少得可怜，有的人还年轻，往事的印象却很丰富了。

有往事的人爱生命，对时光流逝无比憾惜，因而怀着一种特别的敬意，把自己所经历的一切深藏在心灵那个别人无法找到的密室里。一个人的美丽，并不是容颜，而是所有经历过的往事，在心灵留下一圈圈的年轮，令人坚强而安谧。所以，优雅并不是训练出来的，而是一种阅历；淡然也不是装出来的，而是一种沉淀。你如今的气质里藏着你走过的路，读过的书和爱过的人。从某种意义上说，人永远都不会老，老去的只是容颜，时间会让一个灵魂变得越来越动人。

没有往事的人对时光流逝毫不在乎，这种麻木使他轻慢万物，凡经历的一切都如过眼烟云，随风飘散。什么也留不下或者准确地说他根本也不想留下，他只是貌似在听，在看，在生活罢了，实际上他只是一具没有灵魂的空壳而已。所以，从一定意义上讲，只有珍惜往事的人才是真正在生活。

我不相信，时间带走了一切。四季轮回的风，吹绿了青草，吹红了夏花，吹黄了秋叶，吹白了冬雪。于是，有人感慨，往事如烟，随风飘散。人生中，有些往事是岁月带不走的，仿佛愈经冲洗就愈加鲜明，始终活在记忆中。岁月无声，它偷走了我们的芳华，改变了我们的容颜，但在我们的内心深处，总有一些时候，尘缘旧梦，似曾相识地归来；总有一些往事，不曾遗忘有意无意诉说着我们的故事。逝去的年华，我们最珍贵的童年和青春岁月，只是以某种方式被保存在一个安全的地方了。

生活中，每一段记忆，都有一个密码。只要时间、地点、人物组合正确，无论尘封多久，那人、那事、那景都将在遗忘中被重新拾起。你也许会说“不是都过去了吗？”其实过去的只是时间，你依然逃不出，想起了就微笑或悲伤的宿命，那种宿命本叫“无能为力”。而且，越长大，越感到迷茫。不知何时，心里多了一口悲伤的泉眼，不停地灌溉着干枯的记忆，丰满着昔时的喜怒哀乐。不知道这是岁月过于沉重，还是太多的忧虑苍老了年华。

往事，并不如烟，而且，岂能如烟？其实，往事是本无法改写的书。人生每一步的行走，都会在这里留下一页历史。在这本书里，也将会有许多无法续写的篇章，让你从此懂得人生还有遗憾、无悔和生命的珍贵。

人生中的大问题是没有答案的。一个人，年轻时，外在因素，包括所遇到的人、事情和机会，对他的生活信念和生活道路会发生较大的影响。但是，在达到一定的年龄以后，外在因素的影响就会大大减弱。那时候，如果他已形成自己的生活信念，外在因素就很难再使之改变了。如果仍未形成，外在因素也就很难再使之形成了。

消逝是人的宿命，怀念是人的智慧。没有怀念，人便与木石无异。然而，在这个日益匆忙的世界上，人们越来越没有工夫也没有心境去怀念了。人心如同躁动的急流，只想朝前赶，不复反顾。可是，如果忘掉源头，我们如何校正航向？如果不知道从哪里来，我们如何知道向哪里去？

我一直在思考一个问题，人生到底是什么？我想，复杂到难以言表，说简单也只不过几个字：梦，该追，有梦才能飞，但不能做得太深，深了，难以清醒；话，该说，有说才有笑，但不能说得太满，满了难以圆场；事，会处，遇事才成长，但不能做得太绝，绝了，难以进退；人，会做，要懂得方圆，但不能做得太假，假了，难以交心；利，可求，要取之有道，但不能看得太重，重了，难以明志；情，可恋，有情才动人，但不能陷得太深，深了，难以自拔。我常常以回忆往事来滋养自己，在自身体内寻找养料。我已养成反观自己的习惯，对苦难的感受和记忆已经不再强烈。我从自身的经历中发现，真正幸福的源泉在我们自身。一个人只要自己善于追求幸福，别人是无法使你落到真正悲惨的。

世上有一种东西，比任何东西更忠诚于你，这就是你的经历。你生命中的日子，你在其中遭遇的人和事，你因为这些遭遇产生的悲欢感受和思考，这一切仅仅属于你，这是你最可靠的财富，不可能转让给任何人，也无人能够夺走。相反，如果你不珍惜，它就会随岁月而流逝，而且在世界任何地方都找不到了。正因为此，我一直主张每个人都要养成一个习惯，每天、每月、每年要盘点一下，哪怕是一句话，一件事，一点感受都记录下来，短期，从中感悟点什么，长期，让历史告诉未来。坚持经常，必有好处。相比之下，金钱毫无忠诚可言，它们没有个性，永远是那副模样。今天在你这里，明天会去别人那里，后天又可能回到你这里，应该说，金钱是最不可靠的财富。可是，人们热衷于积攒金钱，却轻易挥霍掉仅仅属于自己的经历，这是何等的本末倒置啊！

一切都会成为往事，这是不争的事实。但使人沉重的往事是不会流失的。人心中应该有一些有分量的东西，我们生前守护着它们，死后便把它们带入了永恒。

人最宝贵的是生命，生命对于每个人来说只有一次。人的一生应该这样度过：当他回忆往事的时候，不会因为虚度年华而悔恨，也不会因为碌碌无为而羞愧。这是我较早的红色记忆，并且一直入心入骨地影响着我。

岁月的长河里，那些擦肩的缘，路过的分；那些付出的真情，遇到的真诚；那些曾经的感动，真情的动容，情在梦里盘旋，梦在情里入眠，都是记忆深处一朵清浅的花，即使瞬间绽放，也会暖流满心。所以，我们只需收拾好心情，淡然地面对生命的逐渐老去，在似水流年中细细体会与珍惜每一个交往，因为一辈子不长，下辈子不一定再遇见。

记忆是往事这部大书的高级编辑。他经常自作主张地留下自己喜欢的东西。而对那些不尽如人意的事情，充耳不闻。在这种思路剪辑下，玫瑰色的往事清晰如昨，一切美好的时光更是被注入了神奇的魔力，不开心的日子慢慢消退，直至消失，只留下那些颇具魅力又具活力的阳光岁月！

往事如书。这书，唤醒着我们的童心，这书，也不断地延续着我们的青春。因为在这书里，横卧着我们的灵魂！

往事让生命完美。一个人的一生，总是无法摆脱太多的回忆。一个没有回忆的人，可以说是遗憾的，是不完满的，甚至从某种意义上说是失败的。忘记过去的人，注定要重蹈覆辙。但在回忆这个小小的驿站，我们只能够做一个短暂的休憩，稍做整理之后，抛开一切，我们还会继续赶路。

（写于 2017 年 12 月 23 日）

向往事致敬

“往事如烟”，词典上这样解释：过去发生的事情像烟雾一样，一下子就飘散了。我曾经对这个词很感兴趣。更想知道，人怎样做，往事才能如烟。后来，渐渐明白，这世上有些事是不能太认真的。就如“往事如烟”，至少骗了我好多年，纵使我用尽洪荒之力，往事就在那里，任凭风儿怎么吹都不散。它始终死死扎在你心里的某个角落，说不定什么时候就刺痛你一下，提醒你不要忘了曾经的疼。

曾有那么几年，对当时的自己，我是心怀歉意的。那时的我很介意别人的评价，很在乎别人贴在我身上的一张张标签，所以很卖力地活，为别人眼中该有的样子咬紧牙关地活……可别人要求太高了，无论你怎么努力，都达不到他们的标准。后来我明白了，他们想要看的不是你的努力，他们真想看的是你的笑话。

我不知道自己是怎样一点点走出来的，当我渐渐意识到，我的人生不能被别人绑架，这不是我生命中该有的正常状态，我的人生我做主。我开始反抗，开始说我想说的话，开始做我想做的事，我不再看别人的脸色，我不再迎合别人的苟且，我不再违背自己的心意，我开始心平气和，气宇轩昂地活在春光普照里。就在那一刻，我真想大声喊出来：向往事致敬！为往事干杯！

人这一生，过去渐长，未来渐短。

人生有两条路要走，一条是你必须要走的，一条是你想要走的。一般情况下，你只有走好必须要走的路，才能接下来把你想要走的路走好。

“看得见多远的过去，就能走得向多远的未来。”

对于一个人，忘记往事、失去记忆等于迷失自我，责任和使命便成空白；对于一个国家、一个民族，一旦丧失历史的共同记忆，现实和未来就没了依凭，更谈不上文化的积累、智慧的叠加、发展的延续。不忘过去才能开辟未来。

“日子总是像从指间渡过的细沙，在不经意间悄悄滑落。那些往日的忧愁和哀伤，在似水流年的荡涤下随波轻轻地逝去，而留下的欢乐和笑靥就在记忆深处历久弥坚。”是啊，每个人心灵只有一颗，身体只有一个。身体里都是恨，就放不下爱了；心灵里都是遗憾，就感觉不到知足常乐了。

一个偶然的提醒，促使我用记忆这把钥匙打开了往事的大门。我开始把过去写的那些稚嫩而真诚的诗词翻腾出来。用晚上和节假日的时间，整理、修改、自赏，回放了我从喜欢诗词到试着写些诗词的峥嵘岁月。正是这些，伴我度过了“初读不懂诗中意”到“再读已是诗中人”的金色年华。也正是这个时候我明白了，一个人成熟的重要标志就是：该动脑的时候不再动情！

人世间的事谁也无法把握，该执着的，永不后悔；该舍弃的，不再牵挂；该珍惜的，好好把握。任何时候，任何情况下都要懂得，你现在过的每一天，都是余生中最年轻的一天，不要老得太快，更不要明白得太迟！

（写于 2017 年 12 月）

我把青春献给了你

青春，写下这两个字的时候我就容光焕发。曾经的你我他——我们的黑发就像旗帜一样在空中飘扬。那个时候，我们不需要寻找财富，我们自身就是财富；我们也没有必要接受赞美，我们幸福美好的容颜本身就是对世界的赞美。即使无法判断我们是否使世界变得年轻，至少肯定我们阻止了世界的衰老。是啊，每个人都有青春，每个青春都有故事，每个故事都有感慨，每个感慨中都有回味不尽的美。

那个时候我真年轻

二十岁那年，伴随着“再过二十年，我们来相会”的歌声，我告别了同学，告别了大学校园，告别了生我养我的故乡，来到了这个全国知名的地方，在“四清”时期曾经名扬全国的桃园大队就归其所辖，我的第一个公职就是冀东平原上这个公社的团委书记。

公社大院坐落在前不着村、后不着店的大洼中间，两排地震后才建起的整齐的平房，只有十几个人。同事们的家，大都住在五里方村，只有我一个操着家乡口音的外地人。到了晚上，只剩下值班的同事聚精会神地看着电视，再有就是从不出屋的电话员了，整个大院空荡荡的，像个陵园。一个人的晚上，一个人的节日，一个人的礼拜天，人在孤独寂寞中。那个时候的我怕天黑，更怕放假。工作刚起步，人生地不熟，半数的农村团支部人齐马不齐，更感困难的是没有时间做团支部的事情，那时公社的中心工作似乎就是计划生育。

然而，憧憬与追梦都是年轻人经常想并且愿意干的事情，谁不想追求美好，谁又不想把美好化作永恒。每当工作中遇到难处的时候，每当天黑放假思乡心切的时候，每当传来同学佳音的时候，我便把那首小诗拿出来复读：

我不去想是否能够成功
既然选择了远方
便只顾风雨兼程

我不去想能否赢得爱情
既然钟情于玫瑰
就勇敢地吐露真诚

我不去想身后会不会袭来寒风冷雨
既然目标是地平线
留给世界的只能是背影

我不去想未来是平坦还是泥泞
只要热爱生命
一切，都在意料之中

那时候的我，工作起来不分黑夜白天，也没有节假日，一心一意用工作的繁忙排挤着想家的时间，用工作的乐趣消解着内心的孤独与寂寞。走村串户建支部，千方百计搞活动，采种支甘、青年农民运动会、乡镇企业知识技能培训班等等，闭上眼睛想事，睁开眼睛干活，三个多月的团委工作不仅给周围的团员青年留下了印象，而且给公社和团县委的领导同志们也留下了深到的印象。记得在公社工作的那些日子里，我只知道很累，却愿意为此而付出，那是些付出就能看到结果的日子。

二十一岁那年，在我参加工作才一年多的时候，我被任命为团市委副书记。伴随着农村联产承包责任制的实行，为了健全基展团的组织，为了发挥团员青年在致富中的带头作用，我几乎走遍了全市两千多个行政村；伴随着城市经济体制改革的不断深入，为了共青团的地位，为了团干部的待遇，我奔走于企业的厂长书记之间；伴随着对城乡形势的新变化和团员青年的新特点的把握与调研，逐渐形成了城市抓改革，农村抓致富，全团抓基层，常年抓成才的新思路，使得转型期的团的工作和团的活动搞得如火如荼。不到二十六岁，我就开始主持全市的共青团工作了，那个时候我真的很年轻！

我知道，这只是开始，更多更艰巨的任务还需要我去完成。现在想想，那时真的很单纯，没有一点的功利心，一心一意就是想把工作做好，不管遇到什么困难都从未抱怨过。现在可能再也难有那么纯净的心情了。

特殊的岗位上，我竟然来了个“二进宫”

邓小平同志发表南方谈话的那年秋天，我成为当年中央党校最年轻的学员，在青年干部培训班进行了一年的学习。回来后组织安排我去一个县任县委副书记，又是一年后，市委再次任命我为团市委书记。在这个最看重年龄的岗位上，我竟然来了个“二进宫”，至今这种情况在全国可能都是唯一。那时那刻只有一个想法，“曾经沧海难为水”可能是矫情者的沉醉，难得的倒是“曾经沧海再为水”的平静与淡定。情来了，缘相续，一切还得要从头做起。

一年的向上攀登——中央党校的学习，和一年的向下深入——基层任职，使我越发感觉到了共青团工作社会化的紧迫和需要。希望工程和青年志愿者行动两项重点工作就是最好最直接的尝试。中国青金会发起并组织的希望工程成为20世纪90年代社会参与最广泛、最富影响的民间社会事业。活动之初，我市在全省率先成立了希望工程办公室，没有编制，就在现有人员中挤，不给定行政科室，事业单位也行，有声有色的工作就这样开始了。

希望工程一个重要的使命就是帮助农民的后代人人有书读，这一使命表达了它的服务对象是农民的后代，尤其是农民的后代里那些家境贫寒的孩子，也正是这一使命让我们这些大多出身农民的团干部倾情投入，累并快乐着。我们利用各种机会宣传并贯彻着希望工程的宗旨，让同一蓝天下的孩子们拥有幸福的童年和美好的明天。只要播种爱心，就能收获希望，记得不到一年的时间我们就建起了十几所希望小学，资助了八千名失学儿童。希望工程的确提高了贫困地区小学适龄儿童的入学率、巩固率、升学率，降低了辍学率，希望工程不仅开辟了一条动员社会力量协助政府办教育的新路子，同时也提升了共青团组织的社会形象。

群众需要的、党政关心的、青年能做的，是青年志愿者的主基调，助人自助、乐人自乐、丰富人生、充实精神，让社会越来越美好是青年志愿者的主旋律。一个、两个、三个，多少个受到志愿精神感动的青年们开始行动起来，社区服务志愿者走来了，扶老助残志愿者走来了，科技服务志愿者、医疗卫生志愿者、暑期服务志愿者、农忙服务志愿者也走来了，爱心在传递，文明在传播，心与心的距离在拉近。我们的队伍越来越壮大，志愿者行动有声有色地开展起来了。作为发起者和服务员的我们，常常被普普通通的人和事感动和震撼着。真的，他们并不伟大，他们也不辉煌，甚至他们也不奢求高尚，他们只是普普通通的青年，八小时之内在平凡的岗位上恪守着职责，创造着价值；在八小时之外，听从心灵的召唤，感受付出的喜悦，体验收获的快乐，让你处处感受到那种来自他们内心的强大的力量。我只能说，他们创造了一种精神，并把它深深打上了时代的烙印。一个时代的精神是青年代表的精神，一个时代的性格是青年代表的性格。这个时代的青年精神就是奉献与进步，这个时代的性格就是文明与开放。

面对这个需要年轻更需要激情的岗位，我就像感觉“太阳每天都是新的”一样对待每一项工作。多年的团干部经历也使我越发懂得，优秀的青年工作，不仅仅是引导青年，还应该团结青年，服务青年。党政认可、群众欢迎、青年拥护才是共青团的最高准则。高度的责任心促使我们把全部的激情都投入到了为城市的建功立业和青年的成长成才服务当中。

有些事情，错过了就不再回来

记得刚到团市委工作的时候，一次与挚友彻夜长谈，他问我：“我们为了一个共同的目标奋斗得很辛苦，别人玩的时候我们却不能。为了这些目标失去了很多快乐，值得吗？”我说：“值得，年轻时就要敢为梦想而拼尽全力，如果年轻时没有尽全力，怕是以后会后悔的。”

正因为心中有了理想，仿佛就像胸有成竹，每一个日子因为目标明确，而显得格外沉着与踏实，然而现在回想起来，有两件事情多多少少还是有些遗憾。一件是对亲情和家庭方面的亏欠。我的恋爱、结婚、生子，青春岁月里的几件大事都是在这个时期内完成的。我们这一代人在个人成长过程中，因为社会环境，也因为家庭因素，都把精神追求放在了首位，那时候的爱情也是纯粹的。但是恋爱中的青年男女，花前月下，互诉衷肠，看看电影，压压马路还是很寻常的。可就是这些平平常常的事情，我和女友在恋爱三年多的日子里都没能做到，不是不想，只是不敢，因为我是年轻干部，又是青年领袖，生怕别人看见后说三道四。儿子更是因为我忙于工作，不能及时接送，只去过几个月的幼儿园，出生在城市的他竟然和出生在农村的我有了一个相似的童年经历，直接上的小学。现在面对优秀的儿子、妻子，每每想起那些日子里的事情总是有些歉疚和忧伤。然而，错过了，无论有多少委屈都成为苦乐参半的回忆。也许正因为如此，我们才学会了在以后的平淡幸福里甘之如饴。难怪哲人说，世界上最亲的人是家人，而最动人的故事却是家人对彼此的付出。

再有一件事情就是对自身性格方面的强制约束，二十岁刚出头，正值青春年少，本应生动活泼，只因是团干部，又是个领导，对自己要求非常严格，以求表现出和同龄人不同的成熟。那个时候的大街小巷，歌厅舞厅比比皆是，但我却不敢去，以致现在我都不会唱歌，也不爱唱歌，连《东方红》都能唱走调。现在也不知道一个人孑然在卡拉 OK 单间里我为歌狂是什么感觉，更不明白同唱一首歌的兴奋点在哪里。正因为这种自觉自愿的严要求，能够受用一生的好多优秀习惯正是那个时候养成的。

人生的每个阶段都有某种与之相适应的哲学，每个阶段都有自己应该干的事情，每个阶段都有应该追求的幸福。每个人都应该兼顾各个时段的特点，统筹考虑好各个时段的幸福，以谋求一生幸福的最大化。为了将来牺牲当下的快乐，或者为了追求眼前的快乐而透支将来都是不明智的。到什么年龄干什么事，而且能够干成干好什么事才是幸福的。

回头想想逝去的时光，分明是理想的光亮一路照亮了我的生活。因为有理想，即使在遇到困难的时候，也深信幸福就在不远处，能够享受到那种生命的原质性给予内心的单纯的愉悦，才有了那许多可以反复回味的经历与感受。也许，正是这种经历使我丰富了人生体会，增加了精神分量；也正是这种经历，使我能面对来之不易的今天并感受到巨大的满足，面对纷繁的诱惑而不乱心中的方寸，面对困难和压力而无所畏惧。1998 年元旦刚过，组织上决定我去县里任县长。我走了，共青团，这一次我该说是彻底地离开共青团了。每个团干部都有这一天，告别共青团。走了，此时此刻，我找不到感觉，不知道是该高兴还是该难过。我只记得从 1983 年起我们共同走过了风雨共青路的十五个年头。十五年间，我欢送一批又一批的同事走出了这条战线，现在轮到大家送我了，经常性地有人进出，这是共青团的法则，也是共者团生机和活力的呼唤。我走了，带着几分欣慰，也带着几分甘甜，更多的是带着许多与团干部、团的事业难分难舍的留恋。人的一生并不很长，青春更为短暂，我把青春都献给了你——光荣的共青团。所以发自肺腑地说一句：我心里永远装着共青团，永远永远！因为在共青团这座熔炉里，我经受了锻炼与考验，得到了认同与温暖；因为在共青团这面大旗下，有我的朋友，有我的青春，有我的昨天；因为在共青团这个大学校里我学到了知识，迎接过挑战，更让我养成了许多一生受用的好习惯。

（写于 2010 年 5 月）

县长的味道

卜算子·又登仙螺岛

常忆抚宁情，更念仙螺岛。年少为官顾虑无，只恨时间少。

人对故朋亲，月到中秋好。几处漂泊几处痕，一世情难了。

2015 年中秋节晚上，友人约我到仙螺岛观海听涛赏月。故朋老友相聚，自然又忆起了我在抚宁的县长岁月，隧乘兴填了这首词《卜算子·又登仙螺岛》，其时我已调离抚宁工作十四年了。

抚宁这个因“抚我黎庶，宁我子妇”而得名的千年古县，是我名副其实的第二故乡。1983 年，我作为秦皇岛成为省辖市的第一批选调大学生，在这片充满魅力的沃土上参加工作，第二年调到团市委。也是在离开抚宁工作十四年后的 1998 年年初，组织安排我到抚宁任县长。

记得在第一次和全县领导干部见面会上我承诺，第二次来抚宁工作只带了三样东西，一是：一张白纸，这张纸只画最新最美的图画，确保不在任何政策和工作兑现上打白条；二是：一碗水，公平、公正，对任何人，任何事，确保一碗水端平；三是：一颗心，将抚宁当故乡，视百姓为父母，在县委坚强领导下，确保在抚宁干出个样儿来，从那刻起，我便尽心尽意地履行着自己公开的诺言。

我深知县城在区域发展中的特殊作用。如果一个县是一本书，那么县城就是这本书的封面；如果一个县是一列快速奔跑的经济列车，那么县城就是火车头；如果一个县是一条全面腾飞的巨龙，那么县城就是这个龙头。基于抚宁的基础情况，我提出了一县两城的构想（两城即县城和南戴河），并进行了县城重点发展第二产业，南戴河侧重发展第三产业的规划设计。

我更知项目在区域支撑中的关键属性。今天的项目就是明天的工资，今天的项目就是明天的经济发展后劲，今天的项目就是抚宁人明天的尊严！骊华淀粉快马加鞭，淀粉产量一跃成为全国第一，葡萄糖产量全国第三；南戴河娱乐中心项目加速推进；仙螺岛项目紧随其后；抚宁干红葡萄酒项目“无中生有”；潘官营生猪屠宰项目破土动工；留守营造纸群和石门寨水泥群“有中创新”；城市建设和改造项目方兴未艾；京沈高速，抚昌黄连接线工地热火朝天；首钢搬迁正式启动……那时的我和我的同事们，睁开眼睛干项目，闭上眼睛想项目，见面最多的干部是厂长，吃饭最多的朋友是行长。天道酬勤，在我县长任上，抚宁财政收入突破两个亿。现在看来绝对值并不大，但是已是当时其他三个县的总和。

当时在旅游项目建设中还有一段趣事。同在海边，紧贴抚昌边界的南戴河娱乐中心，起步时，个别项目与昌黎黄金海岸的主打旅游项目——滑沙有些雷同。但因为是后建的项目，所以更规范，且有滑草等众多游客参与的体验项目，一时间成为海边的热点。于是昌黎就在两县分界处竖起一个很远就能看见的大牌子“天下第一滑”。可能是想表明我们这里是老的，抚宁那儿是新的；我们这里是真的，抚宁那儿是假的。有一次，就在大牌子底下，我和时任的昌黎县长说：昌黎人会算计，善经营，多精明，享有“滑老呔”的美誉，历代相传，远近闻名，还用你竖这么大的招牌？而且还冠以“天下第一”？不知是否与我说了这句话有关，没过几天，刚刚竖立的大牌子不见了，再也没出现过。南戴河娱乐中心作为永不竣工的娱乐项目，年年都有新变化，一跃成为全市第一个也是唯一一个门票收入过亿的景区。

我尤其懂得民生是最大的政治，教育是最大的民生。“今天的教育就是明天的经济”“一中是全县人民的创梦工场”“一个有出息的孩子能改变一个家庭甚至一个家族的命运”，我常用这样的理念统一着大家的思想。说句心里话，在县长任上由我倡导，但是自愿的捐款只有两次，都是为了教育，一次是全县普九验收，一次是为北部贫困片区解决校舍。就这样，在我任职一年左右的时候，坊间就流传着一个顺口溜：“抚宁来了个邢留逮，来了就把医疗改，北管山，南管海，扣完三百扣二百。”当时有人和我谈起时，我都是一笑了之。不知编者、传者出于什么目的，我这个小小年纪的县长也算干出了点动静。“不唯书，不唯上，只唯实”，也就成了我的从政风格。

换位思考是我一贯的思维方式。我曾经嘱咐过身边的同事，上访人想见我，只要方便我都见。要把上访人当家人，把上访信当家书，把上访人反映的事当家事。记得有位农村大娘来到我办公室：“县长，我的事解决了，大娘也没钱给你买点什么，我给你磕个头吧。”我赶忙上前扶起她，此刻的我，扶着眼前和母亲般年龄的大娘，眼睛湿润了。多好的老百姓啊！你只是做了你应该做的一点事，他们竟如此真诚地来报答你。这件事一直影响着我。

一纸调令让我离开了千般不舍、万般难离的抚宁，离开了优点是实在，缺点是太实在的抚宁人民。也留下了些许遗憾，很多事情想好了还没来得及做——引洋入城，彻底改变县城老百姓喝地下水的历史；县城去海港区，去南戴河要有快速路；紫金山山脚下不能有住宅，要打造成独具特色、富有魅力的街心公园；抚宁特殊的区位优势要有一个像样的工业园区……

尽管来抚宁任职之前，我已担任了十四年的县级干部，但三年半的县长生涯让我深深感受到了什么叫“当官”。当官就是要不舒服、不自由、不容易，而不是很轻松、很自在、很逍遥。俗话说“无官一身轻”，只要“官帽”在头上，享清福就没可能，也不可以。正如一位伟人讲的那样：我认为，认认真真地当好共产党的“官”是很辛苦的。我也没听到哪一个称职的领导干部说过当官真舒服。为官意味着责任和担当。特别是在可能被“围猎”的复杂形势下，还意味着风险。需要既能吃苦又能吃亏，既能受累又能受气的胸襟、肚量和心态，更需要奉献精神。

这就是我尝到的当县长的味道！

（写于 2015 年 10 月）

我在海港那几年

来抚宁的路上，我就一直在想，抚宁是我参加工作的第一个地方，这次又是第二次来抚宁工作，一定要在抚宁多干些时候，让诚实的抚宁人知道，这个外地人还真的把抚宁当故乡了。

2001 年 6 月，正值各级党委换届，当时省委想让我搭档的县委书记异地任职，他没有去，在推荐他时，市委书记办公会已通过我接任抚宁县委书记。有朋友和我戏说道：你要当不上抚宁县委书记，可能连抚宁县长也当不成了。真准，就在当年的 6 月 27 日，我到海港区任区长。据当年的人大主任说，这么多年来，我是唯一全票通过的区长。

海港区，这个因北方不冻港——秦皇岛港而得名的中心城区，人们习惯上很少叫她的真名，不论是本地人还是外地人，多唤作秦皇岛。不知是因为大树底下好乘凉，让她占有了大树的位置，还是大树底下不长草，因大树而忽略了她的真姓名。

社区，是城市的细胞，也是城市活力的源泉，更是老百姓最真实的寄托。记得刚到海港区工作，我曾说过，虽说当了这么久的市民，但并不清楚自己属于哪个街道，更不清楚属于哪个社区。基础不牢，地动山摇。一区之长，就是要从区区之事抓起。于是，在市委的支持下，我和区委、区政府一班人大刀阔斧地进行了三大改革。首先就是解放街道干部。在对他们进行定岗、定责、定编之后，全部纳入财政开工资，彻底改变了他们从早到黑忙工资，无暇主业抓管理的工作状态。组建了市场管理局，接管了办事处过去统管的农贸市场。第二项就是招聘社区干部，用充满活力的大学生取代有心无力的“小脚侦缉队”，从全市范围内遴选300多名大中专毕业生到社区工作，对居委会干部进行了彻底改变。第三项改革就是消灭城市里的村庄——村改居。24个城中村在政府主导、一村一策推动下，彻底拉开了由农村到市区，由农民到市民，由农耕文明到工业文明的嬗变大幕，直到我离开海港区那天，这项影响全省、轰动全国的改革还在如火如荼地进行着。三大改革让城市活力空前迸发，城市基础空前牢固，城市形象空前提升。

教育，哪怕不是中国当今家庭为子女奋斗的全部，也是为之努力的主要部分。城区较之农村，虽没有改变命运那么迫切，但望子成龙、望女成凤，乃人之常情。作为中心城区，素有“全市义务教育看海港”的说法。当年，一个军分区领导跟我说过一番话：今年我们有几个随军家属的孩子，小学想去哪儿，中学又去哪儿。我陷入了深深的沉思。老百姓的孩子能这样吗？他们能想去哪儿就去哪儿吗？均衡教育资源，力争用十年时间让海港区的孩子们不再择校！道南小学抓青云里，中学抓十中；东面小学抓建国路，中学抓八中；西面小学抓迎秋里，中学抓十六中；中间小学抓新一路、迎宾路，中学继续抓七中；城市外延部分努力请求燕大、东大把附小、附中办得响当当……这盘教育大棋就这样布局了。我深知，教师是提高教学水平的根本，但根本的根本是一校之长。在我的提议下，区委常委会决定，七中校长兼任区教育工委书记，七中可以多配几个副校长。群众认为的好学校的孵化工作就这样开局了，这是我在海港区工作最想干的几件事之一。另外，我还想在全国范围内招聘优秀教师和管理者，建一个和秦皇岛一中比肩的“海港一中”，遗憾的是我的想法还没能开始就离开了。非常值得庆幸的是，在医疗领域，改造后的海港医院可以在和市人民医院的互相促进中让老百姓受益了。

我深知，人有人品，城有城品。为了让人们更真切地感到城市让生活更美好，围绕城市建设、城市管理、城市环境和城市人文建设，我们重点抓了九大工程：一是重点街道改造工程，继红旗路之后，文化路、民族路、建国路、河北大街、燕山大街相继进行了沥青盖被；二是市容街景美化工程，围绕存在难点，相继开展了城市家具、城乡接合部、工地围挡三大整改行动；三是城市重点街区的亮化工程；四是智慧泊车工程；五是城区河道整治工程；六是道路井盖、架空线整治工程；七是厕所革命；八是城市网格化管理工程；九是文明管理示范路街创建工程。九大工程实施过程中，有几件事让我感触非常深，一是燕山大街改造时，如按常规，原来的绿化要费掉，我到现场后决定，为保留原来的绿化和树木，南北两车道可以不按常规来，宽窄可以不同，现在人们经过那里还不知道为什么一边宽一边窄呢！第二件事，当时都在讲，经营城市可以用明天的钱干今天的事，可以用别人的钱干自己的事。我当即斩钉截铁地说，只能后者，不可用明天的钱干今天的事，寅吃卯粮的做法必须三思。第三件事就是新中国成立后秦皇岛从来没有沥青马路，我加速了重点干线的沥青改造，改变了秦皇岛没有沥青马路的历史。九大工程的实施，让老百姓感觉到秦皇岛主城区更有序，更干净，更宜居，更幸福了。

我更知道，实力是一个地方的地位、尊严和话语权，海港不谓不大，但很难说强，一定程度上是因为缺乏一个自己所属的经济开发区。我来海港工作时就瞄上了北部工业区，那是市里为退城进郊企业摆放而开辟的经济属地。经过多次有理由、有分寸、有进退的游说，我们终于如愿了，北部工业区划归海港区管理，彻底改变了海港区招商引资“只谈恋爱不结婚”的历史（想当年，不管项目谈得多融洽，谈到落地就转到了别的开发区），也彻底改变了海港区实现各项目标缺舞台、少平台的历史。我任书记后提出建设“大而强的实力港城、富而美的生态港城、和而治的和谐港城”的奋斗目标，按照“三条主线推进（经济建设、城市建设与管理、社会稳定和教育），六大产业兴区（园区工业、特色农业、人本旅游、现代物流、民营经济、城市经济），城乡统筹发展，三大文明并举”的总体思路，确保海港区在全市乃至全省五年内率先实现跨越式发展，十年内率先完成全面建设小康社会各项任务，二十年内率先基本实现现代化的总体构想。我特别在党代会上向全区承诺，用十年左右的时间把北部工业区建设成为北部工业新城，后来的事实证明，我们是这么说的，也是这么做的。

我当然明白，政治路线确定之后，干部就是决定的因素了。为改进干部作风，鼓舞干部士气，调动广大干部积极性，我们重点实施了三方面举措：一是拿出全区包括财政、环保、土地、旅游等十三个委办局，全市招聘科级干部，层层过关，最后，常委会观看录像决定的时候，包括我在内的每个常委一张票，无记名投票，人大主任、政协主席监票。这一举动，共录用了二十六名科级干部，不仅改善了海港区干部结构，更主要的是冲击了干部现状；第二个举措是“带着感性走基层”，从我做起，走基层，转作风，树形象，促发展。活动中，我走遍了全区所有的村庄、社区、学校和重点民营企业。全区上下更是创造了不少解难题、办实事的动人故事；第三个举措是实实在在地解决广大干部的实际问题。我知道，安居才能乐业，借当时城建大发展的机会，我们几乎为每个工作人员都解决了一套价格合理的住房。我也知道家事更是大事的道理，当时企业改制正如火如荼，大中专毕业生不再由国家分配，为解决部门干部的后顾之忧，我们提出科级干部爱人不下岗、孩子不待业，也极大地调动了广大干部的积极性和创造性。群众评价，这个风清、气正、心齐、劲足的阶段创造了海港区发展的最好时期。

从 2001 年 6 月 27 日到 2005 年 6 月 27 日，我在海港区圆圆满满地工作了四年。这期间，我度过了自己四十岁的生日，四十岁的最大特点就是明白了自己的责任。我知道，必须做好自己的工作，这不单是生存的需要，也是职责的需要，更是社会的需要。只有每个社会成员的辛勤工作，才能换来整个社会的进步。这期间，我接任了区委书记，真正成了“一把手”。我深知“一把手”意味着任何工作都是第一责任人，我常说，负责人就是负责任。我曾对当时的市委书记说，海港区的书记对下是区委书记，对上是委屈书记，这话既讲出了海港区的特殊位置，更讲出了“一把手”的特殊感受。但有一个深刻的道理是真实的，这一辈子，如果你当过县委、区委书记，就不要再讲怀才不遇了，因为这个舞台足可以让你把自己的才情和抱负施展得淋漓尽致。这期间，我们在工作中遇到了不少急事、难事、大事，但都顺利克服了。特别是那场举世瞩目的“非典”，由于海港区人口密度大，流动人口多，我提出了不慌、不乱、不马虎，全力、全心、全方位应对的原则，最终做到了“大事故没有出，小事故也没出”。这期间，我懂得了，对于一个党员干部来讲，能力应当是多方面的，但最主要的能力应当体现在三个方面：一是认清自己的能力，二是团结他人的能力，三是服务众人的能力。只有认清自己，才能团结他人；只有团结他人，才能服务众人。尤其是只有做好服务群众这篇大文章，我们才能有血脉，才能有根基，才能有源泉，才能有力量。这期间，我们在干了很多事的同时，也遇到了很多人，有不少人当时是建设强区的骨干，后来成为市里振兴的中坚力量；有的当时是区领导后来成了市级领导；有的当时是工作上的黄金搭档，后来成了生活中的良朋益友……这些人让我更深深地懂得，人与人之间最大的吸引力，不是你的权力，不是你的容颜，不是你的财富，甚至也不是你的才华，而是你传递给对方的信赖和踏实、真诚和善良。人生，并不全是竞争和利益，更多的是相互成就，彼此温暖，携手前行。

刚离开海港区的那些日子，闲时总有一种莫名的失落，按理说空间上一直工作在海港区，为什么会这样呢？仔细想想，还是对这个地方的真实留恋，其实就是留恋这个地方的人和事，留恋那些实现和没实现的梦想，因为这里沉淀了我最好的年华！

（写于 2015 年 12 月）

印象承德

做梦也没有想到，我的人生还会在承德驻足了两年半时间。两年半前，带着陌生和无奈我来到了这里，而今天离开时，更多的是不舍和无助……

这里让我真切感受到了什么是一个地方文明的前世今生。康熙五十年（1711 年），热河上营就已经是“生理农桑事，聚民至万家”的大地方了。此后，为适应皇帝每年都要到承德避暑的需要，各满蒙王公，朝廷大臣及文人墨客都争相在承德建设府邸宅院，承德的工商业随之快速发展。市井行人杂沓，车马喧嚣，酒楼茶铺鳞次栉比，好不繁荣。而如今的承德更是河的源头、云的故乡、花的世界、林的海洋、鸟的圣地、人的天堂。当地人说起承德也不再是雍正皇帝讲的“承受先祖德泽”的狭义解释了，最多的还是那句“承传文明，德行天下”，听起来大气，细想后有理。

其间，有两件小事深深地印在我的记忆中。一件是在大多城市一片堵的今天，承德这片天地却挤而有序。纯粹山城的承德，客观上人口密度大、车辆密度大，但路的密度小，通畅的缘由还是小侄双伟给出了答案——这里的人们开车不加塞儿，不别车，不争先恐后，而是礼让三分，有序前行。就像上下公交，争着挤着下不来上不去，礼让有序反而快而通畅，这真是文明始于足下啊！另一件小事是我偶然发现的，一次路过一幼儿园门口，正值放学时分。初始我不知是幼儿园，只见门外排着长长的队伍，我就问身边的同事，这是在干什么？同事说，家长接孩子。我不禁肃然起敬，有这样优雅的家长何愁培养不出有素质的孩子！

这里也让我真切懂得了什么叫一方水土养一方人。稀缺的平地，寒冷的气候，闭塞的交通，睁开眼，四面环山，闭上眼，山在四面，使承德很难扩充自己的体量。三百年过去了，承德依旧是一个只有几条马路的小地方，小得甚至有些扛不住地级市的头衔。

但承德是一个有文化的地方。这不是承德人自封的，而是很多外地人的共识。三百年的历史实在不能算长，但可贵的是文化延续了下来。不像有些地方，历史尽管悠久，但文化上却出现了断层。正是这特殊的文化造就了承德人独特的气质。承德人给人的第一印象是文静、少张扬、有礼貌，也很有书卷气。进一步交往后，或者成为哥们儿后，当承德人微卷着舌头，吐露对一些事情的看法或某个问题的见解的时候，会不由自主地会带出一点狂妄。

承德人是骄傲的。最让他们骄傲的自然就是这座世界上最大的皇家园林——避暑山庄了。承德人更习惯叫它离宫。承德人即使从小到大不知去过离宫多少次，去得连自己都有些烦了，也丝毫不会冲淡这个大花园给他们带来的自豪感。

一口标准的普通话是承德人自豪的另一个资本。我是岁末年初来到承德的，第一件事就是去农村慰问，村民的口音着实让我一惊。八十多岁的老大爷、老大娘，穿着打扮和其他地方的农民无异，只是一开口，十分标准的普通话，我当即感慨道，这哪是贫困地区的农村啊，这种标准对白只有电视剧里才有啊！原来只知道滦平是普通话之乡，但不了解承德人说话都比较标准。回来路上我问随行的同事：“承德农村也一口京腔啊？”“不，我们比北京人说的普通话还标准。”

谈到旅游不免要提到物价。说实在的，相对于人们的收入，承德物价高得有些离谱。但承德人对物价的态度却有些暧昧：一方面是抱怨、牢骚和痛恨，另一方面又有些说不清道不明的情绪在里头——尤其是和外地人谈起承德物价的时候，承德人的口气里似乎有一些骄傲和炫耀的成分，这是一个很值得玩味的现象。或许，承德人在潜意识里认为，高物价能够体现出承德作为一个末代陪都和旅游城市的档次吧。从这一点可以看出，承德人对自己的城市有一种近乎偏执的热爱。

这里还让我真切感知到了什么才是一个地方的核心竞争力，这就是独特。独特不一定是自己最好的，但一定是别的地方没有的。承德是一个彩色的城市，一点也不夸张。别的地方更多的城市色彩大都是人为堆砌的，这里则是自然天成的；别的地方看起来更多是静止的，这里则是灵动的；别的地方的亮丽更多地体现在个别季节中，这里是季季皆美丽，四季各不同。你只有在这里生活一个整年，感受一个四季轮回，才知道大自然的鬼斧神工真真切切地造就了小城的大美丽。

当寂静的大地渐渐热闹起来，往日的硬风也变得柔软了，我们就知道——春天来了。空气里飘起泥土的芬芳，鸟儿开始自由地歌唱，天地间一片勃勃生机，人们仿佛生活在一个单色世界里，满眼都是绿。远处连绵起伏的群山变得苍绿了，近处的山坡小草也悄悄钻出地面，这一片，那一丛，给陡峻的山坡点缀上新的绿意，一切都像刚睡醒的样子，欣欣然张开了眼。这里的春，恰似一幅饱蘸着生命繁华的绿色画卷。

如果说春天是一位委婉含蓄的古典美女，夏天就是一个热情可爱的现代姑娘。骄阳似火，草木疯长，百花竞相怒放。万物在最灿烂的阳光下，绽放着自己最美丽的笑容，此时的人们就像置身在一个花的海洋，坝上山下，前后左右全是花。每当雨后，白云从山谷中渐渐升起，越积越厚，忽而有如汪洋一片，忽而有如大地铺絮，忽而有如山谷堆雪。这云光奔泻的银海，像是远在天边，又似近在咫尺，轻拨漫涌，铺排相接，或散或簇，变化多姿，妙趣横生。此时，你会情不自禁地感慨，这不是故乡的云，这是云的故乡！

当风变得微凉，树叶渐渐变黄，秋天这位诗人飘然而至。他的诗是藏于黄与棕、绿与红之间变幻的无尽风情。可以热烈壮美，又可以含蓄秀雅，步入其中，就像掉进了颜料盘之中。入眼的每一寸风景，都仿佛是在梦中念了千遍万遍。塞下秋来风景宜，独有坝上醉金秋！来到这金黄的天堂，徜徉其间，看层林尽染、云雾低起，让人不禁如痴如醉、流连忘返。风吹过你的脸，还能闻到秋天的清香——承德的秋似乎有一种魔力，望一眼，便是余生忘不掉的风景。

当秋天的脚步渐渐远去，一场大雪，冬天悄然而至。这里的冬天更像一位女神，冷艳高傲，不食人间烟火。她喜欢用纯净洁白的冰雪把大地装扮得一尘不染。雪花漫天卷地落下来，犹如鹅毛一般，落在草地上，落在松树上，落在山峰上，不一会儿，好像整个世界都是银白色的，闪闪发光。虽然它隐匿了生机，却创造了一个仙境，银装素裹，分外妖娆。不身临其境，很难想象。难怪人们常说，有一种美丽叫承德的冬天。

承德的四季各有特点，但不管何时都有着美的风景。春有百花秋有月，夏有凉风冬有雪，闲时承德走一走，便知人间好时节。近两年，当地流行一句话：要想躲雾霾，请到承德来。这“雾霾”也许不仅仅是指空气中的，也有心灵上的吧。

转眼离开承德已近百日，梦里还常常出现那里的山，那里的水，那里的树，那里的花和那里的人们……

（写于 2019 年 8 月）

友情

一个人走在人世间，可以无事业，不可以无友情。生命本身就是一场漂泊的漫旅，遇见谁都是一个美丽的意外，我珍惜着每个可以让我称作朋友的人，因为那里是可以让漂泊的心歇息的地方。

一位长者曾对我说：人生漫漫，暮年回首。爱过谁，伤害过谁，都已经不那么重要；而得到了什么，失去了什么，也不那么重要；重要的是那一段一段的刻骨铭心、难以忘怀的友情。那么友情到底是一种什么东西，没有人能说清楚。但有一点你必须懂得，你可以广交朋友并善待朋友，但绝不能苛求朋友给你同样的回报。你待他人好和他人待你好是两码事——遇到像你善待他一样善待你的人是你的福气，如果朋友让你失望了这也很正常。

的确，人生真正的朋友并不多，我是个对朋友很好的人，我希望我的朋友过得比我好，生活得比我幸福，笑得比我更灿烂……我一直这么想，我的朋友也都这么认为。交友就是交心，就是简单的友谊，而不是想着太多的算计和利用，这是我一直以来坚守的。真正的友情不依靠事业、财富和身份，也不依靠年龄、经历和处境，在本质上它是拒绝功利的，拒绝归属的，拒绝契约的。所谓的朋友，或者说真正的朋友，是使对方活得更加温暖、更加自然、更加幸福的那些人吧，我一直这样认为。

有一句老话："但问耕耘，莫问收获。"但这不是说我们不要收获，这句话的意思非常简单——把种子撒进地里，种子自然会生长，长到最后自然有收获，但是在庄稼成长的过程中浇水、施肥等管理环节是否用心，结果是大不一样的。只有精心培育，用心管理，庄稼才会长得健壮，收获才会更好。交友也是如此。常言道：人心隔肚皮。人的心是红的还是黑的，谁也看不见，故有人心难测之说。但是，朋友之间是需要心心相呈，心心相诚，心心相通，心心相印的。好心的人一定要把心捧出来，好心是看得见的。能让自己有颗好心是自己最大的福气，能让别人感受到自己的好心，是自己最大的惬意。

有时候会被一句话感动，因为真诚；有时候会为一首歌流泪，因为动情；有时候会把回忆当作习惯，因为思念；有时候会突然想起，因为牵挂。希望你快乐，不仅此时，而且一生。在今天，心灵的空白似乎成为不少人平淡无奇日子中的现实存在，孤独的旗帜上不时飘起沟通的渴望，呼唤被感应、被感知、被感动。拆除一切隔膜、防范和阻隔，敞开心扉，才能让生命的沙洲呈现出勃勃生机。友情有时候就是一种精神上的寄托，并不需要多少言语。只需要一些默契，在你悲伤无助的时候，给你安慰与关怀；在你失望彷徨的时候，给你信心与力量；在你成功欢乐的时候，分享你的胜利和喜悦。

友情有的时候比爱情还牢固。古往今来，中伤的缝隙、误会的裂痕、空间的阻隔、时间的流逝都是心灵的花朵所不能承受的摧残。而友情，既不排斥第三者，也不抨击第四人，既能弥补缝隙，也能消除误会，还能跨越空间和时间，去藐视那些幸灾乐祸的目光，去识破那些阴险的笑脸，去医治那些流血的心灵。相对于爱情，友情更加博大、更加高远。

爱情是精致的小屋，友情是旷达的原野；爱情是清清的泉水，友情是滔滔的江河；爱情以伴侣而定，友情凭相知而行。

友情有的时候比血缘还亲密。千百年来，感情的破裂、财产的侵吞、宗族的纠纷、王位的争夺，犹如强烈的地震，使血缘大厦顷刻间化作残垣断壁。而友情无论是挑拨离间的阴风，还是天灾人祸的霹雳，无论是穷困潦倒的严霜，还是阴谋诡计的浓雾，都不能使友情疑惑，都不能使友情胆怯，都不能使友情疏远，都不能使友情背叛。相对于亲情，友情更加深远，更加活跃。亲情是幸福时的一杯水酒，友情是痛苦时的一声慰藉；亲情是挫折时的一条长凳，友情是命舛时的一句宽慰；亲情以血缘而生，友情凭理解相伴。

人的一生要接触很多人，因此应该有两个层次的友情：宽泛意义的友情和严格意义的友情。没有前者未免拘谨，没有后者难于深刻。宽泛定义的友情是一个人全部履历的光明面，它的宽度与人生的喜乐程度成正比。在密密层层的朋友组合成的友情的沙漠里，不管多宽，都要寻找真实和纯净，都要警惕邪恶，防范虚伪，反对背叛。严格定义的友情是一个人终其一生所寻找的精神驿站，寻找途中没有任何实用性的路标。在没有寻找到的时候只能继续寻找，不能随意驻足也不能随意断定。因此，我们不宜轻言知己。在绝大多数情况下，安于宽泛意义上的友情，反而彼此比较自然。

当然，一份友情的牢固程度取决于双方宽容和信任的程度。不要用挑剔的目光去挑选十全十美的朋友，那样你会没有一个朋友。友情是纯真的、朴实的，它永远是那样的让人心安自在。你不必为一份友情寝食难安、患得患失，你只需肝胆相照，真诚相待，诚实地经营，它就可以很好地成长了。至纯的友情，像晨星一样明朗，像风一样温和，像月光一样轻柔。那些失落，那些惆怅，随着时间在飞落；那些欢笑，那些惬意，随着时间在温暖。尤其是那些可以称作老朋友的朋友，不会因为你高高在上而向你献媚，也不会因为你贫穷低贱而向你施威。对此，我们要倍加珍惜，一个只有新朋友的人是靠不住的。人过中年，各种宏大的目标也许会一一消退，而友情的目标则越来越清晰。报答朋友，安慰朋友，让他们高兴，使他们不后悔与自己朋友一场。一旦老朋友相聚，更是场面热闹，情绪高昂，那正是：

借老地方的冬夜
借老地方的灯光
老朋友聚会
只回忆过去如何
都不说未来怎样

皱纹一律比过去的深
胡子一律比过去的长
老朋友聚会
不问豪情减多少
只问身体可安康
望着望着就望红了双眼
笑着笑着就笑出了泪光
老朋友聚会
只相劝醉倒在这一夜
都不信重逢在哪一方
……

一生中，我们会遇到许多朋友，朋友是一道风景。有的风景自然地融入我们的生活；有的风景却在奔驰的车窗外一晃而过。一路走来，几多相识，几多相知，有的刻骨铭心，有的淡然褪色，有的灿烂过、辉煌过，有的还没开始便已结束。有的人，只有一面之交，却不曾忘却；有的人，虽有过长长久久的情谊，却没有守住最后的美好结局。坚持到最后的，是最珍贵的，我会珍惜，也会坚守。那些渐行渐远渐无声的，我也会记得那些曾经，将它留在心灵的一角，然后为那些已经褪色的曾经，轻轻掩上心灵的门。

来一次世间，容易吗？

有一次相遇，容易吗？

叫一声朋友，容易吗？

我们只能学会珍惜。

友情无处不在，友爱无处不生，我要对你说，认识你真好！

（写于 2001 年 6 月）

乡情

人不到一定的年龄，便不知道家乡土地上那一河一水，一草一木的含义。进入中年之后，对故乡的回忆突然就占了大部分的心思，而每一忆及，首先进入思绪的，竟总是那条小河、那口老井、那缕炊烟和那里的乡亲。

故乡的小河是灵动的、活泼的，河的北面是生我养我的村庄，南面是大片的农田，随着季节的更替景象万千。每到春天来临的时候我和伙伴们就像蜜蜂一样，看桃花，观杏花，赏梨花，摘榆钱儿，百花齐放的河堤上处处留下我们稚嫩的足迹。夏天的小河，清凉的河水犹如一种诱惑，把我们从熟睡的父母身边勾引到河边，我和伙伴们不知羞涩，赤身裸体像泥鳅一样钻进水里，迫不及待地感受河水带来的清爽。到了秋天，小河犹如一幅金灿灿的油画，静静地展开着，我和伙伴们就捡起地上的瓦片打水漂，看谁打得又多又远，瓦片贴着水面向前飞去，在河面溅起一个个涟漪，童年欢快的笑声也随着涟漪荡漾。到了冬天，故乡的小河变成了天然的溜冰场，我们喜欢在冰上小心翼翼地行走，喜欢听到“砰、砰……”的冰裂声，玩的就是心跳，稍不留神脚下一滑便会跌倒，虽然跌疼了屁股但却笑开了花。

我们从一个地方走到另一个地方，身体总会有所抗拒，这就是人们常说的水土不服，谁都会有，只是有些人轻有些人重。记得刚离开家的时候，母亲灌了一瓶那口老井的水，让我带上并叮嘱说，到了新的地方和那里的水掺和一下，你就不会水土不服了。我真的按照母亲说的做了，由此更增加了我对那口老井的敬重。老井坐落在村子东头，井台旁有几棵参天大树。平时的老井就像一位孤独的老人，沉思在四周的树下。只有当忙碌了一天的人们回来担水时，老井才会散发出欢声笑语。尤其到了酷暑的时候，老井旁的树下更加热闹，井台上排满了大大小小、色彩各异的桶，扁担也是一圈一圈地靠在了树干上，老井旁聚满了人，你分不清谁是来挑水的，谁是来乘凉的。老井的井壁上爬满了青苔，可是老人们说，这才说明我们的老井有灵性呢。的确是这样，无论雨水丰沛，还是连年久旱，井里的水位总是保持在一个固定位置，不溢不涸，给人以希望，让人们有了生活的信念；面对富与贫，有了从容淡定、不浮不躁的心境。老井的水特别甜，在我没离开家乡时并不觉得，离开以后才真切地感到，老井的水那才叫个甜啊。

记得儿子小的时候跟我说过这样一句话：奶奶说爸爸是属于外面的人。我不知母亲说这话时的感受，但我听后的确是有些难过的。随着年龄的增长，思乡情绪渐渐地浓了，旷野里的那缕缕炊烟，时时在怀乡情绪中缭绕着，经久不散。故乡的炊烟和他乡的炊烟一样。早、晌、晚三个时间里，它会载着浓浓草木灰与香气，于原始氛围中缓缓升起，然后，一缕缕飘向明朗或暮色的天空。有时炊烟被微风扯成丝丝缕缕，微微浮动着，懒散地拥入天空的怀抱，与白云亲密地拥吻着，做着甜温的迷梦。

曾感慨，炊烟就是母亲对儿子归家的声声呼唤，那声音是那么的亲切、自然而熟悉，总让人有一种归家后的甜蜜。时常因看见炊烟升起而高兴得噙着眼泪，好想再闻一闻故乡的炊烟味道，好想再闻一闻母亲做饭时锅台旁边腾腾的热气……

生活在冀中平原的乡亲们，大气中透露着霸气，勤奋中透露着固执，智慧中透露着本分。十年九涝的家乡在我小的时候恰恰变成了十年九旱。有的年份，要春播的时候，天上连一片云絮都没有，土地龟裂，举步蒙尘。此番情景，种子下到地里就意味着一个“死”。然而村里人依旧按农时播种，起早贪黑，无怨无悔。而对这种近乎徒劳的勤奋，我等后生深以为蠢。父亲却说：这是祖宗留下的规矩，后人哪敢违背？因为老辈儿人说，下不下雨是老天的事，撒不撒种是人的事——命运如何，在天；尽不尽本分，在人。人只要尽了本分，不管结局如何，都可以问心无愧了，常说的天地良心就是这个意思。后来的世事让我感到，这种本分之说确有它的动人之处。干旱之时，如果不下种，即便有后来的漫天甘霖，也不会长出庄稼，一如绝望中如果不心存希望，也就只剩下了虚妄。

回溯那条小河，那口老井，那缕炊烟，那里的乡亲们，我不禁感到，故乡的伟大正在于它那贫瘠的土地上，不仅生长出足以养育生命的小麦、大豆和高粱，而且供奉出了足以抗拒外界诱惑而不迷失自我的大地道德。反省自己走过的路，我很自信地说，有什么样的故乡就会走出什么样的人。我之所以能在红尘遮眼、欲望乱神的情境之下，恪守本真，不患得患失，一直本分周正地做人，正是故乡伦理的滋养，使我内心充盈、从容淡定。

故乡的根让我吸足了养分却被异乡收割着。但故乡的重要性就在于，不论走到哪里，一个人心智、情感、人性和伦理形成的起点都源于此，是立人的基础。一如大树没有茁壮的根须就会倾覆，大楼没有牢固的根基就会倒塌。有了可靠的基础，任凭风吹雨打、沧桑变换，内心的价值取向和做人的骨架，是不会被撼动的。

如今的世界虽然已经是地球村了，但开放的前提恰恰是对心灵圣地的坚守与回归。四海躁歌息止的时候，游子心中会由衷发出一声深情的呼唤：哦，故乡永远在我心中！

（写于 2011 年 10月）

心情

人们在年轻的时候会给自己制定很多目标，并为此而努力，入世是基本的倾向。中年以后，就应该多少有一点出世的心态了。所谓出世，并非纯然消极，而是与世间的事物和功利拉开一个距离，活得洒脱一些。

日子会源源不断地来到跟前，怎么过呢？这是你的事情。我们走在人生的路上，遇到的事情是无数的，其中多数非自己所能选择，它们组成了我们每一个阶段的生活，左右着我们每一时刻的心情。我们很容易把正在遭遇的每件事情都看得十分重要。然而，时过境迁，当我们回头看看走过的路时便会发现，人生中真正重要的事情是不多的，它们奠定了我们人生之路的基本走向，而其余的事情不过是路边的一些令人愉快或不愉快的小景物罢了。

在一次亲朋聚会上我曾经说过，人们以为麻雀会飞很高很高，其实麻雀只有自己的高度，更高的天空那是鹰的世界，但麻雀找准了自己的高度和位置，生活得也很快乐。这就像石头一样，飞上天空的石头叫星辰，天天受人仰望，但离人很远很远，趴在地上的石头，虽没有人仰望，但天天和人朝夕相处。天上的星辰和地上的石头其实都是石头。这大概就是我此时及今后的心境了。

在我们身边，那些经常带着快乐心情的人往往能够长寿。即使生病，心态乐观的人往往比那些遇事悲观的人恢复得更好，这一切都是因为愉快的心情也是一种能量。个人的实力未必表现在名利山上的攀登结果，实际上，真有实力的人能支配自己的人生走向，适时地退出竞赛，省下时间来做自己喜欢做的事，基本戒除曾经的那些功利心、贪心、野心，给善心、闲心、平常心让出地盘，用自己的真性情去享受生命的乐趣。

古人很聪明，把很多的提醒变成了文字，放在那儿等你。拆开“盲”这个字就是“目”和“亡”，是眼睛死了，所以看不见，这样一想，拆开“忙”这个字，莫非是心死了？所以我已不太敢说“忙”，因为心一旦死了，奔波又有什么意义？一位老人说得好：“人生的终点都一样，谁也躲不开，可现在有些人怎么显得那么着急地往终点跑呢？”

一次去广场散步，夕阳的余晖给大地涂上了一层金色，此刻的广场有一种优雅。两个看似年近七旬的老人，在广场的南边一处由石子铺就的小路上来回走着倒步。他们尽力地甩动着双手，摇动着肩膀。记得听人说过，每天坚持走半个小时的倒步，可以减轻肩周炎和颈椎骨质增生的疼痛，甚至可以达到治疗的目的。想必这对老人这样走着倒步也应该是在健身。那老先生笑眯眯的，一边倒走，一边甩手，好像在向他的老伴逗乐；那老婆婆欲笑又止，欲言又休，故意闭着嘴唇，假装生气的眼神，掩饰不了此刻的甜蜜。

金黄的落日，洒落在他们的身上，让人感觉到一种逼人的高贵。他们时而走走，时而坐坐，有说有笑，有情有趣。这好像不是文学家描写的那样美好的爱情，这只是画家难以描摹的关于真情的油画。少来夫妻老来伴儿，想必这对老人，在人生将暮的时候，似乎回归了童年，他们是玩伴，亦是知心爱人。此时他们的心灵应该是世界上最干净、最纯真的，而他们的爱，犹如那浅淡的茉莉花香，沁人心脾，温暖着我们当前还有往后的日子。

这些年，走过许多路，遇过一些人，经过一些事，知道了什么是生命的起伏与坎坷、贫穷与无奈后，便开始放慢人生的脚步，腾出一些时间给自己思考与感恩。于是原本追求风光与沉醉生活的自己，慢慢开始转变，会起早看初升的太阳，感受阳光的温暖；会为一株小草感动，为一首歌忧伤，为一个需要帮助的人尽自己的全力；为步履蹒跚的老人感慨，为欢快活泼的孩子傻笑，为生活中每一缕微弱的光芒自豪。

菩萨畏因，凡夫畏果。乐观的心情在一定程度上与生活环境有关，但在很大程度上还是取决于自己。生活中难免有这样那样不愉快的回忆，但是我知道，只有不断放大自己感受到的温暖，那些糟糕的回忆才没有驻留的空间。

老天给了我们每个人一条命、一颗心，把命照看好，把心安顿好，人生也就算圆满了。天冷了，御寒的不仅仅是棉衣，应该还有心灵。最好的办法就是，取些温暖的东西，把心灵给占据了吧。

（写于 2011 年 11 月）

人活着就是一种责任

忘了在什么时候、什么地方曾看过一篇小文，现在琢磨起来确有味道。

文章讲的是上帝造人。

上帝在创造牛的时候，对牛说道：“你可以活六十年，但要一生为人类干活。”牛说：“这太累了，我不要活这么久，一半时间就够了。”于是牛放弃了三十年的生命，只愿活到三十岁。

第二次，上帝创造了猴子，就对猴子说：“你可以活三十年，但要一生被人类逗着玩儿。”猴子说：“这太残酷了吧，我可不要活这么长，一半的时间就足够了。”于是猴子放弃了十五年的生命，只愿活到十五岁。

第三次上帝创造了狗，对狗说道：“你可活三十年，但要一生为人类看家护院。”狗说：“这也太无趣了，我不要活这么长，一半的时间就行了。”于是狗放弃了十五年的生命，只愿活到十五岁。

第四次，上帝创造了人类，就对人类说：“你们的工作就是尽情享受生活，我给你二十五年寿命。”可是人类对上帝说：“这太短了吧，我想要活得更长久些。”

上帝说：“那么，我把牛所放弃的三十年寿命，狗所放弃的十五年寿命，猴子所放弃的十五年寿命通通给你吧。”这样一来人类的寿命大约有八十五岁了。

于是人类，在二十五岁之前，活的是自身的寿命，所以无忧无虑，十分快乐；在二十五岁到五十五岁的时候，活的是牛的寿命，只知道一味地工作，受尽了世上的磨难，为了养家糊口，受苦受累，吃得少，干得多；五十六岁到七十岁的时候，活的是猴子的寿命，退休了，在家像猴子一样，哄哄孙童，逗小孩儿开心；七十一岁到八十五岁时，则活的是狗的寿命，干不动了，只能宅在家里，很少出门，像狗一样看好自家庭院。

人这一辈子，无非就是个过程，荣华花间露，富贵草上霜，生不带来，死不带去，得到了什么？失去了什么？顺其自然，随遇而安，如行云般自在，像流水样洒脱，才是人生应有的态度。

人的一生很短暂，我们都是在亲人的欢笑声中出生，又在亲人的哭泣声中逝去。于是有人说，作为高级动物的人类，何尝不是像动物那样活着呢？这才是人生的真谛啊。

其实不然，人活着，就是一种责任，而且每个阶段有每个阶段的责任，就应担起生存的职责，不是因为执着，而是因为值得。没有谁的一生，阳光朗月总相随；也没有谁的一生，欢歌笑语永相伴。人生的路，深一脚，浅一脚，悲伤在路上，希望也在路上；疲惫在路上，兴奋也在路上。人生如河，苦是转弯；人生如叶，苦是漂泊；人生如戏，苦是相遇。思量和抉择，得到和失去，既要拿得起，也要放得下。平和的心态，平淡的活法，才是让心情走向绿洲的法宝。不论遇到什么情况，只要自己真正撑起来了，别人无论如何是压不垮你的，内心的强大才是真正的强大。

没有谁脚下的路，一生平坦到头；没有谁胸中的心，一生纯粹到底；没有谁头顶的天，一生永远蔚蓝。无论如何，该面对的还得面对，该扛起的就要扛起。人生不是都称心，生活不是都如意，想留的，留不住，想要的，得不到，想躲的，躲不开，想放的，放不下。人生的许多无奈，需要以平和的心态去对待，不为自己增烦恼，不为别人添负担。任世界纷扰喧闹，我自淡泊安静，心若不动，风又奈何？心若向阳，不惧忧伤；心若干净，不惧肮脏；心若安静，不惧喧嚣。

我们不是智者，悟不透全部人生哲学；我们也不是禅者，不可能释然尘世一切。唯一能做的，就是踏着生活的琐碎，捡拾快乐的碎屑；踩着人生的烦恼，预览未来的美好。人活的是一种情怀，是一种姿态，要的是轻松、愉快。有些人，有些事，改变不了，就学会妥协；纠结难受，就试着释怀；看不习惯，就学着忍耐；无法想象，就学着理解，如此，才能多些开怀。

再清静的心灵，也会有欲望；再豁达的心胸，也会有凄凉；再青春的容颜，也会有沧桑；再纯澈的月光，也会有迷茫；再刻骨的爱情，也会有情殇；再低调的性格，也会有倔强；再美好的生活，也会有惆怅；再潇洒的人生，也会有失望。抬头做人，低头做事，关于人生细节，尽心随缘就好，至于生活琐碎，顺其自然就行。看开是对的，放下是对的，既然活着，就要向好的方向看远，选择一种适合的姿态，让自己活得无可替代，让自己活得轻松愉快。

风景是相同的，但看风景的心情永不重复。

优雅的人生，是一颗平静的心，一个平和的心态，一种平淡的生活。想得越多，顾虑就越多；怕得越多，困难就越多。其实外在的风光，都是面子，最重要的还是里子，心灵轻松胜过黄金万两，心底坦荡抵过一生辉煌。

（写于 2016 年 12 月）

赶路

人生如逆旅，我亦是行人。

人生啊，就像一条路，一会西，一会东，匆匆又匆匆；我们都是赶路人，珍惜光阴莫放松，莫等到了一切的尽头，才枉叹此行真的成了空！

人生的路有无数。有人说，把弯路走直的人是聪明的，因为，他找到了捷径；也有人说，把直路走弯的人是豁达的，因为，他多看了几处风景。其实，有的路要靠脚走，有的路要靠心走。路在脚下是距离，路在心中是追求。

大千世界，如梦如幻。总会有一些情，再也没有如初的温暖；总会有一些人，再也没有办法以心交换；总会有一些事，再祈盼也没有能力随人所愿……那么就努力地做好自己吧，静坐在岁月喧嚣的边缘，寂然绽放，淡然孤欢。

一个人之所以快乐，并不是因为他拥有的多，而是因为他计较的少，尤其是他一定拥有一颗厚道的心。懂得与人为善，以诚待人，包容关爱别人，所以他总会想他人之所想，急他人之所急，帮他人之所需，适时地给予别人更多的温暖和帮助。

人的一生，谁不是风雨兼程。谁的痛不是自己扛，谁的苦不是自己尝。因为有些事，只能一个人做，有些关，只能一个人过，有些路啊，也只能一个人走。但要坚信，再难的道，也有尽头；再长的路，也有出口，忍耐和坚持虽是痛苦的事情，但却能渐渐地给你带来好处。

在光阴的故事里，总有一些人由陌生到熟悉，由熟悉到陌生。所以，不要对在乎你的人熟视无睹，不要把对你好的人弄丢了。一辈子碰到一个这样的人不容易，错过一辆车，可以等下一辆，错过一个人，也许就是一生。

接近什么样的人，就会走什么样的路。人最大的幸运，不是捡钱，也不是中奖，而是有人可以鼓励你，指引你，帮助你。其实，限制你发展的，往往不是智商和学历，而是你所处的生活圈及工作圈，身边的人很重要。所谓的贵人，并不是直接给你带来利益的人，而是开拓你的眼界，纠正你的格局，给你正能量的人。

人生，就像一列单行的列车，只能一路向前。而在来来往往中，必然会有一些人上车，也会有一些人下车。无论是擦肩而过的人，还是陪伴一程的人，我们都不必挽留，如果有缘，该重逢的还会重逢！

也许，人生都是一路得到，一路失去。失去幼稚，得到成长；失去单纯，得到成熟；失去闲暇，收获硕果累累；失去一路同行的人，才会懂得聚散离别的悲欢……或许没有失去的痛苦，就不会懂得拥有时的珍惜。所以失去也是一种得到。

人生之旅，一路艰辛，一路风景。你的目光所及，就是你的人生境界。总是看到比自己优秀的人，说明你正在走上坡路；总是看到和自己差不多的人，说明你差不多在混日子；总是看到不如自己的人，说明你正在走下坡路。与其埋怨世界，不如改变自己。管好自己的心，做好自己的事，比什么都强。

到了一定年龄，必须扔掉四样东西：没意义的酒局，不爱你的人，看不起你的亲戚，虚情假意的“朋友”。但同时应该拥有这四样东西：扬在脸上的自信，长在心里的善良，融进血液的骨气和刻在生命里的坚强。

时光荏苒，似水流年。选择比匆匆赶路更重要。活在昨天的人，拥有的是回不去的从前；活在明天的人，面对的是未知的美好和期盼；只有活在今天的人，才会幸福美满。因为把握当下，珍惜眼前，才会活得无悔无怨！

人海漂泊，几经沉浮。或许只有经过岁月的洗礼和沉淀，经过光阴的重叠和追赶，经过生活的磨砺和考验，我们才会逐渐成长和成熟，才会懂得更多的道理。

在成长的道路上，我们终究错过了一些人，错过了一些事，错过了一些美丽的风景……也许，这就是成长的代价！庆幸的是，我们终于懂得了：爱人者，人恒爱之；敬人者，人恒敬之。

弹指便是一生。一天很短，短得来不及拥抱朝阳，就已星月交辉；一年很短，短得来不及欣赏春光明媚，就已雪花纷飞；一生很短，短得来不及珍惜青春，就已眼眉低垂……遗憾的是，有些事，年轻时我们不曾懂得，而当我们懂得时，已不再年轻！

（写于 2017 年 1 月）

群处时要管住嘴

祸从口出，这句话的确很有道理。大多数人所犯的错误和惹的祸，很大一部分原因是没有管好自己的嘴。

记得黄永玉老先生曾画过一只鹦鹉，并题文：鸟是好鸟，就是话太多。

古希腊大哲学家苏格拉底曾教人演讲，学费每人十元。有一天，来了一个要学习的年轻人，滔滔不绝地讲了一大堆学习演讲如何重要的理由。

苏格拉底对年轻人说："你得付二十元的学费。"年轻人抗议道："为什么别人只交十元，而我要交二十元呢？"苏格拉底说："因为我只教别人学会讲话就行了，可还得教你学会不讲话，所以要收你二十元。"

两位大师的举动耐人寻味。

有些话只适合说给自己一个人听。

群处时，感情没那么深的人，最容易以讹传讹，口生是非。而说话不经过大脑的人，总是容易祸从口出。有时为了这一时嘴上的快意，在众人面前太过天真，失了体面，事后难免会后悔自己的失言。

不要为了一时嘴上痛快，丢了自己的优雅，在人前忍住不说不合适的话，也是一种修养。

要懂得什么能说，什么不能说，对谁能说，对谁缄默，都是与人交谈的智慧。

与别人相处时夸夸其谈，似乎眼界开阔，知识渊博，积淀丰厚，殊不知给人的感觉，特别是第一印象就是轻薄、肤浅和狂妄。那些想说即说，毫无遮拦，更无回避的人，往往无意中伤害了他人。

所谓言多必失，话多但都是废话的人，只会在人前显得没有教养；相比之下不乱言，也不多言，才会受到他人的尊重。

群处守住嘴，尤忌交浅言深。

是什么样的关系就说什么样的话。很多时候，不合宜的话会让人觉得受到冒犯和唐突——你和我什么关系，能说出这样的话?

类似这样的质疑，都是因为说话时越了界限。这个世界有时很残酷，人心难测，如果关系不到位，切忌交浅言深。尤其面对一群不太熟，不交心的人，说话要点到为止。人家跟你交情没那么深，就不要一厢情愿地说些掏心窝的话，这样的行为只会让对方觉得贸然，自己也乱了分寸。

心里话只说给懂的人听。对不懂的人，即使沉默，也好过失言。说出去的话，泼出去的水。说话办事，切忌冲动，懂得分寸，不要说让自己后悔的话。

如果犹豫要不要说，不妨先闭嘴，想一想，宁可闭嘴，让人怀疑浅薄，也不一开口就证实浅薄。

沉默是金，这句极其朴素的语言，蕴含着极其耐人寻味的道理。

沉默并不代表思维停止。深邃的思想往往来源于貌似沉默的思索过程。暂时沉默的人，在沉默中积极思考，在听取中有效取舍。往往能抓住要害，点石成金，足见真知灼见，令人感佩折服。

语言上的沉默并不代表思想上的空虚。沉默是一个蓄势等待的过程，大地的沉默是在孕育着金秋的收获，雄鹰的沉默是在等待着即将到来的振翅高飞。人们常常为成功者鼓掌喝彩，却不知他们甘于沉寂、甘于缄默的背后故事。正所谓大音希声，不鸣则已，一鸣惊人。

沉默是一种品质，也是一种修养。不说话不代表没有能力！要的是对自己的苛刻约束，要的是对意志的严峻考验，要的是不卑不亢的坚持和忍耐。

人生，是一场修行，人情世故，处处要留心；生命，是一次历练，立身处事，事事皆学问。常言道：病从口入，祸从口出。大话，容易打脸；假话，终被戳穿；闲话，以讹传讹；气话，伤己伤人……宁做沉默的智者，不做多话的愚人。

（写于 2017 年 10 月）

独处时要守住心

在喧嚣不已的现代社会，在科技触角已延伸到生活细节的今天，独处，而且能够守住心的人越来越少，弥足珍贵。

独处，能够聆听到最真诚的声音。浮躁久了，心上不免沾满灰尘。这个时候停下来，在时间和空间都留给自己的节点里，倾听自己对自己的评价：这句话说得怎样？这件事做得如何？个人的品性在不断地翻阅中会渐渐填充，自己的性格会在不断的回忆中日臻完善。

有过常识的人都知道，独处，能够锻炼最坚强的意志。一个人最难控制的不是肢体，而是内心！内心的平静就像一潭碧波，面对轻风拂来、雨雪潇潇的自然，面对人潮如涌、门庭若市的社会，不起涟漪，平如瀑布，坚若磐石。设想一下，这是多么坚强的力量，它久而久之会沉淀成我们的气质，使我们面对周围的复杂，处之泰然。

独处，能够看到最真实的灵魂。一个人的灵魂，只有在独处中，才能洞见自身的澄澈与明亮，才能盛享到生命的葳蕤与蓬勃。也就是说，只有独处，才能把迷失在喧嚣尘世里的自己找回来。在江湖中待久了，物质的羁绊会使灵魂野猫一样四处乱窜，里面原有的本真、自制的底线慢慢走失。而独处，正是重新寻找和定位，再次打磨的过程。独处的时候，自我揭开虚伪的容颜，露出精神的底子，拿起锤子，备好钉铆，精雕细琢，生命之器逐渐大成。

独处，能够思索最平淡的真知。世界从来不缺少美，而发现美的眼睛必然需要深邃。就如于迷茫中看到星光，在暮霭中分辨形影，这种能力没有独处的陪伴，仅靠聚集的哗然是办不到的。真知灼见往往深藏于普遍。只有经历了独处的煎熬，才会形成敏锐的嗅觉，在所有人看不到的刹那，将那美挖掘出来，滋润自己，摆渡他人。

有过独处经历的人都清楚，这个时候最能品味纯粹的情感。人生百味，每一种经历带来的体验都需要我们细细品尝。独处，则给予了我们这个机会。坐下来，静下来，像看电影似的回味那些人、那些事、那些感动、那些愤怒，掂轻狂入手，数寂寞多厚。一砖一瓦，一层一层，情感的大厦就在这一次次独处中越垒越高。

独处的时候，能守住自己的心的确不容易。

独处守住心，难得不乱于心。一个人的时候，还能做到克己和律己，其实很难，大多数人，独处之时，更易懈怠。不是因为孤独，而是因为迷茫，想得太多，做得又太少，自然就会失去初心，忘了本意。

人们总习惯于严格要求别人，却宽松地对待自己。一个人的时候，觉得无聊是很正常的，但是一直无聊且无所事事，就是虚度光阴了。本来给自己定好了目标，独处时，难得有时间去完成，但结果却懈怠放弃，这样的经历，相信大多数人都有过。

清静独处，不乱于心。

有些人，人前和人后完全不是一个样，有人约束和独处更是不同。一生中总有很长一段时间需要独处，独处守心才能不乱于心，也才能不忘初心。高质量的独处都源于独处时能守住自己的心。

谁都有执拗的时候，谁都有叛逆的旅途。人总是如此，有足够的经历衬着才能明白。人这一生需要倾力而为的不是追求功成名就，也不是锦上添花于命途，而是在所有琐碎平庸的时刻，都能巧妙避开乏味与情绪，并能温和平顺地与自己的内心相处。

独处是歌，浅吟低唱却余音绕梁，

守心是山，正直伟岸却不乏温和。

无论艳阳高照，还是阴云低垂；无论世事纷繁，还是情绪饱满，把自己的事务疏远，把自己的柴扉紧掩，静下来，畅畅快快地享受那个不用任何破费的独处。

人啊，总是长了颗红楼梦的心，却生活在水浒的世界；想结交三国里的桃园兄弟，却总遇到西游记里的妖魔鬼怪！

还是那句古语：群处守住嘴，守嘴不惹祸；独处守住心，守心不出错！

（写于 2017 年 10 月）

五十五岁感言

我今年五十五岁了，到了这个岁数，人便是不老不小的人，寿便是不老不小的寿了，也可以当众说些大话了。不知什么原因，晚上总是睡得不踏实，一到凌晨四五点钟就醒。骨碌碌睁着眼睛睡不着，我知道，我是在变老了。

我一直以为人是慢慢变老的，其实不然，人是一瞬间变老的。每当这个时候，就情不自禁地提醒自己：

1. 不要沉浸于回忆过去，要积极地向前看了。

我们这一代人的孩童时代、青年时代多多少少都吃了一些苦，好在现在的生活已经越来越好了。还有一些闲钱闲情去做自己喜欢的事，因此，不要一味地沉浸于过去的回忆中，而要积极乐观地向前看，过好人生中最后的黄金二十年！向前看得越远，就越会明白，人世间，有两种人最让人佩服，一种是年轻时陪男人过苦日子的女人，另一种是岁数大后陪女人过好日子的男人。同时更懂得，世上最奢侈的人，就是肯花时间陪你的人。谁的时间都有价值，分给了你，就等于把自己的世界分给了你。世界那么大，有人肯陪你，是多大的情分！人们总给“爱”添加各种含义，其实这个字的解释也很简单，就是：有个人，直到最后也没走。

2. 不要盘算太多，要顺其自然了。

机关算尽太聪明，反送了卿卿性命。人生不过是一张清单，你要的，不要的，计算得太清楚的人通常聪明无比，但换来的却是烦恼无数和辛苦一场。人不会苦一辈子，但会苦一阵子。许多人为了逃避苦一阵子，却苦了一辈子。没有过不去的事情，只有过不去的心情。到了一定年龄，就应该懂得，人生就是：一吃了之、一睡了之、一走了之、一笑了之。人心本无染，心清自然清。生活不简单，尽量简单过，有钱，把事做好，没钱，把人做好。能开开心心，就别愁眉苦脸，能看淡放下，就别耿耿于怀。做好自己的人，走好脚下的路，不钩心斗角，不伤害他人。人这一生，贵在释怀，拥有过，就足矣，感受过，就无憾。身后无骂名，心里无愧疚，坦坦荡荡的，干干净净的，就是精彩幸福的一生。

3. 不要什么都以自己为中心，要睁一只眼闭一只眼了。

漫长的人生旅途中，总会遇到各种各样的琐事，不妨糊涂一点，装作不知，时间将化解一切。大是大非，心里清楚，小吵小闹，难得糊涂。到了一定岁数，不要凡事都以自己为中心，能掌握大局就好了，没必要事事较真，这样很容易碰钉子，也容易郁闷伤身。在孙辈教育的问题上中老年人千万不能以“有经验”自居，应该明白孩子的父母是谁，尽量按照孩子父母的观念去带孩子。

4. 不要浪费时间，要只争朝夕了。

每个人的心里都有一个长长的愿望清单，这个清单里，写着很多美好的故事，当我们迈入中老年的行列，因时间不等人，我们就更没有机会浪费时间了，想做什么就去做，想要什么就去买，想吃什么就去吃，别再说什么“等以后”“等有时间”“等过几天”了，你可以等时间，但时间绝不会等你！不管来日是否方长，一万年太久，要只争朝夕了。愿望的清单，不应该被无限拖延，别让那些美好的事，成为此生永远不会实现的遗憾。

5. 不要再忙于无效社交，要收缩“朋友圈”了。

一生走来，我们总是担心身边会失去谁，可却忘了问，又有谁害怕失去我呢？短期交往看脾气，长期交往看德行，一生交往看人品。有时候看错人，不是因为眼盲，而是因为善良；有时候帮错人，不是因为愚蠢，而是因为把感情看得太重。人到了一定年龄就会越来越明白，男人是条狼，选对了保护你，选错了折磨你！女人是条蛇，选对了缠着你，选错了毒死你！朋友，是条路，选对了是捷径，选错了是陷阱！真诚的人，走着走着就走进了心里，虚伪的人走着走着就淡出了视线。

6. 不要孤独自己，要有养心的兴趣和爱好了。

四十五岁是青年时期的老年，五十五岁是老年时期的青年，不论处在什么环境，都要做到精神独立，琴棋书画，花鸟虫鱼……总有一款适合你，一定要给自己培养一种爱好。它会清涤你的身心，打开你的记忆和想象，铺陈你的曾经和浪漫。当你全身心投入时，它会给你带来意想不到的快乐和享受，点点滴滴中让我们的生活有了滋味。在你穷的时候，要少在家里，多在外面；在你富的时候，要多在家里，少在外面，这就是生活的艺术。有人说过，从五十岁开始，有钱没钱都要懂得富养自己，穷的时候，钱要花给别人，富的时候，钱要花给自己。遗憾的是很多人，都做颠倒了。

7. 不要计较那么多，要有一个好的心态过余生了。

人生无常，岁月无情，需要有一个好的心境。内心宁静，才能处事不惊；想法简单，才可逍遥自在；足够淡定，才不会患得患失。当你不开心的时候，想想自己还剩下多少天可以折腾，还有多少时间够你浪费。当你烦恼的时候，想想人生就是减法，见一面少一面，活一天少一天，不忘人恩，不气人过，不念人非，不记人怨。不缺谁，不少谁，对得起良心就好。当你不满的时候，和医院里的病人比，我们健康就是幸福；和监狱里的犯人比，我们平安就是幸福；和死人相比，我们活着就是幸福。当你生气的时候，想想有必要为了不值得的人和事生气吗？这不是拿别人的过错惩罚自己吗？你好好的，家人好好的，一切也就好好的了。人到了这个年龄，身上只带着一把快乐的钥匙了。

8. 不要再挥霍自己，要照顾好独一无二的身体了。

夜深人静的时候，认真想一想，人活着真不容易，明知以后会死，还要努力地活着。忘不了的昨天，忙不完的今天，想不到的明天，最后不知道会消失在哪一天，这就是人生。所以再忙再累，别忘了心疼自己，一定要记得好好照顾自己，务必照顾好独一无二的身体。因为人生如天气，可预料，但往往出乎意料。有人说过：

十年后，你把现在的奔驰宝马给孩子，他们会说太旧了！

十年后，你把现在的苹果手机给孩子，他们会说别逗了！

十年后，你躺在病床上抱着一堆存折，要儿女天天给你端屎端尿，孩子们会说，雇保姆吧！

十年后，你保持了健康的体魄，还能到处旅游、打拳、跳舞，孩子会说老爸老妈你们太明智了！

其实，人生就是做好两件事：第一，教育好孩子，不要危害社会；第二，照顾好自己，别拖累孩子。因此，给孩子最好的礼物是自己的健康，人生最大的成功是有尊严地老去！

9. 不要留下太多遗憾，要好好珍惜身边的人了。

我们都有缺点，所以彼此包容一点；我们都有优点，所以彼此欣赏一点；我们都有个性，所以彼此谦让一点；我们都有脾气，所以彼此接纳一点。缘分让我们相识，要好好珍惜生命中特别是身边的人。因为，一辈子真的很短，有多少人说好要过一辈子，可走着走着就只剩下了曾经。又有多少人说好要做一辈子的朋友，转过身却成为最熟悉的陌生人。有的明明说好明天见，可醒来却天各一方。所以，趁我们都还活着，爱人、家人、朋友、身边人，能相聚就不要错过，能爱时就认真地爱，能拥抱时就相拥入怀，能牵手时就决不放开。好好珍惜身边的人，因为只有今生，下辈子我们不管愿意不愿意都不会再见！

一岁年龄一岁人，岁月让我们学会了选择与放弃。在纷繁复杂的事物中，我们已经能理清什么是主，什么是次，哪些是轻，哪些是重。我们既不自命清高，也不会随波逐流。我们学会了豁达与感恩，少了抱怨和计较，多了承受与责任。我们懂得了控制与善待自己，更加珍惜每一份情感，更加热爱平静清淡的生活。

一岁年龄一岁人，岁月让我们明白了如何处理人与自然的关系、人与人的关系。曾经，我们把太多的时间都用在了人与人的关系上，没有时间融入自然，没有时间与自己内心对话，终日忙忙碌碌，疲于奔命。虽然物质生活得到了暂时满足，精神生活却空泛苍白，内心的宁静感与幸福感无迹可寻，现在，我们已经学会了把时间分为三份，一份给自然，一份给内心，一份与人相处。

一岁年龄一岁人，时光打磨成熟心。岁月，让我们对生命的理解和感悟越来越深。光阴可以消磨我们的风华，却带给我们成熟的魅力；风尘能够暗淡我们的容颜，却将一份智慧与淡定浸润在我们的心灵。我们自省更自信，自尊更自爱。时光让我们更加清楚，只有经过风雨的打磨，人生才能沙粒成珠，彩蝶破茧；岁月让我们更加明白，有什么样的年龄，就有什么样的办事思维和方法；有什么样的年龄，就有什么样的处世心境；有什么样的年龄，就有什么样的人生使命！

（写于 2018 年 9 月）

父母的本事都给了你

最近，正在热播的电视剧《幸福一家人》里有这样一个片段。儿子要跟家人断绝关系，父亲听了又气又怒，非常上火地说："我辛辛苦苦培养了你三十年，你却要跟我断绝关系？！"

可儿子却说："我靠的是自己的努力，才有今天的结果！"儿子是医生，医院里很多人论人品都不如他，论实力都比他差，可那些人都能靠着父母平步青云，而他的父亲只是卖面条的小老板。儿子怒吼着斥责父亲："你只会问饿不饿，却不能在事业上拉我一把！"

父亲听到儿子的控诉后，愧疚得泣不成声，满头白发的他，对儿子鞠了个躬："对不起，我没本事，让你受委屈了。"

这一幕，正是现在不少家庭的缩影。辛辛苦苦拉扯大的孩子，埋怨父母没本事，不能让自己锦衣玉食，不能让自己飞黄腾达，不能让自己随心所欲。

天底下家财万贯的父母，只有少数，更多的是普普通通的父母。他们起早贪黑地工作，不分昼夜地忙活，一点一点挣得的钱，成为孩子的口中饭、身上衣。

当孩子长大了，却埋怨父母给得太少。其实不是父母没本事，而是父母仅有的那点本事全都给了孩子。

网上曾做过采访，邀请了六对父母与孩子，先问父母一个问题："如果孩子得了绝症，愿意花多少钱给孩子治病？"

虽然只是假设，现场的六位母亲一想到那个情景都止不住哭了："不管花多少钱，要换什么都没关系，从我身上取。""卖房卖地，砸锅卖铁捡破烂儿我都要给他治。""用我的命换都可以。"……

记者又问："如果你自己得了绝症，愿意花多少钱治？"

面对这个问题，父母不假思索："不治了，早晚得死。""不能给孩子添麻烦。""不能因为给我治病让孩子过苦日子。"……

在这个世界上，再也没有任何人，可以像父母一样，爱孩子如生命，为了孩子可以不要生命！别再抱怨父母就那点本事，父母是唯一愿意拿命换你安康的人。

那些埋怨父母的孩子，可能不知道，人生就是一场渐行渐远的目送，其实就是见一面，少一面。

龙应台读完博士后，回台湾教书，去学校报到的时候，父亲开一辆运送饲料的小货车送她，那是家里唯一的车，父亲就是靠这辆车运送饲料，才把孩子养大。那天，父亲并没有把车开到大学正门，而是停到侧门巷子里，对她说："爸爸觉得很对不起你，这种车实在不是送大学教授的车。"目送父亲驶出巷子，匆匆离别，她万万没有想到，下次目送父亲离别，竟然是在火葬场的炉门前，父亲睡在棺木里，缓缓往大炉里滑行。

龙应台说："所谓父女母子一场，只不过意味着，你和他的缘分就是今生今世不断地在目送他的背影渐行渐远。"一如古人那句："树欲静而风不止，子欲养而亲不待。"

如今的人们，大都会把时间和精力花在维护友情、爱情上，却忽略了亲情。电视剧《我亲爱的朋友们》里有一句台词："大部分孩子都是讨厌父母的，父母与孩子之间真正的和好只会在临死之前。"这才是一生最大的遗憾，振聋发聩啊！

如果你的孩子对你有误解，记得告诉他："没有人能像我一样爱你如命！"

如果你对父母有抱怨，那你仔细看一看父母两鬓的白发和眼角的褶皱，那是他们为你操的心。

人生来来往往，哪有来日方长。尽孝，不等人。

值得庆幸的是，我儿很好，不在我们身边的日子里，每天都要打个电话。

（写于 2018 年 12 月）

用自律丈量今后的日子

很多人说：我想要自由，讨厌被管得死死的。

崇尚自由，自古以来就是人们不懈的追求，但是，到底什么是自由，未必人人都能洞察，对此，明太祖朱元璋与大臣万钢之对，或许能提供一些启示。史载，某日朱元璋上朝伊始就问诸臣，天下谁人最快活？由于以前的早朝都是从奏折开始，今日一改往日套路，转向“创新”思辨，顿时让诸大臣措手不及，仓促之下，有人说功高盖世者，有人说位高权重者，有人说富甲天下者……听罢，朱元璋却不满意。这时大臣万钢答道：“唯有自律守法者最快活。”此言一出，朱元璋大悦，称赞其见解独到。细细品来，确实如此。它道出了自律与自由的内在关系，告诉人们自律方能自由这个朴素道理。

不少人认为，晚上十一点睡，早上七点起，把时间精确到小时来完成计划的生活太无聊，想做什么就做什么的人生才有趣。但事实是，只有那些早睡早起精准规划的人，真正做到了想做什么就做什么。他们跨越过高山和大海，走遍无数想去的地方、品尝过各式各样的美食、遇见过形形色色有趣的人，还成就了自己的事业，拥有了你想要的诗和远方。

这类人都有一个共同的特点：自律！事实上，唯有自律才能换取真正意义上的自由。

什么是自律？就是自己管住自己。管别人容易，管自己就太难了。许多人说起鸡汤来，一碗接着一碗，但行动起来，就直接成为思想上的巨人，行动上的矮子了。

自律的前期是兴奋的，中期是痛苦的，后期是享受的。不是所有人都有毅力去头悬梁，锥刺股，逼着自己拼命跑。当头顶上少了达摩克利斯之剑，没有危机与压力，人们就像猫，找到一个最舒服的状态，蜷缩在窗台边，眯着眼，懒懒地晒着太阳。

这个世界需要坚持的东西太多，而称得上需要努力才能坚持的事都是反本能的。所以这个世界，其中的一个游戏规则就是，比谁反本能反得最厉害、最彻底：比谁能管得住嘴，不多吃不胡言；比谁能管得住手，不多拿不乱摸；比谁能抵抗得住本能的天然召唤，摆脱本能去坚持。

自律，才是生活质量的根本保障。

吃得更少，才健康；买得更少，才整洁；放纵得更少，才进步；表现出来的欲望更少，才优雅……

专注于把一件事做到极致，坚持下去，天自己会亮。成功的反义词不是失败，而是不去拼。自律给我自由！哪有什么天生如此，只是我们天天坚持。

自律与本能反向而行。村上春树有一次接受采访，说他每天只有二十三个小时，必须留一个小时来跑步，坚决不变。他跑步的思维方式是："今天不想跑，所以才去跑。"

纵容自己很简单，吃垃圾食品、停止思考、随风飘荡，多么轻松自在。节制、收敛、沉静，则需要日复一日的自律。所以，当习惯享乐的本能现身时，要用反向思考模式去应对，去执行。

自律是稀缺的，要从小目标做起。早年听说朋友每天坚持走六千步，我就信誓旦旦地说：这实在太轻松了，一天个把小时，我直接走一万步。每天一万步的热度持续了几天，我就投降了。后来坚持下来，还是从六千步开始的，循序渐进，慢慢养成习惯，才逐渐突围了自己的惰性。

作为懒散一族，也没有办法在多个维度齐头并进，苛责自己全部自律，最后只会一事无成。一次只聚焦一个小改变，先定一个短期小目标，逐步完成，然后习惯养成，自然而然会变得自律起来。

当你理清自己的思绪开始自律：有一天你会发现你读过的所有书都停留在你心里；有一天你会发现你流过的所有汗水都丰富了你的人生；有一天你会发现你所有倾情的付出都成为命运珍贵的馈赠。相信只有践行自律精神的人，才能体会到这种快感。

从今天起，尽全力为自己出征，活成自己想要的模样！

（写于 2019 年 9 月）

明白越早越好的几件事

我们在红尘里摸爬滚打大半生，渐渐明白了人生的真意，回到了最初的自己，找回出发时那颗澄明透亮的心。其实，人生，无所谓失去，只怕草率地挥霍。生命有限，所有得到，最后终会失去。只要用心珍惜过，就不必太在意失去。花开花谢，四季交替，该走的谁也无法挽留，该来的谁也阻止不了。敞开怀抱，坦然面对，以淡然的心送走每一个黄昏，以喜悦之情迎接每一个清晨。但是，一路上有几件事需谨记，而且明白得越早越好。

第一件事，求人不如求己。

> 有一个人正在屋檐下躲雨，看见观音正撑伞走过，这人说："观音菩萨，普度一下众生吧，带我一段如何？"观音说："我在雨里，你在檐下，而檐下无雨，你不需要我度。"听完这话这人立刻跳出檐下，"现在我也在雨中了，该度我了吧？"观音又说："你在雨中，我也在雨中，我没被淋，因为有伞；你被

雨淋，因为无伞，所以不是我度自己，而是伞度我，你要想度，不必找我，请自找伞去。”说完便走了。

第二天，这人遇到了难事，便去寺庙里求观音。走近才发现，观音像前也有一个人在拜，那人长得和观音一模一样，这人便问：“你是观音吗？”那人答道：“我正是观音。”这人又问：“那你为何还拜自己？”观音笑道：“我也遇到了难事，但我知道求人不如求己。”

这个故事告诉我们，当我们遇到问题时，第一时间不是要想着去求助，而是自己先想办法去解决，实在做不了的，再去寻求别人的帮助。有的时候，自己认为和别人的关系还可以，但遇到困难时，却没人帮你。实际上，别人对你的态度，大多取决于你的能力和实力。当我们自身过于弱小时，要想得到别人真心实意的帮助的概率是很小的。不要认为你和别人吃了几顿饭，喝了几杯酒，别人就会把你当朋友。酒场饭桌上的朋友都是建立在利益之上的，在利益面前没人和你真正交朋友。只有当你自己变得强大的时候，才能获得有用的人脉，不到万不得已的时候，千万别轻易开口求人，求人不如求己。

第二件事，知世故而不世故，才是最善良的成熟。

很久没有露面的徐静蕾出现在《跨界歌王》节目中，她身穿简单长裙，扎着马尾辫，紧张、羞涩，少女感十足。虽然歌唱水平有限，第一次亮声就频出情况，但你总会被她深深吸引住，被带入一个清新舒服的氛围里。这是一种什么样的吸引力呢？主持人栗坤感叹，徐静蕾的样子似乎没有老过，总让人想起青春的时光。正是这份迷人的天真，常会令人生出一丝莫名的感动。如果用一句话来概括徐静蕾，就是“知世故而不世故，历圆滑而留天真”。

知世故而不世故，处江湖而远江湖。人情冷暖已看透，赤子之心不能丢。世事洞穿，天真无泯，这才是人生大境界，常常有人认为，成熟就是变得圆滑世故，违心话脱口而出，拍马事百做不厌，其实，一个人的成熟，是面对那些厌恶的人和事，不迎合也不抵触，一笑了之。

历经人世沧桑，内心安然无恙。人生，一半是对美好的追求，一半是对残缺的包容。

第三件事，不要以貌取人，更不要随便评价一个人。

有一道著名的选择题，说有以下三个人，让你选出一位当国家领导人：

候选人 A：有婚外情，是一个老烟鬼，每天喝八至十杯马丁尼酒，而且跟一些不诚实的政客有往来，还迷信占卜和星象。

候选人 B：大学时，吸过鸦片，每天傍晚要喝一大杯威士忌，每天要睡到中午才起床，还有两次被解雇的记录。

候选人 C：素食主义者，从不抽烟，偶尔喝一点啤酒，没发生过婚外情，还是一名受勋的战争英雄，并且被千万人所崇拜。

你选谁？我想大多数人会选择 C 吧，因为他看上去像好人。事实上 C 是阿道夫·希特勒，而 B 是希特勒的死敌温斯顿·丘吉尔，A 则是同时代的美国总统富兰克林·罗斯福。

这个故事告诉我们不要以貌取人，也不要随便评价一个人。你所听到和看到关于一个人的情况，只不过是人家波澜壮阔的人生中最微不足道的一小段经历。

的确，不要以貌取人，不要随便评价人，也不要活在别人的评价里。

第四件事儿，人生可以没有很多东西，但不能没有希望！

美国作家欧·亨利在他的小说《最后一片叶子》里讲了个故事：病房里，一个生命垂危的病人从房间里看见窗外的一棵树，树叶在秋风中一片片地掉落下来，病人望着眼前的萧萧落叶，身体也每况愈下，一天不如一天。她说："当树叶全部掉光时，我也就要死了。"一位老画家得知后，用彩笔画了一片叶脉青翠的树叶挂在树枝上，最后这片叶子始终没有掉下来。正因为生命中的这片绿，病人竟奇迹般地活了下来。

人生可以没有很多东西，却唯独不能没有希望，每天给自己一点希望，试着不为明天而烦恼，不为昨天而叹息，只为今天更美好。

心宽路才宽，只要把心放宽，人生之路就会豁然开朗。

（写于 2019 年 10 月）

让日子慢下来

有人说，青春就是拿来消耗的，爱情就是拿来浪漫的，生活就是拿来利用和休闲的。

想想这些话，我扪心自问，哪一样，我做到了？其实哪一样我都没有做到。哪一样对我来说都是奢侈的。的确，光阴过得太快了，有的东西我们还没有来得及跟上节奏，一转眼就零落在视线之外，就这样，糊里糊涂消耗了半生的时光。

前半生，我们就像摸着石头过河，时而趔趄，时而踉跄，更多的是茫然。时而溅起浪花朵朵，时而用石头砸痛了自己的脚，摸不清的是方向。岸上的风光，兀自美好着，风一阵阵地吹过，云一朵朵地飘过，花一季季地开过。匆忙赶路的人啊，怎顾得上欣赏沿途的旖旎与变幻呢？

前半生，我们又好似盲人摸象，摸着什么像什么，半痴半愚，半醉半醒，一味向外求索，无暇触抚内心，那些渐渐隐退在光阴深处的故事，或繁华，或清冷，而当朝花夕拾，却飘若云烟，虚无得遥不可及。准确地说，人生其实是一条单行道。脚下的路，走错了可以调整方向。可是人生没有后路可退，也没有捷径可走，更没有人引你前行，靠的是自己的一腔孤勇，但路上总有岔路口，择路的茫然，无助的恍惚，不少时候听到的都是梦破碎的声音。

人生是一个大舞台，我们都是其中的演员，演绎着自己的场景，也看着别人的剧情。许多时候，看着别人的故事，却湿了自己的眼睛。因为人生的味道各不相同，总的滋味却相差无几。笑中有泪，苦中有乐，几分诙谐，几分落寞，没有人能够说得明白。

人，似乎只有对触碰内心与灵魂的东西才会特别的刻骨铭心。那些行色匆匆的凡来尘往，经多年过后，就好似一道残阳铺水中，半江瑟瑟半江红了。

浮生若梦，至多百年。半生的光阴如白驹过隙，那么多的故事，就那样义无反顾地演过了；那么长的路途，就那样半醉半醒地走过了；那么多的悲喜，就那样轻描淡写地经过了，而生命的蓝图上，依旧是一弯弦月挂中天。

三毛说过，我来不及认真地年轻，待明白过来时，只能选择认真地老去。芸芸众生，却想要活到垂垂老矣，将世间风景看尽，将世事沧桑尝遍，将万千世味品够，让人生的故事饱满而厚重，让生命的旅程延向绵绵无期处。

前半生，我们都做了那个风雪夜里的赶路人，脚步太仓惶，甚至有点慌不择路了，心和灵魂都抛在了脑后，没有时间也没想凝神思索和品味生命的美好，毫不自知，便来到了路中央。这个时候开始静观内心了，开始探知灵魂的存在了，也开始注重精神世界的高贵与充盈了。

后半生，只想带上心与灵魂上路，让日子慢下来，让光阴变得悠远绵长，让生命之水于来鸿去燕的悄无声息中缓缓流淌，让生命的天空多一点清澈与明媚，让生命的余晖闪烁得更久更亮。正如有人说的，日子是水，人是鱼，慢慢游就是了。

看着窗外飘飞的雨丝，尽管是秋雨，凉凉的那种，更带着一丝清新。我特别喜欢下雨，喜欢雨的柔软和湿润，无论多么烦躁的心，都能在这些痕迹里一一柔化。尤其是滴落在阳蓬上的声响，那么动听，像一个个音符在低吟。

有时，生活就是一道简单的风景，无论是悲欢离合，还是酸甜苦辣，只要适当调节，都可以将生活过成自己想要的模样。

琐碎的日子，让我们失去了很多悠闲的时光。

其实，你只要多留意一下身边的风景，总有一处会让自己的脚步停下来，哪怕是稍做停留，比如，生活中的事，身边的人，还有一些不经意的回眸，都可以牵住我们的视线。

就像雪小婵书里说的："慢下来吧，将日子过成诗。"有诗意的生活，才可以留住我们匆忙的脚步……

（写于 2019 年 11 月）

交往中的距离之道

人生如尺，必须有度。

朋友如此，亲人如此，爱人更是如此。

1. 和朋友之间保持一杯水的距离。

君子之交淡如水，小人之交甘若醴。一杯白开水，看似平平淡淡，却是人之必需，不可或缺，越品越淡中有味；而一杯甜蜜水，初尝虽甜，常喝必腻，越喝越觉得没意思。朋友之间，太近扎人，言语上不注意，金钱上没分寸，行动上不懂得尊重，时间久了，谁都会远离。

我曾经说过，“朋”字由两个“月”字组成，朋友就是两个月见一次面的人。“好”字由“女”和“子”组成，好朋友就是老婆孩子都熟悉的人。有些人和朋友关系亲近一点，就开始有各种要求。如果朋友不满足，就抱怨，这样的朋友，相处起来，让人觉得很累。

真正的友情是纯粹的，不带功利的。朋友帮你是情分，不帮你是本分。不能用道德去绑架他们，要他们不限量地满足你的要求，否则关系会越来越糟糕。你说的我没兴趣，我说的你也听不懂，慢慢地，就成了最熟悉的陌生人。

不干涉朋友的生活，不乱说朋友的隐私，说话做事留有余地，再熟悉的人，也要注意分寸。分寸感是一个人成熟的标志。事实上，小孩子因为喜欢而交朋友，成年人则大多因为利益而交朋友。你的认同或反驳，代表了你现在是孩子还是大人。

2. 和亲戚之间，保持一碗汤的距离。

汤太热，烫伤了自己，汤太凉，就会凉了人心。

亲戚之间，有血缘，本来是天地间最亲近的关系。可是成年之后，彼此有了不同的生活，交集越来越少。有了各自的家庭，有了自己要照顾的家人，关系也就越发疏远了。不因为什么，均属人之常情。

路遥在《平凡的世界》里说过："人和人之间的友爱，并不在于是否是亲戚。是的，小时候，我们常常把'亲戚'这两个字看得多么美好和重要。一旦长大成人，开始独立生活，我们便很快知道，亲戚关系常常是庸俗的；互相设法沾光，沾不上光就翻白眼；甚至你生活中最大的困难也常常是亲戚们造成的……"

一斗米养恩人，一担米养仇人。

对亲戚不能太好，太好就会产生依赖，拖累你自己，而你一旦稍有懈怠，就会造成怨恨。对亲戚也不能太坏，太坏就凉了人心，坏了亲情。一碗热汤，可以救急，但是却不能救穷。

面对亲戚，一味帮忙，不如让他们自强自立。每个人的路都要自己走，想要别人帮扶一辈子，基本是奢望。再好的亲戚，也要有原则，授人以鱼不如授人以渔。只有这样，才会锦上添花，而不是彼此拖累。

3. 和爱人之间，保持一张纸的距离。

冬天的时候，刺猬需要彼此依偎取暖，但刺猬身上有刺，挨得太近，容易扎伤，离得太远，又容易冻死。于是，刺猬之间，会有微妙的距离，既可以彼此温暖，又避免互相伤害。

爱人是这个世界上最亲近的关系。

事实已经证明，夫妻相处之道，实际上就是把握夫妻距离之道。夫妻之间关系最亲密，但这不意味着两者之间就不能有些小秘密。夫妻之间的距离就是一层窗户纸的距离。有时窗户纸不必非要捅破，有些小事不必刨根问底，给彼此留下一点余地，也是给婚姻留点清新的空气。

夫妻毕竟是两个人，需要一张纸，隔绝开来，既不会失去温度，也不会完全透明。“丈夫”一词早有说明。母系时代是一个女尊男卑的时代，男女结为夫妻后，男的怕女方被其他男人抢去，就天天跟在女的后面一丈之远，既不能太近，又在视线之内。

爱，不是控制或者支配，而是妥协。妥协个性的不同，妥协生活的差异，才能走得更远，走得更好，走得更幸福。

4. 和合伙人之间，保持一笔钱的距离。

有人说，没有永远的朋友，只有永远的利益。我想说，只有永远的利益，才会有永远的朋友。基于感情的利益，永远没有基于利益的感情更牢固。

跟谁都可以讲感情，但唯独合伙人之间不能讲感情，而是要首先讲利益。利益弄明白了，感情自然会牢固。利益没分明白，兄弟合伙都会反目。

时间和经历让我越来越懂得，亲人之间，距离是尊重；爱人之间，距离是美丽；朋友之间，距离是爱护；同事之间，距离是友好；合伙人之间，距离是礼貌。

别小看这些生活的距离，有多少情感都最终败在距离上。远了生出不满，近了又生出矛盾。事实已经证明，人与人之间，走得太近就是一种伤害。

（写于 2019 年 11 月）

我心中住着一片海

我爱大海，爱她的寂寞，爱她的辽阔，以及她的包容和沉着。每当或开心，或失意，或落寞，夏季的时候尽量投入海的怀抱，不合时宜的季节，也要在她身边陪她待会儿，只想让她容纳消化我的一切。她于我，是母亲，是爱人，是我心灵的避风港。

我来这里，是为了一份落寞、一份孤独、一份幽静；我来这里，也是为了一种放逐、一种清空、一种忘我！你是否有这样的感觉，仰望高山，心悠的沉下来；面朝大海，心忽的静下来。心要像一座山，沉稳、雄浑、巍峨；更要像一片海，深邃、寂寞、旷阔。

从什么时候开始喜欢一个人独自看海听海的呢？记不清了，但我知道，当一个人的内心，从简单到深沉，从冷漠到宽容，从温软到仁慈，就是海一样的升华了。

面对落花的残香，流水的无情，我们不免心生落寞与凄婉。面对大海的博大，海浪的汹涌，我们都会情不自禁地念天地之悠悠，感生命之渺小。当生命的年轮转到一定的深度，我们就会渐渐懂得，唯有那不言不语的奉献与付出才是人间之大爱，正如这大海，也正如这海浪，用它们的博爱与柔美涵养着芸芸众生。

有时，我会想，人类与大自然的最大区别，就在于索取与奉献，在大自然面前，我们永远都是自私的索取者，索取着阳光，索取着雨露，索取着生命，更甚者还不知感恩。而大自然，永远都是默默无闻的，神灵般地呵护着我们，它包容我们的一切，像母亲，像爱人，更像大海。

有时，我也会想，喜欢大海，不仅仅是为欣赏一种风景，而是内心住着一片海，更喜欢有如大海一般胸怀的人。我素来追求这样的一种人生状态，做一个寡言却心有一片海的人。寡言并非无知，懂得适时沉默的人，内心往往蕴藏着日月乾坤的明朗，谈吐如兰，优雅如书。就像心中住着一片海，深邃且稳重，成熟而自信，不过分亲昵，也不刻意疏离，一言一行皆自在，从里到外都通透，总能给人一种舒服的感觉，如海风习习，温润清雅。此时纵然有再多的苦与痛，也能融入心海里，不惊起一丝波澜。因为这样的人知道，我们都不过是尘世中的沧海一粟，你快乐还是忧伤，你的情绪、你的彷徨，都激不起那片海的半点涟漪。

叔本华说过：人，要么庸俗，要么孤独。生命的本质就是孤独的、寂寞的。但是，纵使所有人都将你遗弃，这世间总有那么一个人想要深深地拥抱你，总有那么一个人会像大海一样包容着你的所有。

孤独是一个人的狂欢，狂欢是一群人的孤独。人适当地静一点没有什么不好，反而更容易找到自我，有一种别样的收获。人笨点不要紧，只要认真干，一样能够做出不凡的业绩；人穷点不要怕，只要心不穷，努力奋斗，一样有幸福。人总是有缺点，也有优点。不回避缺点，努力放大优点，才是最好的姿态。人与人是没法比的，你有你疲惫的追求，我有我平凡的快乐。没必要盯着别人的生活，自怨自艾，更不要看着别人的幸福，迷失自己。点心灵的灯，走正道的路，执善的念，做温良的人，人生的方向就不会出错。所谓的幸福，就是灵魂的香味；所谓的快乐，就是燃烧自己照亮别人。

生活充满了起落，就像一波未平一波又起的大海；生活充满了变数，就像黄了又绿，绿了又黄的青山。人生，有时万念俱灰，有时欣欣向荣，有时豪情万丈，有时跌入深渊，每个凡俗的人都是如此，起起伏伏才是生命，跌跌宕宕才是生活。有时我们真的要感谢生活，感谢那些伤痛和挫折，正是它们造就了你的隐忍、含蓄、成熟。让你懂得日出惊山鸟，日暮苍山美，海阔凭鱼跃，天高任鸟飞。无论何时，沉默如山，深广如海，都是人生的最高境界。

经历千山万水的我，始终坚信，命运总会厚待眼中有爱的人，岁月也总会善待心中有海的人！纵然寂寞如海、孤绝如山，但总会有春暖的花开，总会有潺潺的流水，总会有繁星的夜晚，也总会有属于自己的绚烂！

（写于 2019 年 11 月）

独处，是一个人最好的增值期

人在年轻的时候，总害怕“不合群”，以为“多一个朋友多一条路，朋友多了路好走”。于是为了合群而合群，马不停蹄地去赶赴一场又一场的热闹与繁华。

随着年龄的增长才发现：世界是自己的，与别人毫无关系。与其花费时间与经历在酒桌上觥筹交错，去结交一些无关痛痒的“朋友”，还不如学会与自己好好相处。能与自己好好相处的人，才是内心足够强大和丰富的人。古人云：猛兽常独行，牛羊才成群。

独处，需要一把只有自立才能打开的心灵钥匙，把虚假和烦躁统统关在门外，让神经彻底地松弛，让心情自由地放飞。独处不是孤独，更不是寂寞，而是在清净中寻找自我的充实与深邃。

有独处能力的人，会去寻找一片清净之地，有意让自己远离人群。如同把一杯浑浊的水放在一旁，让其慢慢澄清。把自己与喧闹隔断，让宁静滤掉烦恼和忧愁。真正有独处能力的人，知道如何让自己窥视内心，静静地聆听心跳与律动，独自享受宁静和清闲，观望别人的曲折与离奇，默默地感受和总结自己人生的平淡和精彩。

大家都知道陈道明，但可能不知道他喜欢一个人待在家里弹钢琴，抄《道德经》，挥笔泼墨画山水，读书吟诗写杂文，窗外天空纯净如水，屋内时光静好，很有一种让人心动的美感。有人笑话他一个人宅在家里，远不如一场饭局管用。陈道明淡然一笑："不为无益之事，何以遣有涯之生？"不去追求名利，静下心来做一些无用却静谧而美好的事，何尝不是一种修行？

叔本华说过："只有当一个人独处的时候他才可以完全成为自己。"是啊，摆脱了外界虚名浮利的诱惑，一个人安静地做自己喜欢的事，心才能静下来。回归最真实的自我，回归精神的安宁，回归灵魂的本真。

独处是一种静美，更是最好的修行。古人云"君子慎独"，君子拥有更优秀的独处能力。能在独处时安然自得，必能在热闹中淡然自若。

只有乐于独处的人，才能在寂静中反省、思考、开悟，从平凡中看到不平凡，从简单中看到不简单，从一团乱麻中理出头绪。与其挂着空洞的笑脸，为了社交而社交，不如面对真实的自己，提升内涵，丰富精神世界，让自己变得强大起来。

独处是一个人最好的增值期。你若盛开，清风自来。

独处是一种高远的境界。庄子说："独与天地精神往来。"人只有在独处的时候，方能拨开迷雾，心灵超然于物外，与天地精神往来，看清生命的真相。独处是一种高远的人生境界。

一个心灵丰富的人，必然是喜欢独处的人。在独处的狭小空间里，表面上我们割断了与外界的联系，而在内心深处，我们用思想接通外界，让灵魂的诗情肆意汪洋。

苏东坡写过一首《临江仙》：

夜饮东坡醒复醉，归来仿佛三更。家童鼻息已雷鸣。敲门都不应，倚杖听江声。

长恨此身非我有，何时忘却营营。夜阑风静縠纹平。小舟从此逝，江海寄余生。

这首词写的是苏东坡深夜宴饮回来仿佛已过三更，家里的僮仆已熟睡，鼾声如雷鸣，怎么敲门都没人应，苏东坡只好独自倚着木杖听江水流淌的声音。

如此静夜，置身茫茫天地之间，听着江水滚滚东流。苏东坡忽然醒悟，悟到自身渺小，如沧海一粟，生命短暂，如江水一逝不复返。

生命如此美好而短暂，却为些蜗角虚名，蝇头微利而你我争斗，浪掷时光。苏东坡不禁感慨“长恨此身非我有，何时忘却营营”，唯愿驾着一叶扁舟遨游天地之间，“小舟从此逝，江海寄余生”。

独处让人醒悟，让人悟到自身的渺小，让人看清生命的真相。见自己，见天地，见众生。跳脱功名利禄的诱惑，不困于得失成败，抵达高远的人生境界。

有人说：“孤独两个字拆开，有孩童，有瓜果，有走兽，有飞虫，足以撑起一个盛夏傍晚的巷子口，人情味十足。稚儿擎瓜柳蓬下，细犬逐蝶深巷中，人间繁华多笑语，唯我空守两鬓风。孩童水果猎狗飞蝇，虽然热闹，可都与你我无关，这就叫孤独。”

周国平说过：“人生最好的境界是丰富的安静。”我想这样的境界，唯有独处才能抵达。

喜欢独处和不喜欢独处，和一个人的性格无关。喜欢独处的人，可以性格沉默，喜欢安静的人，也可以是性格活泼、喜欢交际的人。不管是什么性格，只要他们追求高品质生活，就会明白，如果缺少朋友，缺少与社会的交往是一种生活缺憾的话，那么缺乏独处能力就是一种精神灾难了。他们有能力自由地驾驭独处的时间，在独处中充实自己，享受人生，找到另一个自我，做自己真正的朋友。

在这个经济快速发展的社会，人的物质生活越来越好，人与人，人与社会的交往应该是有质量的，一个有独处能力的人，一个有思想深度的人，一个知道往哪里去的人，一定会有高质量的社会交往。否则他去到哪里，对别人来说都可能是一种负担，是一种打扰，是一种侵犯。

我们可以试着为自己定一个原则：每天夜晚，每个周末，每个月底，每年年终，只属于自己。在这段时间里不做任何履约交差的事情，确保自己的自由时间，安详地过一下高品质生活。也许，你的生活也将由此大不同，因为，独处是一个人最好的增值期！

（写于 2019 年 12 月）

是谁让你站到了山顶

人到了一定的年龄，公务聚会的时候渐少了，但私人相聚的机会增多了。亲朋好友到一起唠得更多的还是家长里短。其间常常听到这样的抱怨，想当年自己年轻漂亮、风情万种、婀娜多姿，千挑万选的这个男人怎么就变了呢？眼里的他不再是那个意气风发、斗志昂扬、风流倜傥的完美男人了，心中的他更不是那个卓尔不群、出类拔萃、事业有成的成功男人。人生初见时的“高”“大”“全”形象几乎荡然无存了。

这是女人抱怨男人的话语，男人痛说革命家史时的语言就更难听了。难道真是身边无风景，枕边无伟人吗？感慨之余，想起了一个小故事。

有位女居士找法师开示，自述多年前豆蔻年华，貌美如花时嫁给了年长十岁的丈夫，当时的丈夫点点滴滴无不体现着一个成熟男人的全面、高大和完美，自己打心眼里崇拜，就像买彩票中了大奖，对的时间遇到了对的人。但多年后，他变了，一点也不高大了，更谈不上完美，甚至没有半点吸引力了。女居士问法师，这是怎么回事呢？是不是婚姻真是爱情的坟墓呢？

法师说：请跟我来。

法师把女居士带到一座高山前，问道：此山如何？

女居士说：伟岸、高大、挺拔，秀美至极。

法师说：跟我上山吧。

一路上无语。

走着走着，女居士累了，也乏了。路越来越不好走，风景也越来越少，诸多抱怨。

等到了山头。法师问，你再看看这座山。

女居士说：这座山不怎么样，都是碎石路，树也没长好，不过，远远看去，对面的山更美啊！

法师笑笑，恋爱时，就是远看高山，眼中满是崇拜；结婚了，就是上山，你看到的都是细节，到了山顶，你看到的是另一座山。山没有变，是你的心变了。你的心变了，眼神就变了，也就没有了崇拜，山也就不再伟岸。同时，你的抱怨越多，伤害就越多了。

你为什么能在山顶上看到其他的高山呢？是因为你脚下踩的山提升了你的眼光，开阔了你的视野，丰富了你的境界，你应该感恩才是，而不是抱怨！

法师说完这话时，两眼深沉地又环视了一下脚下这座山。

这个故事不是专讲给女人听的，男人看了道理相通，正如张爱玲所言：也许每一个男子都有过这样的两个女人，至少两个。娶了红玫瑰，久而久之，红的变成了墙上的一抹蚊子血，白的还是“床前明月光”；娶了白玫瑰，白的便是衣服上沾的一粒饭黏子，红的却是心口上一颗朱砂痣。不是吗？现实中，红玫瑰与白玫瑰的现象反复出现着。

人的一生，最大的成功，莫过于婚姻的成功；最大的幸福，莫过于家庭的幸福。作为男人，当你嫌弃身边的女人不够漂亮、不够温柔的时候，你有没有想过，有多少男人想要得到她；作为女人，当你嫌弃身边的男人不够富裕、不够出息的时候，你有没有想过，他为了你一直都在努力。

只有惜缘才能续缘。每个人都有一个人生的盲区，自己走不出来，别人也走不进去，我把最深沉的秘密埋在那里，你不懂我，我不怪你；每个人都有一些刻骨的叹息，喝进去的是冰冷的水，流出来的却是发热的泪滴，我把最心酸的委屈都汇在那里，你不懂我，我不懂你；每个人都有一个最美的心愿，不求今生惊天动地，只想一生一爱到底，我把最浪漫的事都留在那里，你不懂我，我也不懂你！自己的秘密、委屈、心愿，这些平凡生活中的“大事”，男女双方，既要给予空间，又要真诚包容，既要懂得理解，更要主动沟通。因为，最有价值的宽容，莫过于夫妻间的宽容，最重要的沟通，莫过于夫妻间的沟通。

最合适的两个人，往往不是相遇的惊喜，而是相守的欢欣。余生珍惜那个包容和谦让你的人，因为包容 + 在乎 = 爱，这个世界上真心关怀你的人并不多！

（写于 2019 年 12 月）

男人最硬的底牌

好的女人就像一缕明媚的阳光，把你的生活照得暖洋洋的，她会让你的生活丰富多彩，会使你的家庭越来越和睦，会给你带来很多很多好运。“一个女人旺三代”，讲的就是这样的女人，而拥有这样的女人，正是男人最硬的底牌。

好的女人纯洁但不平庸。好女人是一汪清澈的水湾，她用自己的清纯解说着这个世界的朝朝暮暮，她用自己的甘甜灌溉着这世间的万顷桑田，她用自己的纯美熏染着这世上的每一个角落。好女人不再是“头发长见识短”，好女人不再信“女子无才便是德”，好女人就像一本书，初读，精彩，继续读，更精彩，深入读，越读越精彩！好的女人知性、灵性、理性，“读你千遍也不厌倦，读你的感觉像春天”。

好的女人矜持但不拘谨。作为女人千万不要把感情想得太过于简单。有句话说得好，感情世界，谁先认真谁就输了。如果你在一段感情里太过主动注定会受尽委屈的，因此一定要矜持一点。好女人不仅知道什么时候该矜持，而且知道什么时候该神秘；好女人不仅明白对什么人不拘谨，而且明白对什么人放得开；好女人更懂得收放有度，什么时候靠自信，什么时候靠格局。

好的女人潇洒但不狂妄。潇洒是女人的一种成熟，脱去了年轻时的幼稚，平添了对名利的淡泊。不再心高气傲，学会了脚踏实地，不再把精力放在抱怨上，而是学会了换位思考，反省自己。知道该要什么，想要什么；知道什么是自己的，什么不是自己的。是自己的当仁不让，倍加珍惜，不是自己的决不乞求，潇洒放弃。成熟的女人，因为看得透，所以不躁；因为站得高，所以不狂；因为想得远，所以不妄；因为行得正，所以不惧。

好的女人真挚但不呆板。真挚的女人是让人过目不忘的，聊着，你觉得愉快，看着，你觉得醉人。这种女人通常是对男人敞开心扉，对男人嘘寒问暖，给男人自由和空间，又会在男人面前撒娇的女人。和她在一起你会有一种如沐春风的爽朗和快乐，你的疲倦、沉重、烦恼、失意、懊悔、浮躁、压力、劳苦被她的善解人意一揽子收进她的贤淑里。她既是水，能溶化你；又是火，可以燃烧你。她的魅力就在于：最最懂你的温柔！

好的女人热情但不招摇。女人都说男人是“贱骨头”，搞不懂在男人心中，千依百顺的怎么就比不过带枪带刺的？其实男人想要的不过是相互尊重，只有最像自己的人才是最懂自己的人！有时候，不完美本身就是一种真实，热情而不招摇，嚣张而不跋扈，任性而不妄为，做“哥们儿”可以畅所欲言，当“战友”能够并肩战斗，这样的女人要比五官精致、身材妖娆的“女神”更吸引男人的目光。

好的女人娇羞但不造作。娇羞是女人独有的魅力，娇羞的女人常常给人一种值得信赖的感觉。她们懂得自尊自爱，谦虚憨厚，从不说东道西，夸夸其谈。喜爱倾听、尊重他人，让人有舒适亲和之感。容易害羞的女人更可靠、更忠诚、更安全也更有味道。自然流露出来的娇羞才是最美的，并且要把握好表现这种情态的时机、场合和分寸。装腔作势会让人感觉很别扭，不分时机、场合和分寸的扭扭捏捏也更给人反感。

好的女人浪漫但不轻浮。一个懂得浪漫的女人，一定是一个懂得生活的女人。即使要每天面对各种各样的琐事，无法摆脱现实的束缚，但她却能够选择用浪漫包裹自己的生活，浪漫是晚饭后依偎在沙发上一起看电视；是老公回家后桌子上准备的一桌菜；是他生气时为逗他开心你留下的小纸条；是阳光明媚的午后手牵着手在公园散步；是坐在咖啡厅，各自看着喜欢的书，时不时四目相对，彼此微笑；是平淡生活之后一次精彩的旅行等等。因为浪漫，你们的生活变得更加轻松惬意，因为浪漫，你们的感情也越来越亲密。谁说婚姻是爱情的坟墓，一个懂得浪漫的女人，可以将婚姻变成爱情的延续。浪漫不是随便，更不是轻浮。因为好的女人懂得，浪漫是两个人的事，既要取悦自己，更要取悦自己的男人。

好的女人温柔但不盲从。女人最好的化妆品不是华服首饰，而是一颗温柔善良的心灵。一个温柔的、善良的、心中有爱的女人，内心一定安详而干净。眼神里那份坦然和真实，那份从容与淡定，是内心的折射，是装不出来的，也是别人掠夺不去的。温柔的女人自有一种风骨，并由此挥洒出一种浑然天成的风致、风韵和风姿，是来自骨子里不同的美丽、自信、优雅、智慧、浪漫和独立。柔心似水，既不盲从，更不泛滥，它只属于自己的一片原野，尽管有时贫瘠，却充实；尽管有时简单，却幸福。

好的女人智慧但不傲慢。一个智慧的女人，从来不会活在别人的嘴里和眼里。她懂得自己的价值不会因为别人的赞美而增加一分，也不会因为别人的诋毁而减少一分。即使素面朝天，也一样高贵优雅地活着，这是真正的自信。人可以学会忘我，但任何时候却不能迷失自我。美丽是心态、才情、神韵的综合体现，相貌端庄加上内心丰富才形成女人的美丽。知识让女人秀外慧中，温柔让女人光彩照人，美丽是一种内外皆秀的气韵。真正智慧的女人并不傲慢，更非目中无人。她们信奉的原则是：绝对不说假话，但真话也只说一半，这样既能保全自己，也不让其他人难堪。

好的女人是男人最坚强的后盾，是男人最硬的底牌，是男人一生最宝贵的财富。在一定程度上，她决定着自己的男人、自己的孩子甚至一个家庭实现梦想的路程最终能走多远。遇见好的女人，就要珍惜不期而遇的温暖，珍重不言而喻的陪伴，珍视不药而愈的成长。用实际行动践行那句朴素的真理：我能想到最浪漫的事，就是和你一起慢慢变老……

（写于 2019 年 12 月）

余生，只想跟舒服的人在一起

我们这一生会遇到很多人，有的人相处起来让人如沐春风，舒服又温暖，但有的人相处起来如芒在背，让人坐立难安。

舒服的关系，都懂得换位思考。生活本就艰难，这时要将心比心，换位思考，你的体谅与关怀，能够给别人带来莫大的温暖。正所谓，爱出者爱返，福往者福来。你为别人考虑，别人才会替你着想，你帮别人渡过难关，别人才会为你雪中送炭。将心比心，最得人心。

我自参加工作以来，较长时间做共青团工作，正是在这个大学校养成了不少终身受益的好习惯。换位思考就是其中之一。在后来的党政干部经历中我经常讲古代的一副对联：得一官不荣，失一官不辱，勿说一官无用，地方全靠一官；吃百姓之饭，穿百姓之衣，莫言百姓可欺，自己也是百姓。就是要俯下身是头牛，为百姓辛勤耕耘；站起来是把伞，为群众遮风挡雨。每当接待上访群众的时候，我都告诫周围的同事们，要把上访信当家书，把上访人当家人，把上访事当家事。不管职务有多高，到什么时候都不能忘记自己的出身。一名不想当将军的士兵不是好士兵，激励着多少人为之奋斗终身，但有多少人因德不配位，不仅官没有当好，还自取其辱。我走过一些城市，也任职过不少岗位，每当离开的时候，大家说得最多的还是那句话：你没有忘本！

舒服的关系，都知道不必伪装。有人说，人到了一定的年龄，就再也不想取悦谁了，任何一段费尽心力才能维持的感情，都不是自己想要的，跟谁在一起舒服就跟谁在一起，深以为然。

有的时候，我们渴望一段感情，归根到底是我们渴望在这个世界上能够有一个可以跟自己分享一切的人，渴望一段不需要去伪装自己的关系。

为了在这世间生存下去，我们总要戴上各种各样的面具，周旋于各种各样的人之间。但庆幸的是，还有那么一个人，让你可以在他面前褪下所有的伪装，不需要去管别人喜不喜欢，反正有人喜欢。正是一段不必伪装的关系，一个能够让你安心做自己的人，才在这复杂的人世间带给了我们一丝自在与欢愉，给了我们继续前进的动力和勇气。

在这样的交往中，不用钩心斗角，也不用互相防备，你懂我的欲言又止，我体谅你的辛酸苦辣。

这人来人往的生命里，看似纷扰，但经历了一些聚散离别之后，愈发觉得：人与人之间的交往其实很简单，觉得舒服就在一起，不舒服就躲远一点，谁也别勉强谁。

浅浅相交，淡淡欢喜。如然，足矣。

舒服的关系，都深谙对方。相处舒服，是因为彼此懂得。世间最大的幸福，莫过于有一位懂你的朋友。

伯牙和子期的故事想必大家都听过，伯牙善琴，子期善听，因为彼此懂得，相互理解，两人成就了一段“高山流水遇知音”的佳话。

后来子期去世，伯牙悲痛不已，奔到子期的墓前弹奏了一曲《高山流水》，可是没想到围观的男女老少都在笑。伯牙感到十分不解，我倾注了这样的悲情于琴声之中，你们为什么笑？大家回答他说，我们觉得琴声美妙，不自觉高兴得发笑。伯牙愤而摔琴：“斯人已去，满世无其知者，鼓琴何益？”

此后伯牙发誓终生不再弹奏，因为这个世界上再无懂他之人。

知我者，谓我心忧；不知我者，谓我何求。彼此懂得的两个人，哪怕寥寥数语，也能明白对方的心意；而彼此不懂的人，就算千言万语说尽，也不过是对牛弹琴，白费口舌。

一如顾城在诗中写道：

草在结它的种子，
风在摇它的叶子，
我们站着不说话，
就十分美好。

人与人之间最舒服的相处方式，大概就是，我说，你懂我的意思，我不说，你懂我的欲言又止。

又如廖一梅在《柔情》中写过一句话：每个人都很孤独。

在我们一生中，遇到爱，遇到情都不稀罕，稀罕的是遇到了解。

只有一个懂你的人，才看到你的悲伤和脆弱，读得出你说不出的心事，才会在别人异样的眼光里义无反顾地支持你。

高山流水，知音难觅，相遇即是缘分，遇到了那个懂你的人，一定要好好珍惜。

（写于 2020 年 1 月）

大年初一随想

今天是大年初一，今天才是中国人真正意义上的新年——春节。

每年这个时候家人团圆、亲人团聚，贴春联，包饺子，忙着录抖音，谈论着哪部电影好看，哪个菜肴好吃，哪个地方好玩儿，唱着跳着疯着闹着，老老少少的，有的时候笑到流眼泪，笑到瘫在沙发上……

而此时，看着媒体上的各种新闻，心里五味杂陈。整个中国好像在一瞬间陷入了一片寂静。可能越是安静的时候我们越能听到内心的声音，越能切实感受到原来祝你平安才是最好的祝福。疫情和病毒牵动着每个中国人的心，不断攀升的确诊人数让每一个人都无法置身事外，让你不得不担心，下一个会不会是你，会不会是你的家人，会不会是你的朋友。这个时候你终于明白了，原来除了生死，其他真的都是小事儿。当所有的商业停摆物流停运，当我们失去自由，面对着危机和痛苦的时候，也只有这个时候，才能停下脚步来进行反思。原来有钱你也出不了门，也买不到口罩，原来有权你也求不到一张病床，原来素颜和睡衣也可以让你舒舒服服过日子，原来最核心的竞争力叫作免疫力！以后我再也不抱怨堵车了，因为那才是城市的繁华景象，以后我也不嫌弃人山人海了，因为那才是国泰民安，我相信，没有过不完的冬天，更没有来不了的春天！

2020年的庚子鼠年注定是不寻常的，那么已经过去的2019年又怎样呢？

人类定义了时间，每分每秒，年复一年，仿佛一把尺子丈量着你我的人生。我们忙着用各种事情填满它的每一个刻度——学习、恋爱、工作、结婚、生子、养老、送终……

人类应该是这个星球上最忙碌的生物，因为我们一旦闲下来，就会怀疑自己存在的意义。人类为自己定义了各种意义——成名、成事、成家、立德、立言、立功、爱情、梦想，诸如此类，然后为了这些意义不分昼夜，只争朝夕地忙碌起来。若非这样，似乎人生毫无意义。

这没有什么错，可以说一点错都没有，生而为人，理应如此。

所以每个年初，我都为自己鼓气：好好活着，做一个有意义的人。

但是，一到年末，我就不禁泄气：我还是那个一把年纪，却没成几个事。

我曾在午夜惊醒泪流满面，为虚度的时间自责不已。歌德有一句名言：没有在长夜哭过的人，不足以谈人生。我哭也哭了，谈也谈了，可人生还是那个被剪了翅膀的鸟的模样。

说实话，2019年就我自己而言还是有些变化的，由山庄进了省城。对天发誓，我没有当官的野心。“官”大了，事少了；离小家远了，离老家近了；对别人怎么评价看淡了，对自己内心的感觉看重了。

有两种状态会感觉时间过得特别快，一种是特别忙，一种是特别闲。认真地说，参加工作三十七年来，三十六年属于前者，去年有点像后者。但闲只是表面状态，其实我的内心忙得很。特别一到晚上，各种豪情壮志涌上心头，各种小计划、小目标搞得我激情澎湃甚至无法入眠，第二天昏昏沉沉醒来，只剩下一个念头：扯什么扯啊，哥这个时候只想再多睡一会儿。

人生的意义也许只在于心。你觉得什么有意义什么就有意义。乔布斯想改变世界，马云、刘强东们可能也想过，而那些道家的善男信女们只说道法自然，谁更有意义？

随着年龄的增长，我在乎的事情就像我的头发一样越来越少，不是看开了，而是记性差了。发生的事越多，记住的越少；认识的人越多，来往的人越少。能说知心话的人更是少而又少。如果在路上碰上一个多年未见的老友，那就像在旧衣服口袋里翻出钱一样让人高兴。喝喝酒，吹吹牛，似乎有点旧日时光的味道。

曾问过，可曾会想，会想起成长的过往，经历的岁月？许多时光离我们渐行渐远，慢慢地会被我们淡忘或遗忘，但注定会有一些事、一些人让我们因为一处风景、一个物品、一首老歌……从心底记忆深处慢慢浮现，原来不是忘记，只是从未提起。

经历告诉我，每个人都有烦恼，你的烦恼我解决不了，我只能假装自己没烦恼。因为我常常告诫自己：当你解决不了问题的时候，你就解决自己。

突如其来的疫情告诉我们，活着最好。但活着就要做点事儿，对自己好点儿。通过做事儿让别人也好点儿。这便是我 2019 年最深的体会。

看破不说破，知人不评人，君子也。但是谁又能做到呢？哪个人后不被说，谁人背后不说人。事儿干得越多，被人横加议论，让人指手画脚的概率就越大。

事实已经证明并将继续证明，不想让自己成为别人聊天时的下酒菜，那就努力让自己成为他们吃不起的饕餮盛宴。即使这样也不要就以为自己超凡脱俗了，更要记住，千万别把自己想得多么多么牛，再厉害的香水也干不过韭菜盒子。

猪年就这样过去了，我对鼠年充满信心。又到大年初一，不写几句好像不足以慰平生。

（写于 2020 年 1 月 25 日）

送给孩子最好的礼物

父母之爱子，则为之计深远。

爱孩子，每一个父母都禁得起考验。从一个孩子呱呱坠地，到长大成人，父母要操心的事儿太多了。不论将来做什么，或是伟大，或是平凡，最重要的是活得有意义。有这样几句话，胜过留房产给存款，是送给孩子最好的礼物。

读书比游戏重要。

读书很辛苦，打游戏很快乐。很多人不清楚 ABCD，但一定知道什么是王者荣耀；很多人不关心成绩的好坏，但一定在乎自己的战绩是否辉煌。

但孩子，有一点希望你记住：你为游戏买单，但游戏不会为你的人生买单。你要为读书买单，读书会给你意外的惊喜。

你所学到的知识，就是你拥有的武器。人可以白手起家，但不可以手无寸铁。

当你慢慢长大，也许会在未来的某一天，突然明白：

朋友不是书，书却是朋友。

朋友可能背叛你，书却永远忠诚。

这个时候该怎么办呢？像选择书一样选择朋友，像热爱朋友一样去热爱书。

文字组成一本书，大自然组成另一本书。在宁静悠闲的时候，就去读文字的书，在忧郁沉闷的时候，就去读大自然的书。当你从文字书中走出来的时候，好像就成了哲人，当你从大自然的书中走出来的时候，仿佛又成了孩子。

书，是生活中最好的调味品。

能读书的人是幸运的，会读书的人是幸福的。

读书是一条很远很长的路，走下去会很累，但不走，你会很后悔！

主见比顺从重要。

别人说得再好，但你的想法更重要。

一个有主见的孩子就是要能处理好生活中的琐事，能处理好与朋友之间的关系，能处理好学习上的问题，在更多的时候选择服从本心。就像同一个问题：雪化了是什么？比起标准答案“雪化了是水”，有主见的孩子会回答“雪化了是春天”，难道有错吗？要知道，人云亦云其实是一个很可怕的现象。

人，大都这样，一到群体中，智商就严重降低。为了获得认同，个体愿意抛弃是非，用智商去换取那份让人备感安全的归属感。是的，很多人都会这么做，但有主见的孩子不会。

所以孩子，你始终要有做自己的自由和敢做自己的胆量，知道自己想说什么，明白自己想要什么。

在这个世界上，只有你自己才能为你的人生、你的想法、你的感觉、你的行为负责。所以，我们不能把选择权交到别人手上，而应该由自己来掌控自己的命运。我们要思考的应该是“我该怎么做”并自己选择自己的行为。当你选择了积极主动，你会发现自己有更多的能力、动力和更大的热情与活力。学会自己拿主意正是智慧人生的开端，这一堂课我们谁都不可以缺席。

一个人相信什么，就会看见什么。

兴趣比成功重要。

孩子，成功很重要，但你的喜欢更重要。

少年时的人，会喜欢玩乐；中年时的人，会喜欢阅读；到了老年时，会喜欢思考。

人，不管在任何年纪，都该有自己的心之所向。好奇的目光看到的东西常常可以比希望看到的更多。

这是一个看成功的时代，但相比于成功，我更关心你是否热爱。

成功不是衡量人生价值的最高标准。比成功更重要的是，一个人要拥有内在的丰富，有自己的真性情和真兴趣，有自己真正喜欢做的事。只要你有自己真正喜欢做的事，你在任何情况下都会感到充实和踏实。那些仅仅追求外在成功的人实际上是没有自己真正喜欢做的事的，他们真正喜欢的只是名利，一旦名利场受挫，内在的空虚就暴露无遗。照我的理解，把自己真正喜欢做的事情做好，让自己好点儿，也让别人好点儿，这才是成功的意义，如此感到的喜悦才是不掺杂功利的纯粹的成功之喜悦。

你的兴趣，是你的天性，你的热爱，远远不是成功所能衡量的。

人品比能力重要。

人品不好的人，在社会上一定行不通。

我们常说，欣赏一个人，始于颜值，敬于才华，合于性格，久于善良，终于人品。

一个人真正的资本，不是容颜，也不是金钱，而是人品。人品是生活的通行证，是冷暖又善变的时代，彼此心灵最后的依赖。

人品，是最好的学历。

人生可以没有学位，但不可以没有学问，更不可以没有人品。人品是最高的学位，德与才的统一才是真正的大智慧。

人品，是最硬的实力！

世间技巧无穷，唯有德者可以其力，时间变化莫测，唯有人品可立一生！当人品和学识相辅相成时，一个人才能走得更高更远。

人品，是最宝贵的财富！

人品好的人，遇事有人帮助，做事有人支持。人品差的人，有难无人帮扶，做事无人认同。

人品，在任何时候都远远大于你的能力。

能力好，人品好，是极品；能力极强，人品极差，是毒品。

所以，任何时候，你都不能丢失人品。

信仰比崇拜重要。

有人说，这是一个信仰缺失的年代。

有人说，这是一个娱乐至死的年代。

很多人崇尚娱乐，崇拜明星，其中年轻人无疑占了绝大多数。他们关心明星的每一场演唱会、每一张唱片、每一部电视剧，甚至日常生活中的点点滴滴。当代社会，追星成了许多人的正常。这本身没有什么对错，但孩子，比起追星，我却更希望你有信仰。

有信仰的人有所敬畏。在他心目中，总有一些东西属于做人的根本，是亵渎不得的。他并不是害怕受到处罚，而是不肯丧失基本的人格。无论他对人生怎样充满着欲求，他始终明白，一旦人格扫地，他在自己面前也就失去了做人的自信和尊严，那么，一切欲求的满足都不能挽救他的人生的彻底失败。

信仰是一种精神价值，它实现的场所只能是人的内心世界。正是在这无形之域，有的人生活在光明之中，有的人却生活在黑暗之中。

人可以仰望星空，但眼前的路才应该是我们前进的方向。

有人曾问过我这样一个问题：如果给你自由，给你才华，给你青春，你会做什么？我的回答是：要像书里的那些名字一样，做天下的盐，成为世上的光。

你不一定有这么崇高的理想，但一定要心存诗和远方。

健康比工作重要。

孩子，在这个世界上，没有一份工作值得你去拼命。

前几天，三十五岁的高以翔在录制节目时猝死；四年前，三十三岁的姚贝娜因乳腺癌去世；还有李连杰，因拍戏严重透支身体，不仅脊椎受损，还领过“国家三级残疾证”，不得不隐退……

《中国城市白领健康状况白皮书》表明，我国白领亚健康比例高达76%，七成有过劳死的危险，每年猝死人口超过55万，每天有1万人确诊癌症……

人可以有很多份工作，但是生命只有一次。

生命是最基本的价值。一个简单的事实是，每个人只有一条命，在无限的时空中，再也不会有同样的机会，所有因素都恰好合在一起，来产生这一个特定的个体了。同时，生命又是人生其他一切价值的前提，没有了生命，其他一切都无从谈起。

由此，得出一个当然的结论是，对于一个人来说，生命是最珍贵的。人生的意义取决于对生命的态度。

在生命面前，孩子，我希望你永远把健康放在第一位。

别拿年轻当筹码，别拿健康赌明天，别拿身体不当回事儿，拥有健康，才能拥有一切。

幸福比完美重要。

人人都想生活十全十美，而缺憾才是生活的常态，不太完满才是人生。不是所有的花，都开在美丽的春天；不是所有的果，都结在金色的秋季；不是所有的歌，都唱在温馨的时刻。

说出来就是话，走出来就是路，唱出来就是歌。

我们应当说自己心想的真话，走自己心选的正路，唱自己心爱的好歌，走出梦中的小屋，走向理想的远方，走进幸福的乐园……

我对幸福的看法日趋朴实了。在我看来，一个人若能做自己喜欢做的事，并且靠这养活自己，又能和自己喜欢的人在一起，并且使他们也感到快乐，这就是幸福。爱情和事业是人生幸福的两个关键项，爱着，创造着，这就够了。其余的一切只是有了更好，没有亦可的副产品罢了。

孩子，阳光下也有阴影，生活怎会尽善尽美。幸福在于知足，要学会与生活握手言和。只希望你，要么努力去改变，要么尽力去接受。

你的幸福感，比你追求的完美重要得多。

父爱如天，母爱如地，只想在天地间撑起一个与众不同的你，飞得更高，飞得更远，飞得更好……

（写于 2020 年 2 月 1 日）

特别的春节特别的悟

今年春节，好像一下子明白了很多事情。我们总以为来日方长，却忘记了世事无常。更明白了，你安好，我无恙，便是这世上最静好的时光。

人到了一定的年龄，渐渐学会了独处，学会了一个人行走，喜欢与人不远不近地相处，懂得了慎言和自律。生活终是要有桥桥渡，无桥自渡。不随意去评判别人，不人云亦云，更不亦步亦趋。

有些话只说给懂得的人听，有些事只能自己来消化，有些人只适合安放在文字里。一个人的冷暖终要自知，人生如茶，茶香自品，人生如水，静水深流。一路走来，经过风雨，也赏过彩虹，走过平川，也爬过高山，慢慢才知道，总有一些风景，注定要错过，别太纠结，与其执着，不如随缘；总有些事情，要自己来承担，不要瞎忙，即使担子再重也要懂得爱惜自己；总有些生活不尽如人意，别总是抱怨，不想太多，就会快乐。走自己选择的路，过自己想要的日子，觉得累了，就停下来休息休息，赏赏风景，休整一下，再上路前行。

2020年这个不寻常的春节，让我明白了，一家人平平安安在一起，平凡日子里，喧闹的烟火气，挺好的。这些天明白了，在生活的随机性面前，明天和意外你永远不知道哪个先来。这些天明白了，不懊悔过去，也不透支未来，活在现实里，珍惜当下最好……

于是，我更明白了：

世界很大，个人很小，没有必要把一些事情看得那么重。我们已经很苦，很累，无须对自己责备。

人生就是不会事事如意，何必强迫自己。尽心了，无论结果如何都可以。红尘过往，没有人把握得住地久天长。

于是，我更明白了：

一生很短，没必要和生活过于计较，有些事弄不懂，就不去懂了；有些人猜不透，就不去猜了；有些理想不通，就不去想了。把不愉快的过往，在无人的角落，折叠收藏。

于是，我更明白了：

生活，不会因你抱怨而改变；人生，不会因你惆怅而变化。你怨或不怨，生活一样；你愁或不愁，人生不变。抱怨多了，愁的是自己；惆怅多了，老的还是自己。你哭，生活不会流泪；你苦，生活不会烦恼。为人，哪能事事如意，样样顺心；做事，哪能件件圆满，样样无憾。

既然如此，何不微笑？既然这样，何必惆怅？人生在世，快乐是一生，忧愁也一世，何不看开？

于是，我更明白了：

生活就是一壶琐碎，盛进欢喜，倒出忧伤。别难为自己，别总是自己跟自己过不去，用心做自己该做的事。不要过于计较别人的评价，每个人都有自己的活法。

活着，说简单其实很简单，笑看得失才会海阔天空；心有透明才会春暖花开。

于是，我更明白了：

别再难为自己，一个人，风尘仆仆地活在这个世界上，不要在不喜欢你的人那里丢掉了快乐，不要在飘忽而逝的生命过客那里留恋，也不必为朵朵过眼烟云烦忧。为自己活，不论生活给予什么，都坦然地接受，这才是最好的生活态度。

与其效仿最精彩的别人，不如做最真实的自己，走好自己选择的路，做好自己分内的事，过自己想要的生活。

于是，我更明白了：

于事不执，于心不着，简单自然，尽心随缘。心累了，听听音乐；郁闷了，刷刷微信；疲倦了，泡一壶热茶，找个安静的角落，闭目小憩。

烦时，找找乐，别丢了幸福；忙时，偷偷闲，别丢了健康；累时，停停手，别丢了快乐。

于是，我更明白了：

别再纠结，人生，短短几十年，拼也好，混也罢，都是瞬间。不指责，不抱怨，给自己一分欢乐，给自己一份平和；不苛求，不奢望，给自己一份淡然心情，给自己一份宁静气魄；不计较，不比较，保持最真的情怀，保持最好的心情！

不羡慕别人辉煌，不喟叹世态炎凉，用自信的脚步，坚定自己的选择；用平常的心态，经营美好的未来生活！最好的样子就是：想开，看开，放开！

于是，我更明白了：

钱财买不来生命，利益换不来健康，最大的财富，就是活着，最大的幸福，就是平安！爱惜身体，才是智者，身体健康，才是赢家。

家，永远是港湾，家人，永远最重要。灾难来临，只要和家人在一起就是幸福，只要家人都健康就是最大的满足。

这个春节时光走得很慢，被突如其来的“硝烟”淹没，整个冬天都弥漫着战“疫”气息，虽然街上空无一人，但请战声此起彼伏，“天使们”都向战场奔去，让我们真正明白，谁是最可爱的人……

人心齐，泰山移，没有过不去的火焰山。春天或许迟到，但一定会到来！武汉加油，中国加油！

（写于 2020 年 2 月 4 日）

出身寒门也是一种幸运

出身寒门也许是你这辈子的幸运，你有机会体会生活的酸甜苦辣，你有机会结交志同道合的真心朋友，你有机会努力成为别人眼中的好孩子，你有机会获得自己该有的成就感。

人生的酸甜苦辣，对于出身寒门的我们，就像人生每个阶段的引路牌，能够让我们尝到生活的千辛万苦，让我们在这样的品味中体会着追求梦想的不易。人生的酸甜苦辣又像人生中的一班公交车，停停靠靠的站点，仿佛让我们尽看人生该有的风景，让我们在这样的行程中收获该有的人生意义。当然，家境殷实富有，功成名就的也大有人在。而我们从一出生就努力为自己打拼着，我们便学会了在自己所奋斗的日子中“不甘心”。“不甘心”人生存在的不美好，“不甘心”人生所有的事情事与愿违，更“不甘心”酸甜苦辣的人生没有被我们尝尽！逆境，恰恰是让我们迅速成长的催化剂，关键是不要被眼前的逆境所迷惑，而是要在逆境中寻找通往成功的阳光，在逆境中寻找我们想要的快乐，在逆境中感谢每一程努力的自己！因为不论起点在哪儿，终点才是我们的人生目标。

没有富豪父母，我们的生活的确拮据，穿不上名牌，坐不上豪车，出门小宾馆，往来多白丁，也没有簇拥的朋友。但你知道吗？就这一点，我们比那些富家子弟幸运，可以确定，我们身边的朋友都认为你值得交往，而不是认为你值得接近。我们的朋友认可的是我们这个人，而不是我们的富豪父母。毛驴驮菩萨的故事想必大家都知道。身上没有菩萨的毛驴最终还是毛驴，再想让沿途的人们三拜九叩，门儿也没有了！人生得一知己，足矣。有没有真挚的朋友，真的取决于人与人之间最初的关系，不附加任何条件，寒门交友多是如此。出身寒门能交到的大多是知心朋友。现实生活中我深深体会到，和太强的人在一起，我会感觉不到自己的存在，和太弱的人在一起，我只会感觉到自己的存在。只有和强弱相当的人在一起，我才同时感觉到两个人的存在，而且在两点之间展开了无限的可能性。

出身寒门，在一定程度上是值得庆幸的。因为起点有多低，进步的空间就有多大。小时候我们吃的大多是粗粮，有时还吃不饱，工作之后，马上就能吃上馒头、包子了，这种生活的改善难道不值得高兴吗？父母曾经给我们的交通工具就是自行车，你可以通过自己的努力换成比亚迪。你可能正在为房贷着急，在为一日三餐不辞辛苦地奔波，为孩子不再像我们输在了起跑线上到处求爷爷告奶奶，但当你回到用自己攒的钱买的房子里，喝着自己花钱买的啤酒，看着温顺体贴的爱人、懂事听话的孩子，你发自内心的那种成就感是别人无法体会的。

因为出身寒门，没有闲钱和心情来吃喝玩乐，反而会把更多的时间花在学习上。当别人用先进的辅助工具帮助学习以及参加各种补习班的时候，寒门学子用不起也学不起，但我们能充分调动主观能动性，最大限度地发挥自身的潜能，这样反而会学得比别人深刻。穷人的孩子早当家、寒门出贵子、寒门多孝子，在我身边不乏这样的人。他们靠骨气挺直脊梁，靠正气彰显形象，靠朝气迎来希望，靠勇气增添力量，从而实现理想。我在他们身上看到的多是贫穷时有富贵的自尊，富贵时有贫穷的谦和；受苦时有快乐的欢笑，快乐时有受苦的情思；得意时有失落的想法，失落时有得意的喜悦。他们当中不少成为家人和朋友眼中的“好孩子”。

生活中，我们不用活在父母与家族的阴影中，不用担心自己的努力别人看不见，更不用担心升职后被他人用蔑视的目光看待。正因为出身寒门，我们的努力在别人眼里才是真正的努力。所以你要相信：命运给你一个比别人低的起点是想告诉你，让你用你的一生去奋斗出一个绝地反击的故事。这个故事关于独立、关于梦想、关于勇气、关于坚韧，它不是一个水到渠成的童话。这个故事是有志者事竟成，破釜沉舟，百二秦关终属楚，这个故事是苦心人天不负，卧薪尝胆，三千越甲可吞吴！

半生的经历告诉我，这个世界没有绝对的公平，只能在某种程度上相对公平，但是更多的公平都是自己争取的。你若想与众不同，你就必须勤学苦练，你若想不甘平凡就要忍受常人不能忍之苦，真的别无选择。那些“朝为田舍郎，暮登天子堂”的人们告诉我们，读书不是唯一的出路，但对于出身寒门的你我却是最好的出路。

（写于 2020 年 2 月 5 日）

人生，没有白走的路

世界上有一条很长很美的路，叫作梦想；还有一堵很高很硬的墙，叫作现实，你我都曾经历。翻过这堵墙，叫作跨越；推倒这堵墙，叫作突破；这个过程，叫作千辛万苦。但我们也曾体会过，跨越之后就是一马平川，突破之后就是一帆风顺，苦过之后必然是苦尽甘来、柳暗花明了。

人，不在于你的起点。心有多大，舞台就会有多大，心中的目标有多远，脚下的路就会有多长，心在哪里，结果就会在哪里。一切都在于你自己，都在于你是否坚持自己的目标。你的心态，会支撑你一路的发展；你的眼界，会决定你选择的方向；你的格局，意味着你的成绩有多大的规模；你的毅力，会支持你走得多远；你的用心程度，会注定你做出什么样的成就。真心想做一件事的时候，再大的困难也可以克服；不想做一件事情的时候，再小的阻碍也会成为停步的理由。成功的道路，不怕万人阻挡，只怕自己投降，成长的风帆，不怕狂风巨浪，只怕自己彷徨。

有时候，我们总觉得自己活得很累。总觉得自己走了很多错路，总觉得自己一直陷入迷茫和困境，总觉得付出的努力都看不到回报。其实，走过的一些路，只有你走错了，走进死胡同里了，才知道这条路是不能走的，才知道这条路是不适合你的。走错路花费了你的时间也不要着急，这并不影响你的速度，因为生活，本就与速度无关，与终点无关，但却与过程有关，与路上遇见的风景、陪伴你的人、变化的心情息息相关。没有哪条路是白走的，虽然可能走错了路，但是你看到了别人看不到的风景；认识了一辈子都能交心的知己；闻到了鸟语花香，看见了风和日丽；收获了温暖的回忆和弥足珍贵的经历；只有经历过苦难，才更能体会幸福的意义。

几乎每个人都知道，不忘初心，方得始终，却少有人知道，初心易得，始终难守。做任何事情，难在坚持，也贵在坚持。不羡慕谁，不讨好谁，默默努力，才能活成自己想要的模样。路要自己选，又要自己拼。宁可流汗也不要流泪，宁可偶尔哭泣，也不要轻言放弃。坚持，不是为了感动谁，也不是为了证明给谁看，而是心里知道，一路奔跑总比原地踏步要好。更多的时候，努力，不是为了博得虚名，而是为了心中的梦想，做人的一份尊严。一直觉得，一个人的成熟远比成功更重要。做一个值钱的人，比做一个有钱的人更有价值。

再远的路，走着走着也就近了；再高的山，爬着爬着也就平了；再难的事，做着做着也就顺了。

人生没有白走的路，每一步都算数。每一个地方都有不同的记忆，每一个不同的拐弯都有不同的风景，每一段经历都注定珍贵，每一段路都是一种领悟。你的气质里，你的人生中，藏着你读过的书、走过的路、听过的歌、流过的泪、吃过的苦、看过的风景、见识过的世面和爱过的人。这点点滴滴拼凑起来，成就了今天真实的你，也让你的人生变得更加丰盈圆满。

记得一次周末，与朋友相邀去爬山。山很高，长满各种高大的树木，树影绰绰。山上很多岔路，路旁全是半腰深的灌木、杂草。一不小心，我们就迷了路。有人说该走左边，有人说该走右边，最后大家选择了走左边那条路。没想到，路越走越窄，越走越陡，越走越崎岖，显然，我们走错了路。但是，大家没有停下来，坚持慢慢往前走，并相互鼓励加油。

“快看，好漂亮的山菊花。”有人大喊一声。抬头看，在不远处陡峭的悬崖上，突见一大片山菊花热烈地绽放着，一朵朵山菊花铆足了劲儿，扬起可爱的小脸，在秋风中摇曳着身姿，散发着淡淡菊香，尽显妩媚妖娆，绚丽夺目，晃得人眼睁不开，为萧瑟凋零的山林增添了灵动的色彩，不觉让人满心欢喜。

一路攀越崎岖的山路，我们终于走到山顶。站在山顶远望，天高云淡，秋风习习，一切红尘烦扰随风飘逝。有人说：“真是的，我们今天走错了路，白走了半个多小时。”我笑着摇摇头：“没白走，如果不走这条路，我们怎么会遇见那片开放在悬崖之上的菊花？怎么会有征服困难后的喜悦？怎么会收获这份意外的美好和感动呢？”

这个世界上，没有白走的路，也没有白受的苦，所有的一切都有它存在的意义。在不一样的经历中行走，不知不觉地积累了生命的厚度，最后才有机会到达最初的方向和目的地。这个世界上，也没有白费的努力，更没有碰巧的成功。不要急于求成，你只要一天一天去做，一步一步去走，成功，不过是水到渠成。

总有一些路，是一个人的旅程，总有一些坎坷，是一个人的坚强。最美好的未来，就是每一步踏实地走下去，那些岁月风烟飘过的地方，便是最美的风景。走到生命的哪一个阶段，都该喜欢那一段时光，完成那一个阶段该完成的职责。不焦虑未来，不沉迷过去，不辜负岁月，努力活在当下。在每一段时光里，安排好自己的生活，你的每一步，都将使你成为更好的自己。

（写于 2020 年 2 月 7 日）

后半生的高级活法

人世间的一切不平凡，最后都要回归平凡，都要用平凡生活来衡量其价值。人到了一定年龄，余生只剩下平凡的生活了。伟大、精彩、成功都不算什么，只有把平凡生活真正过好，人生才能圆满。一个人的实力未必表现为在名利山上攀登，真有实力的人还能支配自己的人生走向，适时地退出竞赛，省下时间来做自己喜欢做的事，享受生命的乐趣。

人到了一定的年龄要学会弯腰，遇事不钻牛角尖，人也舒坦，心也舒坦。从前，总是会因为意见的分歧，和爱人争吵，和亲人争辩，和朋友争论，闹得不是冷战就是不欢而散。现在终于明白，很多时候哪有那么多大是大非，何必把坏脾气留给最亲近的人，自己先弯个腰，道个歉，又何妨？实在心情不好的时候，就拎一块抹布擦拭地板，在劳动中，回忆过往，抚平心情，重拾珍惜。不经意间你会恍然大悟，家是讲爱的地方，不是讲理的地方，亲人和朋友比任何道理都来得更珍贵。事情对人的影响是与距离成反比的，离得越近，就越能支配我们的心情。我们很容易把正在遭遇的每一件事情都看得十分重要。然而，事过境迁，当我们回头再看走过的路时便会发现，人生中重要的事情是不多的。

人到了一定的年龄要学会沉默，越痛，越不动声色；越苦，越保持沉默。慢慢懂得，我所厌恶的人，如果不肯下地狱，就让他们上天堂吧，只要不在我眼前就行。明白并勇于去原谅他人的过失，和这个不太完美的世界握手言和。也慢慢知道，这世上本来没有真正的对与错，面对一些误解和纷扰，不想解释，也不想争辩了。现在，虽不会在人前示弱，但已不在乎无关紧要的人怎么看自己了，只想把心事留给懂自己的人听，更多的情绪只能自己慢慢消化。更慢慢明白，毕竟真正厉害的人，只是沉默地赢。不夸夸其谈，不浮躁炫耀，做人做事要更加低调。后半生只想做一个不喧哗的人，一心一意把自己的日子过得幸福而惬意。在这个世界上，一个人重感情就难免会软弱，求完美就难免有遗憾。也许，宽容自己这一点软弱，我们就能坚持；接受人生这一点遗憾，我们就能平静。

人到了一定的年龄要学会安静，安抚好自己的灵魂，平静好自己的情绪，让身体更健康，让心情更愉快。我们开始远离过去的繁忙了，渐渐地回归生活的平静和本真，要把生活的重心留给更重要的自己、家人和朋友了。不管物质生活优越或贫瘠，都会提醒自己，要保持平静乐观的心。不以物喜，不以己悲，不慕浮华，不攀不比，不为琐事纠结，一切顺其自然。不管别人怎么评论，宁愿把时间和精力花在让自己快乐的事儿上。晨起打个太极，侍弄侍弄花草，闲暇时练练书法，看看风景，晚上和爱人孩子一起散散步，看看繁星，忆忆往昔。不管遇到何人何事，学会克制自己的情绪，不再斤斤计较，顺之欣然，逆之也坦然。越来越知道了，人的高贵在于灵魂。作为肉身的人，并无高低贵贱之分。唯有作为灵魂的人，由于内心世界的巨大差异，才分出了高贵和平庸，乃至高贵和卑鄙。

人到了一定的年龄要学会单纯。虽然经历了生命的四季，爱过，痛过，悔恨过，依然简单地相信，勇敢地渴望，这才是单纯。生命，原本是单纯的。可是，人却活得越来越复杂了。许多时候，我们不是作为生命在活，而是作为欲望、野心、身份、称谓在活；不是为了生命在活，而是为了财富、权利、地位、名声在活。这些社会堆积物遮蔽了生命，我们把它们看得比生命更重要，为之耗费了大半生的精力，不去听也听不见生命本身的声音了。到了一定的年龄，有了一定的经历，能够坚守那份单纯，确是上天给我们最大的恩赐。单纯地活在当下，一心一意爱着生命中最重要的人，也懂得照顾好自己。单纯地感恩拥有，感谢岁月留给自己的三两好友，偶尔相聚，胡侃乱侃，回忆过去。单纯地做回自己，去想去的地方，看想看的风景，吃想吃的东西，见想见的人，让自己内心保持着欢喜。无论世事如何动荡变迁，内心深处仍然是那个单纯善良、活得清纯干净的“少年”。

人到了一定的年龄要学会梦想，不做被时代抛弃的人。不给子女和他人添麻烦，不畏惧年龄，不畏惧失败，做个任性的“好小孩儿”，时刻保持学习的激情，活到老，学到老。勇于尝试，挖掘自己的潜能。想做什么就去做，积极发现生活中的美和乐趣，并沉迷其中，获得更多的快乐。读书练字，下棋钓鱼，唱歌跳舞，弹琴听曲，都是我们实现理想、继续学习、不断上进的形式。人生永远没有太晚的开始，不要让年龄决定我们能做什么或者不能做什么，即使八十岁了，我们依然可以做梦，可以学习，可以追求。不再遗憾，不再想如果当初，相信自己走的路以及当下做的每个决定，大胆地享受这条路上的快乐。尽管世上有过无数片叶子，还会有无数片叶子，尽管一切叶子都终将凋落，我仍然要抽出自己的绿芽。繁忙中清净的片刻是一种享受，而闲散中紧张的片刻简直就是一种幸福了。

人到了一定的年龄要学会糊涂。当初，我们揣着糊涂装明白，现在，我们要揣着明白装糊涂了。不虚情假意，不算计别人，简简单单地生活，认认真真地做事，对每个人都报以真诚的微笑。看透不说透，不和家人争吵，不和朋友斤斤计较，不给自己乱找麻烦，相信“傻人有傻福，好人有好报”。渐渐地悟透了一些东西，宁可装傻，也不要自作聪明；宁可俭朴，也不要贪图享乐；宁可吃亏，也不要占小便宜；宁可平庸，也不要沽名钓誉。在与人的相处中，看人长处，帮人难处，记人好处。人最大的修养是知人不评人。到什么时候也不能忘记：我的野心是要证明一个没有野心的人也能得到所谓的成功。不过，我必须立即承认，这只是我即兴想到的一句玩笑话，其实我连这样的野心也没有。

人到了一定的年龄要学会祝福。这不是虚伪，而是温暖。后半生，要做一个嘴巴富贵的人，能够发现每个人的闪光点，多表扬你的子女、爱人，多夸赞你的朋友。你的祝福与鼓励、善意和真诚，会照亮更多人的人生。做一个心里装着祝福的人，多照顾别人的感受，不给他们难堪。当你送出一份祝福，给别人带来快乐的时候，你也会收获双倍的幸福与快乐。对于曾经的恩恩怨怨，能放下的就放下，能释然的就释然，能祝福的也送上一份祝福。

我们曾经也有过被虚荣迷惑的年龄，因为那时候我们还没有看清事物的本质，尤其还没有看清我们自己的本质。我感到现在我站在了一个最合适的位置上，它完全属于我，所有追逐者的脚步都不会从这里经过。我不知道我是哪一天来到这个地方的，但一定很久了，因为我对它已经如此熟悉了。

（写于 2020 年 2 月 8 日）

静，才是最美的生命姿态

当今社会，人人都活得很忙。忙，仿佛成了现代人们的主旋律。殊不知，它正吞噬着我们对生活的热情，消磨着我们对生活的感知。我们的喜怒哀乐都被隐藏起来了，千篇一律一副疲惫不堪的样子。忙，似乎也有忙的道理，但很多时候，我们更需要静下来，从繁忙之中后退一步，静静地看，静静地听，静静地想，让心灵回归安静的状态。

2020 年春节，一场突如其来的疫情，改变了无数人的生活轨迹。待在家里，与外界隔离，断了很多纷乱的关系，思路随之更加清晰。到了我这个年龄，更知道肩上的责任，上有老，下有小，真是一种甜蜜的负担。从前忙于工作，顾家不多，现在则心甘情愿地付出。更清楚要尽力地强大自己，精心地呵护着家庭，风雨来时，能为家人撑一把伞，尘世浮沉，能做一面可依靠的墙。更加懂得陪伴的重要性了，外面的世界虽然很精彩，但最温暖的还是夜晚家里为自己点亮的那盏灯。季节的风，岁月的景都可以远走，能留下的还是那份陪伴的暖。突然明白了，陪伴，是治愈一切的良药，静才是最美的生命姿态。

静下来生活，不必太追求完美。淡然过往，静心自放。人活在这个世界上，血泪，终归是有的，没有十全十美的生活，上天不会给任何一个人完美无缺的人生。接受不完美，让自己更加完美，既是生存的智慧，也是幸福的法宝，更是快乐的源泉。

生活中，追求完美的人很多。这样的人容易患得患失，畏手畏脚。他们担心的事情难以想象，害怕这儿，操心那儿，不允许有任何一点遗憾存在。从前，有一个农民，偶然间捡到一颗大珍珠。珍珠非常美丽，只是光滑的表面有一个小斑点。这个人是一个完美主义者，对此深感遗憾。他想方设法要去掉珍珠表面的斑点。第一次他刮去珍珠的一部分表层，但斑点还在。第二次，他又刮去一层，斑点依然在。他不甘心，于是一层接一层地刮下去。等斑点刮完的时候，珍珠也没有了。农民从此一病不起，临终前，他才醒悟，懊悔当初不该奋力追求完美，不然珍珠现在还在。

这个故事告诉我们，遗憾和缺陷本就是生活的一部分，过于执着，不懂变通，只会陷入完美主义的误区，不仅错过很多美好，更会失去眼前的生活。不完美也是一种美，不完满才是人生。当你真正学会接受生活的不完美时，当你真正接纳自己的不完美时，你才能真正体会到生活中那些微小却简单真实的快乐与美好。

静下来感受，想象一下自己有多幸福。幸福其实很简单：一份心仪的工作，一份舒适的生活，三两好友，家人安康，但我们最容易忽视这种细微的幸福，也许是因为不满足，又或许是看待事情的态度太过悲观。

我们大多数人的生活，其实是大同小异、相差无几的。但即便是一样的经历，不同的人以不同的态度看待，就会有不同的感受。比如，同样看到桌子上的半瓶酒，悲观的人只会抱怨，这么好的酒怎么就只剩一半了呢？而乐观的人却会这样想：这么好的酒，还有半瓶呢！在当今社会中，这样积极乐观的人生态度更是不可或缺的。

不管未来的路途多么遥远，过程多么坎坷，只要我们心中有一个美好的信念，怀揣一种积极的希望，就能够坚定不移地走下去。虽然生活中有很多事情单凭我们个人是无法改变的，但我们可以改变自己的心情和态度，让我们内心充满正能量，始终坚信明天更美好。

静下来思考，扭转人生不是传说。思考是一个神奇的东西，它可以让我们放弃“山穷水尽”的固执，从而选择“柳暗花明”的通衢；它可以让我们的思维产生突变，进而作出正确恰当的决定；它可以让我们感受到思考是理性的劳动，幻想是理性的愉悦。只有勤于学习并善于思考，才能一步步朝自己的目标走近。

生活中，思路决定出路。你的思维层次决定着你的人生高度。所以，当你做任何事情的时候都要深思熟虑，因为思维决定你的言行，言行决定你的选择，选择决定你的成败。当你做事碰壁的时候，不妨停下来思考一下，也许成功就在不远的地方向你招手。当你遇到困难的时候，不妨停下来琢磨一下，也许下一个路口就是出口。善于思考的人一般也善于发现，善于发现的人才能从同一件事情中看到别人看不到的东西。

静下来，认真地想一想，思考是成本最低却最见成效的人生智慧。当你终于放开那些想不通的问题时，你会发现自己仿佛经过了一场心灵的洗礼，身心豁然开朗，双眼更加透亮。凡事不可急于求成，放慢些，也许才会更快。

说心里话，我不排斥热闹，但热闹总归是外部活动的特征，而且任何外部活动倘若没有一种精神追求为其动力，没有一种精神价值为其目标，那么，不管表面上多么轰轰烈烈、有声有色，本质上必定是贫乏和空虚的。我对一切太喧嚣的工作和一切太张扬的感情都心存怀疑，它们总是使我想起莎士比亚对生命的嘲讽：“充满了声音和狂热，里面空无一物。”我一直认为，太热闹的生活始终有一个危险，就是被热闹所占有，渐渐误以为热闹就是生活，热闹之外别无生活，最后真的只剩下了热闹，没有了生活。

心静是强求不来的，它是一种境界，是世界观导致的结果。一个不知道自己到底要什么的人，必定总是处在心猿意马的状态。

（写于 2020 年 2 月 11 日）

人活着，别把什么都看得太重

人活着，别把什么都看得太重。你越是在乎什么，什么就折磨你，你越是看重什么，什么就会失去，你越是追求什么，你就会成为什么的奴隶。

不要把什么都看得太重了，很多感情，不是你抓，就能抓住的，很多东西，不是你争就能争来的，很多事情，不是你想，就能想通的。

不管是人还是事，不管是情还是爱，不必太执着。该来的会来，该走的会走，苦苦纠缠，丢的是尊严，卑微强留，伤的是人心。

经历多了，你会发现，失去的很难回来，错过的终为遗憾。很多东西强求不得，很多感情强留不住。是你的，走了还会回来，不是你的，留下也是伤害。

人生最可怕的不是得不到，而是贪图太多，忽略了已经拥有的。

活着，最重要的就是让自己开心。别胡思乱想，为难自己，别闷闷不乐，折磨自己。看淡了，悲伤就不在，看透了，烦恼就不在。胡思乱想，对自己是一种伤害，没心没肺，才是快乐的根源。

人生的路不好走，每走一步都是一种成功。要想轻松，就得放下，要想快乐，就得看淡。所以，别把什么都看得太重了。看重钱财，你就更累；看重感情，你会更痛；看重名利，你便更难。

年龄越大，越能体会到，人生的路还得自己走，即便寸步难行，也要坚持下去，就算风雨再大，也要勇敢闯过。因为没有人能一直陪着你，你能靠的只有自己。

日子是自己过出来的，笑容是自己挤出来的。当你看透了，看淡了，也就明白了。感情就是一聚一散，生活，就是一苦一甜。有聚有散，有苦有甜，人生才算精彩，活着才算有趣。

世界很大，不是所有事都是你管得了的，不是所有人都是你能接受的，看不惯的事，总有一天会顺眼，不喜欢的人，总有一天会怀念。毕竟，时间能改变一切。

人活着别把什么都看得太重，尤其别把自己看得太重。记得一个小故事：一只骆驼，辛辛苦苦地穿过沙漠，一只苍蝇趴在骆驼背上，一点力气没花，也过来了。苍蝇讥笑说："骆驼，谢谢你辛苦把我驼过来，再见。"骆驼看了一眼苍蝇："你在我身上，我根本就不知道，你走了，也不必打招呼。你根本就没什么分量，别把自己看太重，你以为你是谁。"还有大艺术家莫若诚讲过一件真事：他生活在一个大家庭，几十个人围坐而餐。有一次，他突发奇想，吃饭前把自己藏起来，想等大家寻他不见时再跳出来。哪知道，大家酒足饭饱，纷纷离去，根本没注意到他的缺席。从那以后，他就告诉自己：永远不要把自己看得太重，否则就会大失所望。相反，大人物把自己看"轻"的例子举不胜举。事实上，一个人的轻与重，贵与贱，绝不是自己能定下标准的。平静谦和，不事张扬，才是最重的分量。

不把自己看得太重，其实是一种修养，一种高尚的境界，一种达观的处世姿态。是心态上的成熟，是心志上的淡泊。用这种心态做人，可以使自己更健康，更大度；用这种心态做事，可以使生活更轻松，更踏实；用这种心态处世，可以使社会更美好，更和谐。

我说，活着别把什么都看得太重，不是说不论什么都不应该看重，比如要看重在懂你的人群中散步。

世界上总有大约 20% 的人，就是莫名其妙地讨厌你。如果每天把关注点放在他们身上，只会烦恼不断。但是，如果尝试着把关注点放在大约 20% 喜欢你的人身上，只在懂你的人群中散步，每天便如沐春风。

据说：我们一生会遇到 8263563 人，会打招呼的有 39778 人，会和 3619 人熟悉，会和 275 人亲近，但最终，都会失散在人海。在懂你的人群中散步，尽享喜悦。

有段话说得好：人生其实像一条从宽阔平原走进森林的路。在平原上可以结伴同行，前挤后拥。可一旦进入森林，情形就变了，各人寻找各人的路，寻找各人的方向。世事大抵如此，有些相逢是命中注定，有的人深深烙进心底，但大部分人转瞬便消失在各自的生命里。

有缘的人，总是在花好月圆的时刻相遇，在对的时间里明白应该明白的事，不多也不少，不早也不迟。同频道的人在一起，人生会变得非常简单快乐。

人啊，何时何地都要始终牢记三次成长的时候，第一次是发现自己不是世界中心的时候，第二次是发现再怎么努力也无能为力的时候，第三次是接受自己的平凡并去享受平凡的时候。

做人，永远不要丢了尊严，把爱留给疼你的人，把心留给懂你的人，永远看重和懂你的人一起散步。

人这一辈子，说到底最应该看重的还是自己的身体和家庭。我常说，人都是崇高一瞬间，平庸一辈子。所谓的伟大和不朽，对一般人来讲却是以肉体存在为前提的。你可能知道你爷爷的名字，但是你知道你爷爷的爷爷叫什么吗？

光阴似箭，人生易老，实在是最无奈的事，引发了多少悲叹。装糊涂当然不是好办法，事实上也难做到。不过，许多时候，我们不是装糊涂，而是真糊涂，活在眼前，被具体的生活所吸引，忘记了岁月的流逝和死亡的来临。

毛主席早就教育我们，“无体而无德智也”，把身体的重要性说得如此透彻。我们也总在讲，身体是“1”，其他诸如名利、爱情、幸福等都是“0”，只有“1”存在，“0”才越多越好，怎么那么多人见了“0”就毅然决然地忘了“1”了呢？

天地间，别看人什么都敢干，但最脆弱的还是人。

家，对一个人来讲，是仅次于身体的第二重要，不要说“赤条条来去无牵挂”，至少，我们来到这个世界，总有一个家让我们登上岸。倦鸟思巢，落叶归根。

家，不仅仅是一个场所，更是一个本身具有生命的活体。两个生命因相爱而结合为一个家，在共同生活的过程中，他们的生命随时间的流逝而流逝，流向何处？我敢说，很大一大部分流入了这个家，转化为这个家的生命了。共同生活的时间愈长，这个家就愈成为一个有生命的东西，其中交织着两个人共同的生活经历和命运，无数细小而宝贵的共同记忆，在多数情况下还有共同抚育小生命的辛苦和快乐。正因为如此，即使在爱情已经消失的情况下还能运转，不是别的东西在支撑，正是家这个活体。

如果我们时时记住，家是一个有生命的东西，它也知道疼，它也畏惧死，我们就会心疼它，更加细心地爱护它了。那么，我们也许就可以避免一些原可以避免的悲剧了。

（写于 2020 年 2 月 14 日）

爱，是要用心咀嚼的

当我们说到爱的时候，我们更多的是想到被爱。我们自觉不自觉地把自己的幸福系于被他人所爱的程度，一旦在这方面受挫，就觉得自己非常不幸。当然，对于我们的幸福来说，被爱是重要的。如果得到的爱太少，我们就会觉得这个世界很冷酷，自己在这个世界上很孤单。

其实，爱在本质上是一种给予，而爱的幸福就在这给予之中。许多贤哲都指出，给予比得到更幸福。一个明显的证据是亲子之爱，有爱心的父母在照料和抚育孩子的过程中便感受到了极大的满足。在爱情当中，也是当你体会到你给你所爱的人带来了幸福之时，你自己才最感到幸福。

幸福，不是戴金链子，不是穿貂皮，不是开豪车，不是住别墅。真正的幸福是哭的时候有人疼，累的时候有人靠，是每一个小小愿望有人给实现，是拥有一个爱自己懂自己的人，不管他有多少能力，总是把最好最多的留给你。

爱的最高境界是懂得。懂得是世界上最温情的语言，话语简单却已包含着万千。因为深有体会，所以知你的负重，懂你的苦衷。因为感同身受，所以心疼你的真诚，珍惜你的感情。懂得是通往心灵的桥梁，引起共鸣，知你所想。因为懂得，所以包容；因为懂得，所以心疼。懂得让心与心没有了距离，让生命与生命彼此疼惜。懂得是生命中最美的相遇，也是最深刻的感动。

心灵愉悦来自精神的富有，简单快乐来自心态的知足。

爱很简单，情很平淡，只要每天都会彼此挂念，就是踏实的情感。幸福并不渺茫，在于心的感受。爱情并不遥远，在于彼此默默相守。心只有一颗，不要装得太多。人只有一生，不要追逐得太累。

有些事，自己知道就好，没必要去追问，因为答案未必能接受。有些人自己认清就好，不值得去难过，因为感情强求不得。爱你的人，不会远离；不爱你的人，终会离去。经验会告诉你怎样做事，时间会教会你如何看人。曾经的信誓旦旦，也许只是一种敷衍，原来的扑面热情，也许只是一时的感情冲动。

偶然发现，那些不以秀恩爱为目的却一路恩爱着的情侣们，不做作的真情流露，不遮掩的甜蜜欢乐，让人们觉得眼前平凡的生活也充满了许多爱的甜蜜和感动。

应该就是这样吧，好的爱情真不是要轰轰烈烈，刻骨铭心的。正像有人说的那样，真正美好的爱情从来都不悲壮，也不惊世骇俗。不是非要荒山破庙中避雨，闹市马蹄下救人。我认为，当有一天你能遇见一个人，他会对你说“亲爱的，我不想改变世界了，我只想蜗在小厨房里给你做饭”时，那才是值得你去流泪的人。

烟火人间，红尘爱恋，不就是一日三餐的陪伴，吵吵闹闹的情感吗？不用你沉秋水西去，我随后自挂东南枝；更不必化身成蝶翩翩飞，又缠缠绵绵永相随。那是爱情凄美的故事，不是爱情平常的样子。

心与心之间的距离是最近的，也是最远的。唯有爱可以改变它们之间的距离。

人世间，亲情也好，友情也好，爱情也好，抑或是萍水相逢、一见如故也好，它们都是爱的承载体，让“爱”能够看得见，摸得着，但并不全等于爱。其实爱就是爱，没有必要加一些多余的解释。正如哲人所言：“如人饮水，冷暖自知。”爱，是要人们自己用心去咀嚼的。

我们的祖先是如何为爱深思，为爱践行的呢？说到“爱”，我们自然会想到孔子的“仁者爱人”。我们不妨把它理解成一种广博的大爱，它可以不分国度，不论种类，指导着一代又一代的儒者去“修身、齐家、治国、平天下”。正因为它的广博，这种大爱不断传承弘扬下来，它渗透进孟子的“老吾老以及人之老，幼吾幼以及人之幼”；融入了李世民的“水能载舟，亦能覆舟”；更深刻影响到了我们当今社会，它体现在我们常说的“以人为本”“以人民为中心”中，可以说，爱，已然成为我们不可或缺和不能须臾离开的东西。没有爱，与其说是病态，不如说什么也不是。一个不懂得爱的人，活在世界上就是最无趣也最悲惨的人。

既然这就是“爱”，我们就应该无私地付出而不是索取，否则，那将会沦为交易而谈不上爱。要做到无私地去爱并不容易。生活中，当你的心完完全全抛开了自己，你才能够全身心地去爱他人，同样你也才能够获得他人对你的爱。而此时，这种交流互动的爱，这种相映成辉的爱，也将升华再升华，成为一种超越物质，超越时光，甚至超越生命的爱。

爱的价值在于它自身，而不在于它的结果。结果可能幸福，也可能不幸，但永远不是最幸福和最不幸。在爱的过程中，才会有“最”的想象和体验。爱的给予既不是谦虚的奉献，也不是傲慢的施舍，它是出于内在的丰盈的自然而然的流溢，因而，它超越了道德和功利。

爱的反义词不是孤独，也不是恨，而是冷漠。孤独的人和有恨的人都是会爱的，冷漠的人却与爱完全无缘。如果说，孤独是爱心没有着落，恨是爱心受挫，那么，冷漠是爱心的死灭。无论是个人还是社会，真正可怕的是冷漠，它会使个人失去生活的意义，使社会发生道德的危机。

人的一生，一切终将黯淡。唯有被爱的目光镀过金的日子在岁月的山谷里永远闪着光芒。

（写于 2020 年 2 月 15 日）

珍惜被麻烦的机会

人，活在世上，谁也不是一座孤岛，更不能插上门朝天走。可现实中，很多人怕麻烦别人，也不喜欢别人麻烦自己。殊不知，人与人之间，好的关系是可以互相“麻烦”的，如果身边的人不再麻烦你了，那就意味着已经失去和疏远了。

不要嫌孩子麻烦，总有一天，他会自己离开，且头也不回。当孩子不再麻烦你时，可能他已经长大成人了。记得有位作家讲过，父母子女一场，你和他今生的缘分，就是目送着他的身影渐行渐远。你站在小路一端，看着他逐渐消失在拐弯的地方。他用身影告诉你，不必追了。

不要抱怨陪孩子写作业辛苦，用不了几年，你看着孩子房间熄灭的台灯，会时不时怀念那个小小的身影，坐在那里，一会儿写字，一会儿玩耍……看着空荡荡的卧室，你很想让他再坐在那里，可是他已经在千里之外了。那间熟悉的卧室，已经没有了熟悉的味道。家，成了他假期借住的旅馆。

他不再惹你生气，甚至和你说话的时间也越来越少。渐渐地，你会发现他好像越来越独立了，越来越不麻烦你了。

每当这个时候，你就会怀念那段陪伴他的日子，多么想再送他上学，陪他写作业，带他去公园……于是乎，你更加怀念那个老是惹你生气，但又总带给你感动的小孩儿。

同样也是，当爱人不再麻烦你时，可能你们已经疏远了。

什么是好的婚姻？婚姻是两个人彼此相爱，彼此嫌弃，却又不离不弃、相守一辈子的过程。而好的婚姻，需要彼此麻烦，才会走得更长远。

好的感情和关系，都是互相麻烦出来的。彼此麻烦，有来有往，感情才能像陈酿香醇的美酒愈加深厚浓烈。有一对老夫妻，相濡以沫几十年，且恩恩爱爱几十载。有人问他们婚姻保鲜的秘诀，他们说就是因为喜欢“麻烦”对方。平常日子里，有些事情，老太太虽然能够独立完成，但总要麻烦老伴帮忙。老伴儿虽然嘴上唠叨着“真麻烦”，但还是乐此不疲地照做不误。老太太说喜欢麻烦老伴儿，老伴儿说自己喜欢被她麻烦。两个人互相麻烦了几十年，但感情越来越甜蜜。

一个喜欢“麻烦”，一个喜欢“被麻烦”，这大概就是婚姻中最美好的状态了。

现在很多人，在感情中总嫌麻烦。送花，嫌麻烦；做家务，嫌麻烦；买菜，嫌麻烦；陪逛商场，更是嫌麻烦。殊不知，很多婚姻就是在“不想麻烦”的疏离中走向陌路的。

事实上，婚姻中，最怕的就是：不愿再麻烦彼此。

很多时候，我们总想着和父母在一起的时间还很多，等自己事业有成再好好孝顺父母，但是时间无情，我们成功的速度，远远比不上父母老去的速度。人在一定的年龄，总是在事业上拼命奔跑，偶尔回头看看时，父母已日渐苍老了。当父母不再麻烦你时，可能已不在人世了。

《论语》有云：父母之年，不可不知也。做子女的，要知道父母年事已高，逐渐衰老；要明白子欲孝而亲不待；要懂得孝敬父母须只争朝夕。

贾平凹在《我妈一定还在牵挂我》中讲道：当母亲与我们告别，与这个世界告别，那种疼痛是锥心刺骨的。

小时候，我们给父母添了多少麻烦啊，但是父母从未有过怨言。现在他们老了，有的人会嫌弃父母的唠叨麻烦，可是再过几十年，甚至几年，有可能再也听不到了！请多些耐心对他们吧，就像小时候他们对你一样。趁我们未老，趁父母还在，别让你的爱迟到！

当朋友不再麻烦你的时候，可能已经有隔阂了。人其实就是生活在相互麻烦之中，在麻烦之中解决问题，在解决问题之中化解麻烦，在麻烦与被麻烦之中加深感情，体现价值，这就是生活。

亚里士多德说，“人是一种社会性动物”，人无法完全脱离社会而单独生存，你不想麻烦别人，就需要独自承担很多东西，包括挫败。

从小我们受的教育就是要独立，不要总麻烦别人。殊不知较少麻烦别人的人也较少帮助别人。其实真正在生活中，好的关系都是麻烦出来的。麻烦对于被麻烦的人来说是被需要的感觉。就像你麻烦父母，父母会觉得自己还有用。请珍惜身边麻烦你的人吧，因为我们只有这一生共处的时间，能互相麻烦的，都是最亲近的人！

（写于 2020 年 2 月 16 日）

你吃过的苦，一直在照亮你前行的路

人生的本质绝非享乐，而是苦难，是要在无情宇宙的一个小小角落里奏响生命的凯歌。但人天生是软弱的，唯其软弱而犹能承担起苦难，才显出人的尊严。我不喜欢那种号称铁石心肠的强者，更看不起他们一路旗开得胜的骄横。只有以柔弱的天性勇敢地承受着寻常苦难的人们才是我的兄弟姐妹。我们把痛苦当作人生的一个组成部分接受下来，带着它继续生活，因为我坚信一个朴素的道理，你吃过的苦一直在照亮你前行的路。

记得小时候，母亲经常跟我说，人这一辈子，没多少人是容易的，你吃过的苦、受过的累、经过的难、受过的罪，总有一天，会变成生活对你的奖励。不吃苦中苦，难为人上人。我出生在 20 世纪 60 年代初期的农村，那个时候农民真穷，农村真苦，农业看不到一点前途。我的小学和初中都是在本村上的，那个时候学习成了我最快乐的事儿，不论大考小考都能考第一。就是在这个连公社所在地都不是的乡村，我当选过全县表彰的“十佳红小兵”。也是在这里我考上了按成绩招生的县一中。

即使这样，我清楚地记得，在本村上学的我，回到家并没有温暖的怀抱，父母为了这个家、为了我们一直在忙。没有美味的食物，能吃顿饱饭已经很满足了。更没有人辅导作业，放学后不是打猪草就是干农活，放假期间，铁定要去生产队劳动挣工分，毕竟那是个靠工分生活的年代。离开这个小乡村我十五岁，本应是以学习为主的年龄，但记忆最深的不是学习，而是那个时候农民的苦和农村生活的不容易。

1978 年秋天，伴随着改革开放的脚步我迈进了县一中。班主任王焕明老师是北京外国语学院毕业的北京房山人，因为我是班长，她经常告诫我，你们还年轻，不要在本该吃苦的年龄享受安逸。学习上自不必说，尽管入学是按分数来的，但农村生和城镇生在学科平衡、眼光见识、综合能力等方面的差距还是显而易见的。多少个深夜，我守在灯下，不甘心一天就此结束，然而，即使我通宵不眠，一天还是结束了。我们没有办法能留住时间，但我做到了每天进步一点点。相对于学习，高中阶段生活上的艰辛更让我终生难忘。因为家境的缘故，学生食堂二分钱一碗的菠菜汤，三分钱一个的馒头我都舍不得买。每周回家两次，就是取母亲亲手做的烙饼和拌好的小咸菜，高中两年，一日三餐都是这些，没在食堂吃过一顿饭。冬天还好，再冷再硬的烙饼用热水多泡几次就热乎了，可是夏天，放了几天的烙饼拿出来，中心处长了不少黑点，每掰一块儿就拉出很多丝，再让热水一泡，比药还难吃，以至于高中毕业后的几年，每每看见烙饼我都想吐。

苦，是一个人性格的催化剂，它使强者更强。经历过苦难的人都有权力证明，创造幸福和承受苦难属于同一种能力。苦难净化心灵，悲剧使人崇高。

短短的两年时间，我之所以在偌大的一中知名度比较高，甚至前后几届都有耳闻，主要因为两件事：一件是高一那年我作为一中学生会主席主持全县公判大会，审判盗窃 1979 年高考试卷的主犯，县里设主会场，二十个公社设分会场；另一件就是我作为1980年全县高考状元，没能考上理想的大学，命运和我开了一个天大的玩笑，让我抱憾终生。

古罗马哲学家塞涅卡说：愿意的人，命运领着走；不愿意的人，命运拖着走。我说他忽略了第三种情况：和命运结伴而行。命运是不可改变的，可改变的只是我们对命运的态度。

大学毕业那年，我凭借上学期间入党、一直是班长、年年都是奖学金获得者让自己的人生之路拐了个弯儿，由一名师范生成为省委组织部选调的大学生去基层任职。我工作的第一站是抚宁县卢王庄公社，我的第一个工作岗位是公社团委书记，我的第一个直接领导就是公社书记魏振武同志。魏书记是1964年四清“万人大军进抚宁”时留在抚宁的丰南人，他虽未上过多少学，但肯定读了不少书。讲起话来旁征博引，娓娓动听；说起工作头头是道，胸有成竹；谈起人生海阔天空，收放自如。那时的我，远离故乡，心中五味杂陈，初到新地，眼前一切未知。魏书记不仅智慧而且善良，经常跟我说：没有人能完全支配自己在世间的境遇，其中充满着偶然性。因为偶然性的不同，运气分出好坏。有的人运气特别好，有的人运气特别坏，大多数人则介于两者之间，不太好也不太坏。谁都不愿意运气特别坏，但是，运气特别好，太容易得到了想要的一切，是否就一定好？恐怕未必。他们得到的东西是看得见的，但也许因此失去了虽然看不见却更宝贵的东西。天下幸运儿大多浅薄，便是证明。不过我所说的幸运儿与成功是两回事。真正的成功者必定经历过苦难、挫折和逆境，绝不是只靠运气好。将来总有一天，你会明白，你今天所吃的苦，终将化为光，照亮你前行的路。

老书记语重心长的话语一直影响着我……

在这个长期占据我人生工作履历第一行的地方，我只待了不到两年，但是那里真诚善良的同事，朴实大气的民风，浪漫充实的经历，足以让我铭记一生。

纷纷扰扰，全是身外事。以现在的年龄，我能够站在一定的距离看待我的命运了。我是我，命运是命运。惊涛骇浪，卷起千堆雪。可是，岸仍然是岸，它淡然地观望着变幻不定的海洋。

（写于 2020 年 2 月 19 日）

人生十悟

一、身体是唯一的，要珍爱

身体是人存在的基础和核心，是一切的前提和根本，是我们最珍爱的东西。每一个人对于自己的身体，第一有爱护它的责任，第二有享受它的权利，这两者是统一的。世上有两种人对自己的身体最不知爱护也最不善享受，其一是工作狂，其二是纵欲狂，其实，他们是在以不同的方式透支和榨取生命。

生命不可能有两次，有些人连一次也不善于度过。身体本应是人们最珍贵的东西。可是，在当今时代，其他种种次要的东西取代身体成了很多人的主要目标甚至是唯一目标，他们耗尽毕生精力追逐钱多、权重、名炫等等，从来不问一声这些东西是否使生命获得了真正的满足。

人活着，最大的人生意义在生到死的过程，其根本就是自己快乐，同时也使别人快乐，不在活得长久，而在活得充实。老天给了我们每一个人一条命、一颗心，把命照看好，把心安顿好，人生也就算圆满了。

二、爱情是永恒的，要珍重

爱情不是短暂的占有，而是永恒的守护。人生，就是一场又一场的相逢，所有的相逢都是上天的恩赐。而最大的恩赐就是，让你在人生最美的时候，与最对的人，欣然相逢了。一次相逢，便是一辈子的厮守。

爱就是心疼。可以喜欢很多人，但真正心疼的只有一个。爱一个人，就是心疼一个人，爱得深了，潜在的父性或母性必然会渗透进来。只是迷恋并不心疼，这样的爱只停留在感官上，还没有深入到心窝里，往往不能长久。爱，就是没有理由的心疼和没有前提的宽容。

爱情是盲目的，只要情投意合，似乎“一白遮百丑”；爱情又是心明眼亮的，只要情真意切，就是“一白遮百丑”。

爱情中最重要的品质是诚实、信任、宽容，其他次之。

三、欲望是无穷的，要修剪

世上有几个人没有欲望？人有欲望才叫人。有欲望并不是坏事。人一旦失去欲望，怎么还能有奋斗的动力！支撑一个人前行的力量，一个是理想，一个是信仰，再一个就是欲望。很多时候，欲望的力量，要超过理想和信仰。因此，有欲望是人之常情。但是，如果不小心掉进欲望的陷阱，就会越陷越深，不能自拔。正所谓：欲壑难填。

托尔斯泰讲过一个故事：有一个人想得到一块地。地主对他说：“你早晨就从这里往外跑，跑一段就插一面旗子，只要你在太阳落山前赶回来，插上旗子的地都归你。”那个人就拼命地跑。太阳偏西时还不知足，太阳落山前，他终于跑回来了。可是，人已经累得不行了，倒在地上再也没有起来。于是，地主让人把他埋了。牧师做祈祷时说：“一个人要多少土地呢？就这么大。”

这个世界太浮躁，生命无非就是欲望。否定了欲望，也就否定了生命。但要懂得为自己的欲望设定底线，及时修剪并坚持下来。因为是做欲望的奴隶还是主人，决定权掌握在你自己手中，一念之差往往是天壤之别。

四、学习是长期的，要会学

学习，才能优化生命。

世上有件事最难做，最不容易做好，它不但需要人付出极大的努力和代价，甚至必须使出全身心的力量及奉献整个生命去完成，这件事就是学习。人要学习的东西实在太多太多，知识要学，做事要学，做人要学，三百六十行的大事小情要学，可谓学无止境。所以学习成了人生最繁重又最具意义、最难完成又不得不做的大事。

善学习，是对一个人很高的评价。

人的爱好五花八门，学习就是其中之一。但凡人有了一种爱好，也就有了看世界的一种特别眼光，甚至有了一个属于自己的特别世界。不过，和别的爱好相比，学习的爱好能够使人获得一种更为开阔的眼光，一个更加丰富多彩的世界。我们可以据此把人分为爱学习和不爱学习的人，再看看现实中，这两种人其实生活在很不相同的世界。

让活学活用成为一种习惯。

《鬼谷子的局》一书中说:“局为死，弈为活。书为死，用为活。”“纸上得来终觉浅，绝知此事要躬行。”学习的目的全在应用。而且，最为重要的是，有的“经验”是学不来的，只有在实践中才能慢慢积累。这就要求我们必须敢于实践，果断地将理论与实践相结合，以实际问题为出发点，“用活”所学所思，让活学活用、知行合一成为一种习惯。

五、人生是有命的，要力争

生于什么年代，遭逢何种变故，遗传哪些疾病，这些都是命。此时此刻，你在这里，为什么不前不后，不早不迟，正好在这里？这也是命。命者，环境制约也。任何人，都生活在一定环境之中，有些环境，会影响甚至决定人的一生。

你的命运，一半在自己手里，另一半在上天手里。你的努力越超常，你手里掌握的就越庞大。在你彻底绝望时，别忘了自己拥有一半的命运；在你得意忘形时，别忘了上天手里还有一半你的命运。你一生的努力就在于，用自己手里的这一半去获取上天手里的那一半。这就是命运的一生，这也是一生的命运。

虽命由天，但势可为。一定的时候，要学会心平气和，接受当下之“命”，更多的时候，要奋力争取，只求“势”之可为。

六、生活是有度的，要懂得

做事恰到好处，做人恰如其分。奋斗是必须的，幸福都是奋斗出来的。但急功近利，毕其功于一役，身体跨了，一切等于零。享受是当然的，会生活比成功更重要，但整日沉溺其中，何异行尸走肉。励志没什么不好，关键是励什么志。完全没有精神目标，一味追逐世俗功利，这算什么“志”，恰恰是胸无大志。

有些人喜欢安静，愿意在一个安静的位置上，去看世界的热闹，去看热闹背后的广袤世界，可谓极品生活，但追求过度，则会变成抑郁症患者的重要性格特征。在有些人眼里，人生是碟乏味的菜，为了咽下这碟菜，加佐料，找刺激，日子有声有色，但渐渐误以为热闹就是生活的常态，热闹之外别无生活，最后终于只剩下了热闹，没有了生活。

吃饭只需八分饱，病从口入，王孙庶子，概莫能外，孩子可爱不可骄。

对好人不能太好，太好他会认为你太好说话。对恶人不要太恶，太恶会把他逼入绝境，调转身来，以死相搏。

七、成功是相对的，要清醒

有一些渺小的人获得了虚假的成功，他们的成功很快就被历史遗忘了。有一些伟大的人获得了真实的成功，他们的成功被历史永远记住了。但是，还有更多优秀的人，他们完全淡然于成功，最后也确实与成功无缘。对于这些人，历史既没有记住他们，也没有遗忘他们，这便是一种超越历史、超越常规、超越常态的成功。

挣大钱挣得心力交瘁，寝食难安；当大官当得谨小慎微，首鼠两端。这样的成功到底有多大意思？做着平凡的小事，挣着不多的小钱，一家老小和和睦睦，亲朋好友其乐融融，这难道不是人生的成功？

我们常常看到，最凄凉的不是失败者的哀鸣，而是成功者的悲叹。在失败者的心中尚有追求的东西：成功。而获得成功仍然悲观的人，他的一切幻想都破灭了，已经无可追求。失败者仅仅悲叹自己的身世；成功者若悲叹，必是整个人生。

人人都希望成功。你所追求的到底是别人眼里的成功，还是自己体会的成功？

八、友情是终生的，要用心

人生是需要朋友的，没有朋友的人生将是孤寂的、不完美的人生。至交好友，是人生的另一个你，世界上最懂你的，也许只有你的好友。

管鲍之交，千百年来成为交友的典范，就是因为我懂你，你懂我。管仲曾说：“生我者父母，知我者鲍子也”。

交友的过程是一个互补的过程。你的不足如果正是朋友的长处，你的拿手把戏恰好是朋友的致命短板，那么，你们就是对方需要和企盼的人，交友不必似我，似我不如无友。交友要懂得求同存异。求同，志同道合，道不同不相为谋也。存异，允许对方有不同的观点和行为，只要不过分离经叛道，就要尊重。交友也不能一味对他人吹毛求疵。金无足赤，人无完人。人非圣贤，孰能无过？过而能改，善莫大焉。求全责备的人常常成为孤家寡人。

当然，交友不慎而深受其害者大有人在。其中意味，明者自明。

九、运动是快乐的，要坚持

为什么真正重视运动的人越来越少？少数中还以老者居多。这不仅是我们的不幸，更是社会的不幸。

回想我们的童年时代，常将“生命在于运动”挂在嘴边，然而随着年岁渐长，这些强调运动重要性的理念都被扔在了生活的尘埃里。没错，身体健康原本就是年轻的资本，可是我们享受着未经岁月风蚀、活力四射的健康体魄时，是不是还应该懂得对健康的科学储蓄？不要因为拥有的平常而忽略了珍惜的重要。当你偶尔于林间小路邂逅一位晨练的老人，有没有注意过他沧桑眼神中难掩的羡慕？不要在失去后才悄然醒悟——健康才是此生唯一亲己的财富。

运动可以带来快乐，科学合理的运动方式赐予我们百病不侵的身体。在我们行路匆匆，于求知追梦的征途中疲惫奔波时，千万不要将科学的运动理念束之高阁。青春远逝，不会为任何理由略做停留，但是与运动相生的快乐、健康将会伴你安度此生。

快乐运动，健康运动，从心开始，从现在开始，只要开始就不晚。

十、孝顺是必须的，要传承

父母给孩子东西时，孩子笑了；孩子给父母东西时，父母哭了。生活中这样的场景，我们大都经历过。我们是鸟儿，父母是天空；我们是鱼儿，父母是海洋；我们是花儿，父母是大地。他们永远守护着我们，呵护着我们。他们为我们做了许多事，在父母眼中，我们是他们的一切，他们把我们看得比一切都还重要！我们哭泣，他们难过，我们开心，他们快乐。在家，最晚睡觉的是父母，最早起床的也是父母。在外，勤勤恳恳、任劳任怨的是父母，只管耕耘、不问收获的还是父母。

感恩父母，孝敬父母，天经地义。但现实生活中，有的人对子女疼爱有加，却很少关心父母；有的人挣钱很多，却很少孝敬父母；有的人对上级极尽溜须拍马之能事，却很少顾及父母的所想所需所盼……试想，一个对给予自己生命并哺育自己长大的父母都不知报答的人，又怎么能指望他去爱别人、爱社会、爱祖国呢?

孝是稍纵即逝的眷恋，孝是无法重现的幸福。孝是一失足成千古恨的往事，孝是生命与生命交接处的链条，一旦断裂，永远无法连接。

（写于 2020 年 3 月 3 日）

人生十误

一、傲之误

傲气者，骄傲自负，盛气凌人，不可一世。当一个人沾染上了傲气就会飘飘然，就会看起来很嚣张，就会让人离之远之。傲气者听不进批评和忠告，辨不清真假与是非。傲气，往往是一个人失败的先兆。千罪百恶，皆从傲上来。虚心使人进步，骄傲使人落后，这是个亘古不变的真理。一个骄傲的人，结果就是在骄傲里毁灭了自己。

人不可以有傲气，但不可以无傲骨。

二、躁之误

当下社会，最容易犯的毛病就是躁，缺乏平和之心、平静之状、平淡之态，慢一点、静一点、和一点成了一种稀缺。沉不住气、静不下心，耐不住寂寞，挡不住诱惑。急躁、暴躁缺失的是理性、理智和沉稳，带来的是一时冲动，造成的是一世追悔。很多时候，因为没有“控制住自己”“把握好自己”而酿成不可收拾的结果，最后前功尽弃，倒在了成功前的“一米线”上。

有才而性缓，定属大才；有智而气和，斯为大智。

三、滑之误

说人不关痛痒，论事不知所云，道物不置可否，此乃圆滑、油滑、狡猾的真实写照，现实中称为“老油条”。圆滑的人表现得油嘴滑舌，特别善于耍嘴皮子，让人不踏实；油滑的人轻浮不正经，给人以反感；狡猾的人则更进一步，是圆滑、油滑的一种极致，诡计多端不可信，阴险奸诈不可交。自以为聪明却误了卿卿性命，自以为左右逢源却里外不是人，落个聪明反被聪明误。

老老实实最能打动人心。

四、欲之误

《礼记·曲礼上》：“傲不可长，欲不可纵，志不可满，乐不可极。”

“物自腐而后虫生”，放纵自己就是毁灭自己，过多的欲望不仅不能让我们真正得到享受，反而会给我们带来巨大的危害。孔子说：“从心所欲不逾矩。”真正的享受应是有理性的节制，虚假的享受才是愚蠢的放纵。奢华不但不能提高生活质量，往往还会降低生活质量，使人耽于物质享受，远离精神生活。而物质带来的快乐终归是有限的，只有精神的快乐才可能是无限的。遗憾的是，现在人们都在拼命追求有限的快乐，甘愿舍弃无限的快乐，结果普遍活得不快乐。

能控制自己是最强者的本能。

五、惰之误

懒惰是一种恶劣的精神重负，人们一旦背上了懒惰这个包袱，就只会怨天尤人、精神沮丧、无所事事。懒惰是一种毒药，它既毒害人们的肉体，也毒害人们的心灵。一条懒惰的狗都遭人唾弃，一个懒惰的人当然无法逃脱世人对他的鄙弃和惩罚。懒惰等于活埋了一个人，克服懒惰最直接、最有效的方法就是使自己忙碌起来。

勤奋是智慧的双胞胎，懒惰是愚蠢的亲兄弟。

六、过之误

过失，过失，一过就失；过错，过错，一过就错。犹如真理过了，就成了谬论；真诚过了，就成了虚伪；聪明过了，就成了狡猾；认真过了，就成了刻板。做人要把握分寸，做事要掌握尺度。做人要心无边，行有度；做事要进有招，退有术。有些事，你看到了并非看清了，看清了并非看懂了，看懂了并非看穿了，看穿了并非看开了。

人生有度，过则为灾。

七、假之误

虚荣、虚伪、虚假，共同特点都是说假话，办假事，戴面具。这样的人或许一时走得快，但绝对走不远。因为虚荣、虚伪、虚假是一个人进步前行的“障碍物”，“时穷节乃见”“动荡识忠医”，假的就是假的，它最经不起时间和危难的考验。虚荣就是打肿脸充胖子。虚荣者容易轻浮，轻浮者容易受骗，受骗者容易受伤，受伤者容易沉沦。许多沉沦，始于虚荣。

名节地位是衣裳，不妨弄件穿穿。但对己对人切不可以穿戴取人。

八、俗之误

人可以随俗，但不可以媚俗，媚俗是一种讨好、取悦、迎合和迁就的行为，是尊严的迷失和放弃，媚俗者缺乏自我思想，自我理智，只知随波逐流。做人要懂得示好，但决不能一味地讨好。世俗是残留在人身上一些不良的习气，贪财、势利、见利忘义等等。在这样一个世俗社会里，要知世故而不世俗，虽不可能超凡脱俗，但不可沾染世俗低俗。保持一份清高、一份矜持，这或许是屏蔽风险，防止被“拉下水”，被人围猎的一道“防火墙”。

不要世俗地活着，才有不俗的未来。

九、嘴之误

祸从口出，病从口入。语言的杀伤力有时候胜过刀子。管住嘴是一个人最高的情商。为人处事，最重要的是嘴下留情。不传他人谣言，不议别人是非，是一种修养。不该说的话不要说，该说的话要谨慎说，这是一个人的口德。管住自己的嘴，说话注重场合，言必讲究方式，多做事，少说话，会少了不少是非。有心人说过，一个人一天当中有用的话不会超过三句。

我们用了两年学会说话，却要用一辈子学闭嘴。

十、心之误

人在年轻的时候会给自己规定许多目标，安排许多任务，设计许多梦想，入世是基本的倾向。中年以后，就应该多少有一点出世的心态了。所谓的出世，并非纯然消极，而是与世间的事务和功利拉开一个距离，活得洒脱一些。就应该基本戒除功利心、贪心、野心，给善心、闲心、平常心让出地盘了，它们都源自一种看破红尘名利，回归生命本质的觉悟。如果没有这个觉悟会怎样呢？据说老年容易变得冷漠、贪婪、自负，这也许就是答案吧。

你一生的福祸都长在心里，播下什么种子就开什么花，也就会结什么果，真的没有办法。

（写于 2020 年 3 月 8 日）

官场十悟

一、信念和信心是安身立命的“压舱石”

人无信念没精神，人无信心没力量。信念就是做人有大是非、做事有大方向、做官有大原则。信心源自内心的一种自信，自信的人往往表现得自立、自主、自强。遇事敢作主，愿作主，能作主；遇困难和挫折不气馁，不屈服，不耍滑，可以被打败但不会被打倒；遇干扰和杂音不为所惑，不为所诱，不为所动。有信念、有信心是“人生成功的第一秘诀”。

二、本事和能力是行遍天下的“硬通货”

任何时候，本事和能力都是行遍天下的硬通货。即使一时怀才不遇，也不能破罐子破摔。记住，天阴总有天晴时。“做正确的事”和“正确地做事”同等重要。恃才傲物、任性使性是官场的大忌，这样的人迟早是要付出代价的。太书生气的人、个性太强的人、抗压能力差的人、爱钻牛角尖的人，最好不要从政。走门子，搞投靠、找后台，其实最靠不住。即使一时容易见效，但最终可能忽悠了领导也忽悠了自己。

三、说话和写作，是为官从政的“基本功”

说话是一门艺术。行走官场，说话有时比做事更为重要。须知，说者无意，听者有心。独居守心，群居守口。什么话能说，什么话不能说，在什么时候说，什么地方说，心中要有杆秤。“万言万当，不如一默。”在看不清、吃不准、摸不透时，沉默是上策。切记，嘴是用来吃饭的，不是用来惹祸的。能写是一门技术。“纤笔一枝谁与似？三千毛瑟兵。”既是当下热门货，又是日后潜力股，前提是不要只会写。

四、尊上和善下是成败关键的“金钥匙”

重要、必要的事，皆向领导汇报，切不可自以为是，自作主张。对领导作出的决定，理解的执行，不理解的也不宜当面叫板。不要动不动就对自己上司不满，甚至对着干，这是一种极其弱智的行为。同事之间，淡则长久，过密易疏。尊重领导，呵护部下。无论何时都要有一颗感恩的心，永远记着别人的好。要懂得，离开了组织、离开了同事，离开了朋友，你什么也不是。嫉妒别人，不如向别人学习；伤害别人，不如拉人一把；对人的一点恩惠，别要求回报；吃一点亏，不代表一辈子吃亏。

五、定力和闯劲是高人一筹的“杀手锏”

当下，最为可贵的是定力。能够挡得住诱惑，耐得住寂寞，守得住清贫，坐得住“冷板凳”，不被忽悠，不被糊弄，不被棒杀和捧杀。在一些敏感时期，不要像无头苍蝇一样到处乱飞。有时候，与其在乱局里蹦来跳去，还不如找个凉快的地方蹲着。闯劲既是一种精神状态，又是一种本事和能力，既需要勇气，又需要办法，它是一个人慧根、慧心和慧眼的聚合。既有定力，又有闯劲，才能走在他人前面。

六、看清和看淡是幸福快乐的“活力源”

看清的根本就是要看清官场。官场就是一张无形的网，身处其中的人便是网上的一个结，只不过位置高低、结的大小不同而已。灰色是官场的底色，并非简单的非黑即白，官场不是白玉无瑕，更不是漆黑一团。把规则不当规则，必定失败；把规则太当规则，却不一定成功。追求职位的提升，是人之常情，关键在于要拿得起，看得开，放得下，中举疯癫的范进至今仍是人们的笑谈。不要为谋求一个位子而无所不用其极，置人情亲情于不顾，丧失了做人的底线。要知道早当官，晚当官，早晚不是官。

七、家人和贵人是爬坡过坎的“助力器”

一个人的成长进步，个人努力是关键，起着决定性的作用，但离不开家人的支撑，贵人的相助和高人的指点，同时也离不开友人的抬举和他人的监督。这几种人中，家人往往是真正的贵人，而贵人又恰恰是真正的高人，家人和贵人才是一生真正的财富。这些人，能让你的关键点成为转折点，能让你的人生抛物线尽快找到腾飞的切入点。官场不过是临时的驿站，家庭才是永远的港湾，不仅要演好官场的角色，更要演好家庭的角色。恩人不是一辈子的贵人，但贵人是一辈子的恩人。助人，不求回报；被帮，不忘感恩。

八、大度和大气是轻装上阵的“通行证”

大度者，包容也；大气者，豪爽也。世界再大，大不过包容的心，忍人所不能忍，容人所不能容，处人所不能处，君子也。宽容、包容才能融合、融入，理解、信任是一种境界，被理解、被信任则是一种幸福。山峰再高，高不过大气的人。而大气的养成需要想办法干大活，上大舞台，经受大考验。绝处逢生者必定有大彻大悟，劫后余生者必定会淡定从容。有什么样的追求，就有什么样的舞台，你不努力，谁也没办法！一边做事一边发牢骚，就像割肉敬神，肉也割了，神也得罪了。做了，一定有人看得见，回报只不过是早晚的事。做人有多大度，心态就会有多阳光；做人有多大气，事业就会有多成功。因为胸怀，才是优秀者的标志，而且，越努力，越幸运。

九、交流和换岗是顺风顺水的“催化剂”

古人云：树挪死，人挪活。过去是，现在是，将来也是。一个人总在一个地方、一个位置上不变，不仅自己觉得无趣，别人也会认为无味。交流到新的地方，轮换不同的岗位，从而触动另类神经，激发特殊的感觉，大多收到不错的效果。有句话说得好，成功源于改变。对待生活的任何状况，都不必执着于一种方式，不妨改变一下，可能人生就此迎来转机，找到一条更加光明的道路。现实中，人们大多不愿换岗，更不愿交流，因为惧怕新的环境可能“水土不服”，但是，对于一个真正有实力的人来说，机会是会以各种面目出现的。

十、自律和自省是行稳致远的“护身符”

人可以放下但不可以放肆，可以放松但不可以放纵，可以放开但不可以放任，自律和自省就是一种自我敲打，经常把自己放在“显微镜”“放大镜”和“镁光灯”下去审视、检验，始终保持慎独、慎初、慎微，如履薄冰，如临深渊，常怀敬畏、不敢懈怠。要始终明白一个道理，做人成功、做事不成功是暂时的，做人不成功、做事成功也是暂时的，而做人做事都成功，做“官”必然是成功的。

（写于 2020 年 3 月 11 日）

余生，活成自己喜欢的模样

人生是一个苏醒的过程，只有到了一定的年龄才终于明白，这世间没有一条平坦的路可走，每个人都会有自己难以言说的伤痛。而且每一次伤痛都会让你更加成熟，每一次磨难都会让你更加坚强。痛过了，你才知道活着的美好，伤过了，你才明白什么对你更加重要。

每一个懂事淡定的现在，都有很傻很天真的过往；每一个温暖而淡然的如今，都有悲伤而不安的曾经。回首过去，不要偏偏委屈了自己。无论什么，拥有的时候才是真正属于你的，一旦失去了，就都成了水中月、镜中花。感情是这样，时间是这样，生命也是这样。那脸上每一条经历过风雨的皱纹和这些皱纹背后隐藏的故事告诉我们，余生，要以心甘情愿的态度，过自主自在的生活。一句话，活成自己喜欢的模样。

到了现在这个年纪，我们也就知道了，谁也不想再取悦了，跟谁在一起舒服就和谁在一起。包括朋友也是，累了，就躲远一点。取悦别人远不如快乐自己。宁可孤独，也不违心；宁可抱憾，也不将就。能入我心者，我待以君王；不入我心者，不屑敷衍。往事浓淡，色如清，已轻；

经年悲喜，净如镜，已静。再没有一番心思许与谁，唯一要做的是，好好珍惜对你好的人，好好看重一直陪伴在你身边的人，好好把握眼前能看到且怀里能拥抱的人。

到了现在这个年纪，我们也就知道了，一首曲子都能唤起一段岁月的回忆，一段文字便能体味一种心情。有时，我们读懂了时光，才知道自己需要的是什么。原来，千般跋涉，只是蓦然回首；万种寻找，只需临渊止步。终会发现，自己的心才是灵魂的居所。识得进退，懂得回归，终能寻到生命最初的简单，获得真正的平静与安宁。一个人对于人性有了足够的理解，他看人包括看自己的眼光就会变得既深刻又宽容，在这样的眼光下，一切隐私都可以还原成普通的人性现象，一切个人经历都可以转化成心灵的财富。

世界就是大海，每个人都是一只容量基本确定的碗，每个人的幸福便是碗里所盛的海水。我看见许多可怜的小碗在海里拼命翻腾，为的是舀到更多的水，而那为数不多的大碗则很少动作，看上去几乎是静止的。

给人带来最大快乐的是人，给人带来最大痛苦的也是人。

到了现在这个年纪，我们也就知道了，宁静致远，静而不争也没什么不好，没必要挤进人群强颜欢笑。“静”是我们一生的追求，唯有懂得静心，懂得静而不争，才能控制好自己的人生。

人生就这短暂的几十年，有什么可争的呢？和名利争，欲望就会膨胀；和命运争，路上就会平添负重；和亲人争，势必疏远，得不偿失；和爱人争，只能让生活多了琐碎，少了宁静；和朋友争，只能让感情越来越淡，渐行渐远渐无声了……人活着，没必要凡事都争个明白，水至清则无鱼，人至察则无徒。争的是理，输的是情，伤的是自己。

到了现在这个年纪，我们也就知道了，脾气再好，也不代表没有。没必要委屈自己活成谁都喜欢的样子。获得他人的理解甚至获得他人的喜欢是人生的巨大快乐。然而，一个孜孜以求理解，日夜追逐喜欢，没有他人的理解和喜欢就痛不欲生的人却是个可怜虫，把自己的价值完全寄托在他人的理解和喜欢上面的人往往并无价值。卢梭说：“大自然塑造了我，然后把模子打碎了。”这话听起来自负，其实适用于每一个人。可惜的是，多数人忍受不了这个失去了模子的自己，于是又用公共的模子把自己重新塑造了一遍，结果，彼此变得如此相似。人，能活成自己不是一件容易的事，但毕竟人的生命只有一次，所以必须活出点样儿来，活出点味儿来，活出点真性情来。

到了现在这个年纪，我们也就知道了，谁规定每个人一定要活得精彩？我本平凡，不求精彩，只求自在。人这一辈子，忍着、让着、委屈着，不管多谨慎，都会把人得罪，不管多聪明，都会上当吃亏，不管多认真，都有遗憾和后悔。于是乎，精彩者寡，平凡者众。所以，要留一点时间，去回味时光里的深深浅浅，那些岁月里的悲欢，不欲说与谁听，只和着茶香一饮而下，然后铭记，或者遗忘。平淡的日子里，在心中开一扇晴窗，种满花朵和阳光，让岁月，安然抵达彼岸。期待，老去的那一天，可以放下忙碌，只守着一方庭院，种半亩花草，半亩田；写一段文字，写半点思绪，半点闲。如此，便也是这一世的安暖。

（写于 2020 年 3 月）

一把解决人生问题的金钥匙

人生就像一本书，翻开来全是故事，合上了都是回忆。生命，每个人只有一次，或长或短；生活，每个人都在继续，或悲或欢；岁月，每个人都在旅途，或顺或舛。故事的每段经历都会让我们成熟，也让我们渐渐懂了，一切看淡，一切随缘，一切顺其自然。只有心静了，才能听见自己的声音，只有心清了，才能看清万物的本质。

人这辈子，有多少人羡慕你就有多少人讨厌你；有多少人妒恨你就有多少人喜欢你。没关系，这些人都是外人。生活就是这样，你所做的一切不可能让每个人都满意。不要为了讨好别人，而丢失了自己的主见。更何况，一样的耳朵，不一样的听力，一样的眼睛，不一样的视线。人有不足，事有不满，有些小人，你无须计较，计较会累；有些琐事，你不必在意，在意会烦。

生活，要的是质量，要懂得，无事心不空，有事心不乱，大事心不畏，小事心不慢。其实人生，一切的根源都是自己。别人让你生气，不是别人的问题，是因为你格局不够大气！别人让你痛苦，不是别人的问题，是因为你胸怀不够豁达！别人让你焦虑，不是别人的问题，是因为你不够自信和从容！我们来到这个世界的时候是不得不来，最终我们离开这个世界的时候也是不得不走，能在薄情的世界活出深情才算本事。人生不容易，为人要正直，做人要善良。十年河东，十年河西，家财万贯，买不了太阳不下山；身无分文，不一定日后没江山。而且，当下有语，不是你现在有多少钱，而是你还能活多少年？

心盛的时候听听《好了歌》。

世人都晓神仙好，唯有功名忘不了！
古今将相在何方？荒冢一堆草没了！
世人都晓神仙好，只有金银忘不了！
终朝只恨聚无多，及至多时眼闭了。
世人都晓神仙好，只有娇妻忘不了！
君生日日说恩情，君死又随人去了。
世人都晓神仙好，只有儿孙忘不了！
痴心父母古来多，孝顺儿孙谁见了。

时至今日，不论为官还是为民，不论为人父母还是为人子女，有多少人能参透《好了歌》的本意？我们还不是依然死死苦追着功名和金钱，痴迷着所谓的声名和美色，并不顾一切地把最疯狂的溺爱倾注在孩子身上，以为这样就能培养出好孩子以及孝顺孩子。为了这欲那望，我们早已忘记了自己的初心，忘记了自己的梦想，也忘记了自己存在的真正意义。

心乱的时候读读《半字诗》。

自古人生最忌满，半贫半富半自安；
半命半天半机遇，半取半舍半行善；

半聋半哑半糊涂，半智半愚半圣贤；
半人半我半自在，半醒半醉半神仙；
半亲半爱半苦乐，半俗半禅半随缘；
人生一半在于我，另外一半听自然。

把握好每天的生活，照顾好独一无二的身体，就是最好的珍惜。人生如天气，可预料，但往往出乎预料。不管是阳光灿烂，还是聚散无常，一份好心情，是人生唯一不能被剥夺的财富。得之坦然，失之泰然，随性而往，随遇而安，一切随缘，是最豁达而明智的人生态度。想得太多，容易烦恼；在乎太多，容易困扰；追求太多，容易累倒。

心静的时候诵诵《宽心谣》。

日出东海落西山，愁也一天，喜也一天。
遇事不钻牛角尖，人也舒坦，心也舒坦。
每月领取养老钱，多也喜欢，少也喜欢。
少荤多素日三餐，粗也香甜，细也香甜。
新旧衣服不挑拣，好也御寒，赖也御寒。
常与知己聊聊天，古也谈谈，今也谈谈。
内孙外孙同样看，儿也心欢，女也心欢。
全家老少互慰勉，贫也相安，富也相安。
早晚操劳勤锻炼，忙也乐观，闲也乐观。
心宽体健养天年，不是神仙，胜似神仙。

生活不可能像你想象的那么好，但也不会像你想象的那么糟。懂得如何避开问题的人，胜过知道怎样解决问题的人。在这个世界上，不知道怎么办的时候，就选择学习，也许是最佳选择。胜出者，往往不是因为能力而是观念。

积极的人在每一次忧患中都看到一个机会，而消极的人则在每个机会中都看到某种忧虑。关键是手里有没有那把解决人生问题的金钥匙——心态。心态，能够解决人生中 80% 的问题，倘若无法成为心态的主人，你注定就是个弱者。

（写于 2020 年 4 月）

人，就要活得没有时间和年龄

人生就像一扇门，有人悲观于门内的黑暗，有人却乐观于门内的宁静；有人忧愁于门外的风雨，有人却乐观于门外的自由。其实，人生活的就是一种心情，保持一个良好的心态，人生就是一个快乐的天堂。

这个世界上，并不是所有的东西都符合想象。有些时候，山是水的故事，云是风的故事；也有些时候，星不是夜的故事，情不是爱的故事。生命的旅途中，有许多人，走着走着就散了；有许多事，看着看着就淡了；有许多梦，做着做着就断了；有许多泪，流着流着就干了。于是渐渐明白：人生总是有许多无奈、失望、彷徨，苦过了，才知道甜蜜；痛过了，才懂得坚强；傻过了，才收获成长。人生，原本就是风尘中的沧海桑田，在真实的笑里哭着，在真实的哭里笑着。一路走来，你会发现，良好的心态于我们，一直是一种牵引，心中要有桃花源，何处不是水云间！

我欣赏这样一句话：人，就要活得没有时间和年龄。生命中既忘记时间又忘记年龄，这是何等的大道至简，不仅是一种豁达，更是一种境界。一位哲人说得好，最伟大的真理最简单，同样，最简单的人也最伟大。事实就是这样，人，一简单就快乐，但快乐的人寥寥无几；一复杂就痛苦，可痛苦的人熙熙攘攘。这种现象反映出，现实中很多人，要活出简单来不容易，要活出复杂来很简单。追求幸福是人们的共同目标，可生活中一些人总是在接近幸福时倍感幸福，在幸福进行时却患得患失。因此，一个人只有改变内在的心态，才能改变外在的世界。

我们从出生，长大，步入中年，到现在，时间总是在不断地催促我们快步向前，年终岁尾，新旧交替时比以往任何时候都显得更激烈。如今回头看，人生哪有那么复杂，我们不过是遇见了许多人，经历了许多事，然后慢慢老去。此外，生活就是柴米油盐，诗和远方。一次又一次的变化，让我感到人在卸下附加在身上负担的时候，更清楚生命的意义在哪里。一个偶然的提醒，促使我用记忆这把钥匙打开了往事的大门。我开始把过去写的那些稚嫩而真诚的诗词翻腾出来，用晚上和节假日的时间，整理、修改、欣赏，回放了我从喜欢诗词到试着写诗词的年轻岁月。正是这些，伴我度过了从“初读不懂诗中意”到“再读已是诗中人”的黄金年华，也正是这个时候我明白了，一个人成熟的重要标志就是该动脑的时候不再动情。这个回忆的过程，更让我懂得，人这一生就是要把自己活成一种方式，活得没有时间和年龄，这才是最美的修为。而这最美的修为恰恰修的就是一颗心。心柔顺了，一切就完美了；心清净了，处境就惬意了；心快乐了，人生就幸福了。

人，不到一定的年纪是不会思考这个问题的。在这喧闹的凡尘，我们都需要有一个适合自己的地方。也许是一座安静宅院，也许是一本无字经书，也许是一条迷津小路，只要是自己心之所往，都是驿站。特别是到了主业不那么重要的年龄，闲情逸致带给一个人的幸福指数，同样证明着一个人的精彩或平凡。可是，有些事情，年轻时无法懂得，当我们懂得的时候，已不再年轻。比起那些上班时只会开会，退休后无所事事的人，每每看到有的人离开工作岗位，把生活安排得充实而有趣，紧张而有规律，没有时间、忙得乱转却快乐无边，心中平添了不少敬重和羡慕。因为，他们真的忘记了自己的年龄。

人这一辈子，不管活成什么样子，都不要把责任推给别人。一切喜怒哀乐都是自己造成的。人生就是一个不断与自己的欲望抗争博弈的过程。适度的欲望可催人奋进，但若我们放任欲望，任其恣意生长，欲望最终会成为我们走向理想之地的绊脚石与沼泽地。面对过多的欲望与选择，什么都想要的结果是什么都得不到，只有明白什么是自己想要的，向着一个目标出发，朝着一个地方使劲，才有可能获得你想要的人生。

（写于 2020 年 5 月）

后知后觉

1. 用你的笑容去改变这个世界，别让这个世界改变你的笑容。

2. 世界很单纯，人生也一样，看似各色人等，泥沙俱下，本质上还是你一个人的世界。你若澄澈，世界就干净。你若简单，世界就难以复杂。

3. 一个人最低级的欲望就是放纵，最高级的欲望就是克制。

4. 所有人都会在轻视他人时很迟钝，被他人轻视时很敏感。

5. 一个民族有一群仰望星空的人，他们才有希望。一个民族有一群脚踏实地的人，他们才能实现希望。

6. 人生一半的麻烦，都是由于说“行”太快，或说“不行”太慢造成的。

7. 每一个你讨厌的现在，都有一个不够努力的曾经。

8. 我以为时间是最好的偏方，原来治好的全都是皮外伤。

9. 晚年幸福的秘诀不过就是和孤独签下一份不失尊严的协议罢了。

10. 一直认为，所谓新鲜感，不是和未知的人一起去做同样的事情，而是和已知的人一起去体验未知的人生。

11. 一个人三十岁之前不狂多半没出息，三十岁之后还狂，肯定没出息。

12. 世界上有两种人：索取者和给予者，前者也许吃得更好，但后者绝对睡得更香。

13. 含泪播种的人一定含笑收获。

14. 眼泪，有时候是一种无法言说的幸福，微笑，有时候是一种没有说出口的伤痛。

15. 人生四个境界：不想上学，不想上班，不想上医院，不想上西天。

16. 不要指望谁陪你一辈子，没光的时候连影子都会离开你。

17. 金钱就像水一样：缺水，渴死；贪多，淹死。

18. 到了一定年龄，重要的人越来越少，但留下的人越来越重要。

19. 遇到事，先处理情绪，后处理事情，情绪处理不好，事情会更糟糕。

20. 每当我找到了成功的钥匙，就有人把锁给换了。

21. 有时候，不是对方不在乎你，而是你把对方看得太重。

22. 会飞，不是因为它有翅膀，而是因为它没有包袱。

23. 有时候，以为天要塌下来了，其实，是自己站歪了。

24. 人之所以犯错误，不是因为他们不懂，而是因为他们自以为什么都懂。

25. 你从八十楼往下看，全是美景，但你从二楼往下看，全是垃圾。人若没有高度，看到的全是问题；人若没有格局，看到的全是鸡毛蒜皮。

26. 不管你多大年龄，什么性格，只要你有太容易相信人的特点，你就拥有了绝对死穴。

27. 有些人将就了一辈子才明白，原来可以将就下去就已经是爱了。没有一个人是完美的，能忍耐你缺点的那个人，就是爱人。

28. 有的人把心都掏给你了，你却假装没看见，因为你不喜欢；有的人把你的心都掏空了，你还假装不疼，因为你爱。

29. 这世上最憋屈的，大概就是越爱越远的人和越等越大的雨。

30. 一个真正的英雄，一生必然经历过两个阶段，第一个是逆境，第二个是绝境。成熟在逆境，醒悟在绝境。

31. 树木结疤的地方，也是树干最坚硬的地方；而我们受伤的地方，后来都长出了腾飞的翅膀。

32. 世界上 1% 的人是吃小亏占大便宜，而 99% 的人是占小便宜吃大亏，大多数成功人士都属于那 1%。

33. 本事不大，脾气就不要太大，否则你会很麻烦；能力不大，欲望就不要太大，否则你会很痛苦。

34. 智者以理智控制情绪，愚者用情绪控制理智。

35. 一个有教养的人，就像冬日里的太阳，温暖着寒冷的世界。

36. 优秀的人不一定都是自律的，但自律的人通常都会比较优秀。

37. 对有教养的人一定要有教养，对没教养的人一定要比他有气场。

38. 圆规为什么可以画圆？因为脚在走，心不变。你为什么不能圆梦？因为心不定，脚不动。

39. 你从不担心自己配不上优秀的人，你只会担心自己配不上喜欢的人。

40. 每一个牛人，都曾有一段沉默的时光。

41. 路的尽头，自然是路，只要你愿意走。

42. 每一个你所浪费的今天，都是昨天死去的人曾经奢望过的明天。每一个你所厌烦的现在，都是未来的你想回也回不去的曾经。

43. 负担，挑得起就是礼物，挑不起就是包袱；压力，撑得住就是成长，撑不住就是苦难。

44. 把身边的人看成宝，你就是聚宝盆；把身边的人看成草，你就是稻草人。

45. 人有时要向伞学习，你不为别人遮风挡雨，谁会把你举过头顶。

46. 如果眼前有阴影，不要怕，那是因为你的身后有阳光。

47. 没在长夜哭过的人，不足以谈人生。

48. 每个人心中都有一团火，但路过的人只看到了烟。

49. 不要总是把好的东西送给了陌生人，却把差的一面留给身边人。

50. 宁可保持沉默像傻子，也不要一开口就证明自己是傻瓜。

51. 莫与小人为仇，小人自有对头。

52. 当你毫无保留地信任一个人，最终只有两种结果，不是生命中的那个人，就是生命中的那堂课。

53. 你之所以感到孤独，并不是没有人关心你，而是你在乎的那个人没有关心你。

54. 不要假装努力，因为结果不会陪你演戏。

55. 小时候一直不理解，父母为什么可以那么早起床，长大后才明白，叫醒他们的不是闹钟，而是生活和责任。

56. 生命需要感恩的种子，才能种出有“人情味儿”的生活。

57. 这个世界上有两件事等不得，一是尽孝，二是行善。

（写于 2020 年 5 月）

后记

渐渐地……

渐渐地，庚子年已过半。

长期以来，不论是讲话还是写文章用过多次“不知不觉”这个词，仿佛很懂的样子，此时才恍然小悟，“不知不觉”的意思，其实就是“渐渐地”。

渐渐地，不爱凑热闹了。不爱往圈子里钻，不爱出风头，不爱与人争论了。无数事实已经证明，越是热闹的地方越无聊，热闹的时间越长越耽误自己的时间。热闹只能看，偶尔看上一看，权当消遣。与其把宝贵的时间浪费在参与热闹的所谓热情上，倒不如安静地做点自己喜欢做的事儿，得清静，得心安。也终于相信，每个人所处的环境不同，经历的人和事不同，思想认识和观念不同，无须争论谁对谁错，存在即是合理的，面红耳赤之后还不是握手言和。

渐渐地，不想远行了。追问过路的尽头是什么，去过之后，才知道路的尽头还是路，或者是另一条路而已。时间无限，生命有限，你不可能一直走，一直找，更不可能走到一条河、一座山、一条路的尽头。过了狂妄的年龄，终于信了山外有山，人外有人。把心交给当下，交给今天，交给此时此刻，把眼下手头这件事儿做好，脚踏实地，不好高骛远。渐渐地，就会发现从出发的地方开始算，居然已经走了很远。可是不管走多远，都要清楚地看到，站在起点的那个人影——善良、真诚、无邪、进取、宽容、仁爱的面容。

渐渐地，喜欢思考人生了。生命之所以为生命，就在于它“生”的真实存在和“命”的真正价值。拥有生命就是一种幸运，我们应该感谢和感激大自然对我们的恩贿，好好珍惜，及时把握。人生是自己的，不管是儿孙满堂还是孤家寡人，总得要走完它。成功只有一个——按着你自己的方式去度过一生，一定要是自己心中的人生而不是别人嘴里的人生。

渐渐地，有点迷恋草木了。一株草、一棵树、一片叶子、一朵花，都有智慧，都在遵循从出生到萌芽到成长再到辉煌，最后衰败，再从衰败到出生到萌芽的规律。关注它们，迷恋它们，豁然开朗，你能看到别样的坚强，也会脱离自我和狂傲的小笼子，看到伟大的生命奇迹。渐渐地，发现人间草木之美—美不胜收—收放自如—如鱼得水—水到渠成……

渐渐地，就站到了秋的路口。

多年了，在孤寂的晚上与纸和笔相依相伴，把自己的苦与乐灌注在笔端，渐渐地就攒下了这么些叫散文的东西。这个集子的确很“散”，包括记人记事、山水旅游、借物抒情、血脉寻根，甚至还有一些说理性文章，这样的散文集是不是可以叫“大散文集”呢？散文集虽然很“散”，但她的神情是凝聚的，是真诚、真情、真心的凝聚。但由于本人水平所限，在遣词造句、构篇谋局等方面还很“业余”，个别观点也是“一家之言”，敬请读者朋友批评指正。

经玉良吾弟介绍，结缘了中国纺织出版社和郑伟良社长，十几年中，几次牵手，几多感动，几度精彩。此时此刻，除了感激、感谢就是期待下一次合作！

《少年巴比伦》里有这样一句台词："这是一个流行离开的世界，但是我们都不擅长告别。"

奋斗的主战场，我们依旧在，从未告别。

作者于 2020 年 7 月 5 日写于家中